河出文庫

天下奪回
黒田長政と結城秀康の策謀

北沢秋

河出書房新社

天下奪回

黒田長政と結城秀康の策謀

目次

第一章

如水の死

一

周囲の障子や襖を開け放つと、さっと五月の爽やかな風が部屋に満ちた。庭の池の周りは白と藍色の花菖蒲《はなしょうぶ》が咲き乱れ、その向こうには丈が五間もある泰山木《たいさんぼく》が白い大きな花をあちこちに咲かせている。

「ようやくすべてが済んだな」

黒田《くろだ》長政《ながまさ》の父・如水《じょすい》は慶長《けいちょう》九年（一六〇四年）三月二十日、京都伏見の藩邸で没した。享年五十九である。葬儀はまず京都・伏見の藩邸で大名家としての、さらには遺骨を筑前の福岡城に移して黒田家のそれとしての第二回が行われた。

それも無事にすべて片付いた今日、長政は黒田家の二大重臣である栗山善助《くりやまぜんすけ》と母里《もり》太兵衛《たへえ》を引き連れて、側室の初音《はつね》のもとを訪れた。

この時黒田長政は三十七歳、初音は二十七歳、二人の間には珠《たま》という六歳の娘がいる。

事前に伝えておいたので、すぐに女中達の手で酒肴が運ばれてきた。

「私は、席を外した方がよろしゅうございましょうか」

初音は小首を傾けるようにして、髭の剃り跡の濃い長政の顔を程よい距離をおいて正面から見詰めた。この女性《によしよう》はその愛くるしい目鼻立ちといい好奇心に溢れる表情といい、不思議なほどに初めて会った時の瑞々《みずみず》しい少女の面影を失っていない。

また背筋がぴんと伸びた姿勢の良さと無駄のない柔らかな身のこなしは、秋満《あきみつ》流の槍術の名手として鳴らした頃から少しも変わらない。

「よい、よい」

長政はそう言って、栗山善助利安と母里万助太兵衛の顔を、同意を求めるように眺め渡した。二人は微笑して頷いた。

「父上は、家臣達を用いるのに独特の手腕があったな。善助と太兵衛などは、そのよい例であろうよ」

二人は顔を見合わせていたが、すぐに三十数年も前の話を栗山善助が話し始めた。

永禄《えいろく》十一年（一五六八年）五月、栗山善助は武芸の鍛錬を終えた申《さる》の刻（午後四時）から、姫路城の郎党部屋でただ一人、司馬遷《しばせん》の史記列伝を読みふけっていた。この時十九歳で、小姓頭を務めている。

小寺政職《おでらまさもと》の家老である黒田家は姫路に城を構えていたが、主君の政職は播磨の三豪族の一人とは言いながら、国自体が小さいために領地は八万石ほどで大したことはない。ましてその家老とあれば、姫路城もまた居館に堀を巡らせた程度の小規模なものであった。

善助は書を読むことが好きで、特に兵書とか史記列伝のような類の本は、暇さえあれば貪るように目を通していた。そこへ、十二歳になる寅丸《とらまる》が駆け込んできた。

「大変でございます。大垣《おおがき》様、置塩《おきじお》様、花畑《はなばた》様と万助様（後の母里太兵衛）が、道場で本気で喧嘩をいたしておられます」

大垣権助《ごんすけ》、置塩金七《かねしち》、花畑重兵衛《じゅうべえ》の三人は昨年元服を済ませてはいるが、まだ初陣の機会に恵まれず、小姓部屋に雑居している。一方の万助は十四歳でまだ元服こそしていないが、体格はすでに成人を凌ぎ、肩幅広く胸板厚い衝立のような見事な体軀で、槍の腕前は善助もとうに歯が立たなくなっている。

善助と寅丸を加えてわずか六人の小姓団なのだから、そのうちの四人が本気で喧嘩しているとなれば、尋常の事態ではない。善助は部屋を飛び出して、喧嘩が行われているという道場に駆け込んだ。

だがそこでは、大垣権助、置塩金七、花畑重兵衛の三人が床に倒れて呻き声を上げており、一方の万助は鼻を打たれたのか鼻血こそ流しているものの、たんぽ槍の石突きを床に突いたまま意気軒昂として三人を見下ろしているではないか。

善助が急いで三人の体を探ってみると、大垣権助は右腕を折られ、置塩金七は骨こそ折れていないものの、左膝を強打されて動くこともできず、花畑重兵衛は胸を突かれたとのことで満足に息もできない状態であった。おそらくは、肋骨の二、三本は折れているのに違いない。

「寅丸、友久《ともひさ》先生を呼んでこい」

友久善衛門《ぜんえもん》は黒田家のお抱え医師で、長い経験にものを言わせて外科から接骨から内科まで何でもござれの便利屋であった。

「これは、ちと大ごとだな」

唸り声こそ止んでいるが、まだ身動きもできない三人を見て善衛門は手慣れた所作で治療を始めた。

「荒稽古が過ぎまして。私は小姓部屋で事情を問い質しておりますので、手当てが終わり次第お声を掛けてくださいませ。なおこのことは殿に申し上げてご指示が出るまでは、口外無用に願います」

善助は善衛門にそう声を掛けておいて、万助と寅丸を促《うなが》して小姓部屋へと場所を移した。いつの間にか太陽は大きく西に傾き、庭に咲き誇っているたにうつぎの花が血の色に赤く染まっていた。

「大変なことをしてくれたな。原因は何か」

「いつものようなあの三人の悪ふざけだ」

万助はまだ憤懣《ふんまん》やるかたない表情で、肩をそびやかして吠えるように言った。

大垣権助、置塩金七、花畑重兵衛の三人は、退屈すると寅丸の家が貧しいのをからかって、

「俺の巾着が無くなったぞ。寅丸の仕業であろう」

「今度は俺の印籠が見当たらぬ。寅丸、またやったか」

などと囃し立てていた。小姓の中でも最年少で気が弱い寅丸はそう言われてもろくに反論もできずに、ただ青ざめるばかりであった。その困惑した表情が面白いとみえて、三人の悪戯はなかなか止まなかった。

万助は正義感が強く義俠心に富む性格だったから、三人の行動を許し難いと思っていたが、相手が年長者のことでもあり、できるだけ穏やかに寅丸を庇ってきていた。

だが、今日という今日は腹の虫が収まらなかったと言う。庭に出ていた万助と寅丸のところに、三人がやってきたのだ。

「俺の笄《こうがい》が消えてしまった。もしやと思って寅丸のつづらを探ってみたら、果たして出てきたぞ」

花畑重兵衛の言葉に、万助はさりげなく訊ねてみた。

「重兵衛様が、笄を最後に見たのはいつでございますか」

「そうさな、半刻《はんとき》（一時間）前までは確かに手元にあった」

「それならば、寅丸が盗ったのではない。何となれば、寅丸と俺はこの一刻（二時

間）ばかりは庭で相撲を取ったり、柿の木に登ったりしていたからだ」

花畑重兵衛の顔色が変わった。ただの悪戯のつもりだったが、嘘がばれてしまっては万助の糾弾は免《まぬが》れまい。果たして、万助は居丈高に叫んだ。

「寅丸は、年少といえども武士のはしくれである。その武士に無実の罪を着せて、盗《ぬす》人呼《と》ばわりをしたのだ。お三人は、この寅丸に誠意をこめて謝ってくれ」

「ばかばかしい。たかが悪戯ではないか。さぁ、部屋に戻ろう」

三人の中では主導者格の大垣権助はそう言い捨ててその場を去ろうとしたが、万助はその袴の裾を踏んで動けなくした。

「謝らないというからには、覚悟があろうな。よし、道場で槍の勝負をしよう。そちらは三人でよい。一対三で決着をつけよう」

大垣権助、置塩金七、花畑重兵衛の三人は、緊張した面持ちで顔を見合わせた。普段の一対一の稽古では、三人ともまったく万助に歯が立たない。三本に一本取れれば上出来というくらいに力量が違う。

無理もない。万助と対等以上に戦えるのは、黒田家では槍術指南の稲家《いねや》義光《よしみつ》以外は一人もいないのだ。

だが三人で万助を取り囲んでしまえば、さすがの万助でも抵抗しきれないのではあるまいか。そう思った三人は、万助のあとに従って棟続きの道場に入った。

万助は壁に立て掛けてあるたんぽ槍の中から四本を取り、そのうちの三本を三人の前に投げ出して言った。

「いざ、勝負」

三人の顔色が変わった。

「防具を付けぬのか」

稽古の時には、面鉄《めんがね》、竹胴などの防具を身に付ける。防具無しでは、当たり所によっては骨折や打撲は避けられないからだ。

「何だ、臆したのか」

二歳以上も年下の万助からそう言われては、三人も覚悟を決めて素肌で戦わざるを得ない。万助を取り囲もうとして動いたが、万助の槍は神速《しんそく》に走ってそれを許さなかった。わずか一呼吸か二呼吸の間に、三人は床に叩きつけられて悶絶していた。

「それにしても、ちと手荒過ぎたのではないか」

善助の言葉に、万助は首を横に振った。

「三人が相手では、俺だって必死だ。手加減をする余裕などないわ」

(それもそうだ)

と善助も納得したが、問題はこの事態にどうやって決着を付けるかであった。誰が悪いかと言えば、大垣権助、置塩金七、花畑重兵衛の三人に決まっている。万助は自分のためにではなく、無実の寅丸を庇ってこの挙に出たのだ。だがやり方が、あまりにも手荒過ぎる。

「寅丸の無実が明らかなことが判明した以上、どうして小姓頭の俺のところに訴えてこぬ。俺からあの三人に今後は寅丸をかまうことがないようにと言って聞かせて、穏便に済ませることもできたではないか」

「それはそうだが、俺は考えるより先に体が動いてしまうのだ」

そこへ、友久善衛門が人一倍大きな白髪頭を揺らして入ってきた。

「先生、どうでありましょうか」

「うむ。権助は右腕の骨が折れているが、場所が肘より一寸ばかり下でよかった。あれが肘であれば、後遺症が残る恐れがあるからな。今回は単純な骨折だから、じっとしていれば一ヶ月たたないうちに添え木は外せよう。金七は単なる膝の打撲なので、数日のうちには痛みもとれ、歩行にも不自由はなくなるはずだ。重兵衛は肋骨が二本折れているが、湿布をした上から患部の保護のために防具の竹胴を着せておいた。寝る時は竹胴が邪魔になって横になれぬから壁に寄りかかって休むしかないが、折れたところに負荷を掛けさえしなければ、二十日もあれば竹胴を着けなくても日常生活には困るまい」

「それでは思ったより軽うございますな。さすが名医、先生の見立てに間違いはありますまい」

「そんなことを言っている暇があるなら、早く三人を部屋に移して寝かせてやれ」

「心得ました。まことにお手数をかけ、申し訳ありませんでした」

三人が同室している小姓部屋に布団を敷くようにと寅丸に申し付けてから、善助は万助を引き連れて道場に向かった。初夏の強い日差しが格子窓から延びる薄暗い床の上に、竹胴を付けた重兵衛、添え板を白い晒《さら》しで巻き、肩から右腕を吊っている権助、湿布を貼った足を投げ出している金七の三人は、無言のまま憮然とした表情で座っていた。

「部屋に戻って休むがよい。動けぬものは運んでやるぞ」

「私は自分で歩けます」

まず重兵衛がそう言い、権助が続けた。

「痛めたのは右腕です。歩くのには支障はありませぬ」

だが金七は左膝を曲げることができないために、一人では立ち上がることもままならなかった。

「よし、私が運んで進ぜましょう」

万助はそう言って左手を肩の下に右手を太股の下に入れると、軽々と抱き上げた。

善助は権助の手を引いた。権助の足取りはしっかりしていたが、万一転倒などすれば、骨折した右腕をさらに傷《いた》めてしまう恐れがあったからだ。

小姓部屋にはすでに寅丸の手で三組の布団が延べられていたが、三人はそれぞれ壁に寄りかかったままで横になろうとはしなかった。それぞれが落ち着くのを待って、善助は穏やかな調子で質問した。

「三人が寅丸をおもちゃにして悪ふざけをしていたのは、私もうすうす察していた。何か申し開きをすることがあるか」

三人は顔を見合わせていたが、やがて重兵衛がおずおずと口を開いた。

「最初は、まったくの遊びでありました。寅丸が反論もできずにへどもどしている表情が面白くて、二度、三度と重ねてまいりましたが、私はすぐに興が覚めてしまいました。元服も済ませた大人が、三人がかりでこんな子供一人をいじめているのは、決して褒められた図ではありますまい。私は何度も『もう、止めよう』と提案するつもりでありました。しかしあとの二人の様子を見ますと、『俺は抜ける』とはとても言い出せる雰囲気ではありませんでした。ずるずると今日に至ったのは、まことに私の不徳のいたすところであります」

重兵衛の言葉を聞いて、金七は驚きの声を上げた。

「何と、重兵衛はそう思っていたのか。ならば、俺も同じだ。俺も二、三度でこの遊びに飽きてしまった。こんな子供をからかって遊ぶなど、いい年をした大人のやることではない。だが二人の顔を見ていると、とても自分からは言い出せなかったのだ」

今度は、権助が驚く番であった。

「二人ともそうだったのか。それなら何でそう言ってくれなかったのだ。俺もとっくにそう思っていたのだが、言い出しっぺの俺としては、自分から止めようとは言えなかったのだぞ」

そう言って顔を見合わせている三人を見て、善助は思わず苦笑してしまった。

「何ということだ。誰もが寅丸をいじめることが内心では苦痛になっているのに、他人の思惑を気にして続けてきたというのか。だが、寅丸の身にもなってみろ。いじめる側も辛かったろうが、いじめられる寅丸の辛さはそんなものではないぞ。

本気で反省しているなら、寅丸に頭を下げて謝れ」

権助は寅丸をじっと見詰めてから、深々と頭を下げた。

「寅丸、済まなかった。お前が盗みなどするはずがないことは、俺もよく分かっている。

もう、二度とこんなことはしない。許してくれ」

「俺もそうだ。この怪我が治ったら、槍でも太刀でもたっぷりと稽古を付けてやる。早く強くなれ、一日も早くいくさ場に出て功名争いをしようではないか」

「私は自分のしたことを、深く反省している。黒田家の家臣の端くれでありながら、四歳も年下の子供をからかうなど、あってはならぬことだ。今後は寅丸を弟と思って可愛がる。分かってくれるか」

金七、重兵衛の言葉を聞いて、寅丸は身を震わせて叫んだ。

「恐れ多いことでございます。頭を上げてくだされ。何事につけても覚えが悪く、迷惑ばかりかけている私でございます。どうか今後もお見放しなく、ご指導くださいませ」

双方の言葉にうなずいていた善助は、ここでおもむろに万助を振り返った。

「万助が、義俠心に駆られて寅丸を庇ったのは褒めてやろう。だがその後の処置は、どうにも庇いようがない。我らが武芸の稽古に励むのは、戦場で敵を討ち取るためではないか。それが味方と、それも最も近しいはずの小姓同士で争い、三人まで傷つけるとは何事であるか」

時間がたって冷静な気持ちに立ち返れば、万助も自分の短慮を反省せざるを得ないのであろう。一言の弁解もなく無言のまま立ち尽くしている万助を見て、善助はゆったりと言葉を継いだ。

「この三人は、当分小姓の仕事はできぬ。だが、寅丸と私は従来の自分の仕事をする。万助は、反省の証《あかし》として残りの四人分の仕事をせよ」

万助は目を剝《む》いたが、すぐに善助の意とするところは了解できた。三人の面目を立てるためには、自分にも相応の罰を下さなければならないのだ。

一応の決着がついたところで、善助は万助を伴って主君の官兵衛（後の如水）のもとを訪れ、今回のことの次第を報告した。

「以上のように処置いたしましたが、何か手落ちがありましょうか」

官兵衛は首を振って言った。

「いや、申すべきことは何もない。荒稽古の度がいささか過ぎたということならば、三人も受け入れるであろう。三人掛かりでもあっという間に万助にしてやられたと世間に伝わったのでは、やつらも立つ瀬があるまいよ」

「問題は万助の気性でございます。まことに生一本で陰日向《かげひなた》がなく、その忠誠心には比類がありませぬ。しかしその性格は直情径行、思い立ったら前後の事情など考えることなく実行に移してしまいます。このままでは、思わぬ失態を招いてしまうやもしれませぬ」

官兵衛は、微笑を含んで言い渡した。

「今回の措置を見ても、善助は利発で万事に抜かりがない。また万助の武勇は、やがては黒田家に並ぶ者も無くなるだろう。善助の智、万助の勇、いずれは黒田家の両輪となって働いてもらわねばならぬ。

しかし万助の無鉄砲さは、先が思いやられる。このままではとても侍大将など務められぬ。そこで、二人は義兄弟の契りを結べ。年長の善助は兄となって、万助を厳しく指導してくれ。また万助は善助を兄として、その言葉に一切背いてはならぬ。分かったか」

二人が頷くのを見て官兵衛は早速筆を執ってさらさらと三通の誓紙を書き、善助、万助、官兵衛が署名・血判してそれぞれが一通を預かることにした。この時官兵衛二十三歳、善助は十九歳、万助は十四歳である。

万助は元服して母里太兵衛となってからも、しばしばその気性が災いして問題を引き起こしたが、善助から指示を受けると素直に従ったのは、この誓紙があるからであった。

また善助は合戦の度《たび》に機会を見ては太兵衛に功名の場を与えたから、太兵衛はますます善助に心服してその言葉に逆らうことはなかった。官兵衛が期待したように、二人は黒田家の智勇の両輪となって黒田家の隆盛に多大の貢献をしてきたのである。

「大垣権助、置塩金七、花畑重兵衛もその後はいくさの度に戦功を競い合って、今では立派に黒田軍団の中核として物頭を務めておる。ただ寅丸だけは戦場での怪我がもとで、故郷に戻って帰農したが、父は餞別として一町歩の田畑を贈ってやった。それだけの田畑があれば、今では五人の子供にも恵まれて豊かに暮らしているというから、まずはめでたい」

長政はそう言ってから、母里太兵衛を振り返った。

「母里太兵衛には、有名な逸話がある。初音も誰かから聞いてはおろうが、本人の口から聞くのも一興であろうぞ」

「いや、いや」

母里太兵衛は形ばかりに辞退のそぶりはしたが、初音の微笑を含んだ眼差《まなざ》しを見ると、まんざらでもない口調で語り出した。

「あれは文禄《ぶんろく》・慶長の役の間の休戦時のことでありますから、かれこれ十年ばかり前のことでござる」

太兵衛が黒田家の使者として、伏見の福島屋敷に赴いた時のことだ。役目は問題なく済み、あとは酒宴となった。福島正則も母里太兵衛も、酒豪として鳴り響いている。互いに盃を傾けているうちに、そろそろ目が据わってきた正則が一升は入ろうかという大杯を取り寄せて言った。

「太兵衛よ。この大杯に注《つ》いだ酒を呑み干せるか」

酒乱の気味がある福島正則の言葉である。太兵衛は固辞したが、正則は聞かずにいつまでもしつこく酒を強要した。ついには、

「呑み干せたならば、何でも望みの物を与えるぞ。それでも呑めぬか」

とまで嘲笑した。もともと短気な母里太兵衛は、ついに堪忍袋の緒が切れた。

「ならば、呑んでみせましょう」

大杯になみなみと注がれた酒を、太兵衛は一息に呑み干して見せた。そして、平然として言った。

「望みの物を取らせるとの仰せでありましたな。ならば、日本号の槍を頂戴いたしたい」

いかに泥酔していても、正則の顔色が変わった。日本号の槍とは元来は皇室御物で、正三位《さんみ》の位を賜ったという伝承から、「槍に三位の位あり」と謳われた天下一の名槍である。

それも正親町《おおぎまち》天皇から室町幕府の十五代将軍である足利義昭に下賜され、その後、織田信長を経て豊臣秀吉に渡り、さらに福島正則に与えられたといういわくつきの槍なのだ。

「あれだけはやれぬ。俺の首が飛んでしまう」

正則はそう喚いたが、太兵衛は耳も貸さずに床の間に飾ってある日本号の槍を奪い取って、福島邸を後にした。

翌朝になって、福島正則から長政に申し入れがあった。

「いかに酔余のこととはいえ、日本号の名槍を奪われたとあっては、殿下に申し訳が立たぬ。母里太兵衛には何でも望みの物を与える故、日本号の槍は返していただきたい」

長政は苦笑して母里太兵衛を呼び、正則に返してやるようにと命じた。だが、太兵衛は頑として聞き入れなかった。

「武士と武士との約束でござる。それをたがえられては、武士の一分が立ちませぬ」

長政は言い出したら聞かない太兵衛の顔を見て苦笑していたが、ふと思い付いて言った。

「では、栗山善助を呼ぶか。善助が俺に同意すれば、太兵衛はそれに従うしかあるまい」

太兵衛は仏頂面になったが、誓紙がある以上は従わざるを得ない。しぶしぶ頷く母里太兵衛の姿に、長政は白い歯を見せて笑った。

「さもあろう。ならば、善助はこの場に呼ぶまい」

長政は以前から、福島正則の大酒には心を痛めてきた。最近の正則の酒量は尋常ではなく、もはや酒乱の域に入っているのではないか。日本号の槍を呑み取られるくらいならまだ笑い話で済むが、酔いに任せて軍事機密を口走ったりすれば首を失う恐れすらある。

槍は返さない方が正則のためだ、少しは灸《きゅう》の熱さを思い知った方がいい。

喜色満面の太兵衛を屋敷に残して長政は急遽登城して秀吉に面会し、昨日の日本号呑み取りの件をわざと面白おかしく報告しておいた。秀吉は悪戯っぽい話を好む性癖があり、こうして耳に入れておけば後日問題となることはあるまい。

「その話が、すぐに『酒は呑め呑め　呑むならば　日本《ひのもと》一のこの槍を　呑み取るほどに呑むならば　これぞ真《まこと》の黒田武士』の文句で知られる黒田節になったのよ。天下広しといえども、酒の呑みっぷりで唄まで作られたのは、母里太兵衛ただ一人であろう」

二

「この二人も今では五十歳前後となり、忠実に私に仕えてくれているが、以前はそうではなかったのだぞ」

長政は初音を顧みて、微笑して言った。

「父上は天正《てんしょう》十七年に私に家督を譲って、如水と号し隠居の身になったが、その時私はまだ二十二歳の若造だったのだ」

「私も太兵衛も大殿の子飼いの武将で、軍事・家政ともに大殿の仕切り方に慣れきっておりました。年齢からいっても若殿より一回り以上も年上でございましたから、若殿はまだ嘴《くちばし》の黄色い若造として見下ろす思いが、知らず知らずのうちに顔に出てしまったのでありましょうな」

長政のやり方が気にいらないと、二人は揃って二の丸の如水の隠居所を訪ねて愚痴をこぼした。家督を長政に譲ってからは如水は本丸は息子に明け渡し、二の丸に移っていたのである。身近に召し抱えているのも身分の低い者ばかりで、通された書院も静まり返っていた。

「これでは、黒田家の行く末が案じられます。大殿から甲州様（長政）にきつく言って聞かせてくださいませ」

如水はよしよしと頷いてから、にこやかに言った。

「お前達も三十代の後半だな。黒田家の重臣ともなれば、他家との付き合いの場に出ることも多かろう。茶道の道具なども、一通りは揃えておかぬと恥を掻くぞ。そうだ、飾り棚に呂宋《るそん》の茶碗がある。高価なものだが、善助が相手では高くは売れぬ。金二枚でよい、持っていけ」

善助は呆然として如水を見詰めた。この男には茶碗の良し悪しなど分からないが、素人目には形も色も何の変哲もない日用雑器としか見えない。それに恩着せがましく金二枚でよいと言っているが、そんな大金がどこにあろうか。

しかし、主命には逆らえない。善助は覚悟を決めて頭を下げた。

「有り難き幸せでござる」

「拙者は茶器などまっぴら御免でござる。どうせ飲むなら、大杯で酒を呷《あお》るのが性に合っております」

母里太兵衛は、自分まで茶道具を買わされてはたまらないと思って必死に予防線を張ったが、如水はなおも微笑を絶やさなかった。

「太兵衛はいくつになっても、武辺一筋だな。よしよし、あれを取らせよう」

如水は手を叩いて小者を呼び、全体に金蒔絵《まきえ》が施された見事な脇差を取ってこさせた。

「太閤殿下から戴いたものだ。とても金に換えられるものではないが、太兵衛の長年の忠誠に免じて金二枚といたそう」

善助が承諾した以上、太兵衛もそれ以上は逆らうことはできない。金二枚は後日ということで不承不承に引き揚げたが、いくら待っても如水が長政に申し入れしてくれた様子が見えないではないか。

「けしからぬことだ。大殿に再度お願いしなければならぬ」

そう言っていきり立つ太兵衛を、善助は押し留めた。

「私はまだ金二枚を払っておらぬ。太兵衛は払ったのか」

太兵衛は、首を横に振った。ばかばかしくて払う気にもなれないのである。

「我らは約束を果たしておらぬ。それを棚に上げて大殿を責めるのでは、筋が通るまい。私は何とでもして金二枚を工面する。太兵衛もそういたせ。そうしておいて、改めて大殿と面談いたそう」

二人が金二枚を持参したのを見て、如水は相好を崩して喜んだ。

「それで、先日お願いした儀でありますが」

「分かっておる」

如水は鷹揚に頷き、善助に向かい合った。

「ところで茶道具だが、茶碗一つではどうにもならぬぞ。床の間に、花活けがあろう。あれは千利休の手になるものだ。善助が相手では、損を承知で金二枚としよう」

呆気にとられている善助を尻目に、如水は今度は太兵衛に向き直った。小者に命じて取り寄せた古ぼけた陣羽織を、太兵衛に示して言った。

「これは俺が高松城攻め以来、山崎の合戦、賤《しず》ヶ岳《たけ》の合戦といずれも勝利を収めた縁起の良い物だ。金二枚でよい、持っていけ」

ほうほうの体で如水の隠居所を出てからも、太兵衛の憤懣は収まらなかった。

「大殿も呆《ほ》けられたか。家臣に物を高値《こうじき》で売り付けるばかりで何とする」

だが善助はそれには答えずにしばらく思案していたが、やがて「あっ」と叫んで膝を叩いた。

「大殿のご心中が分かったぞ」

如水はすでに家督は長政に譲った、となれば後は多少の心配はあっても息子に任せるしかないと達観しているのであろう。黒田家の将来は長政次第、そして長政の将来は家臣達次第なのだ。お前達が仕えるのは長政ただ一人、わき目もふらずに忠誠を尽くしてくれと念じているのに違いあるまい。

「大殿のことが常に念頭にあっては、足元がふらついて若殿に対する忠義が疎《おろそ》かになろう。大殿はその愚を我らに教えようとして、茶道具や武具を売りつけておられるのだ。我らの主君は若殿だ、それのみを念じて忠誠を貫かねばなるまいよ」

果たしてそれから二人が長政の指示に従って動いていると、やがて長政の方から「あれはどうしたものだろうか」と二人に相談を持ちかけるようになった。

「我ら二人も大殿のことは忘れて殿に尽くしているうちに、いつか殿の信頼を得るまでに至ったのでござるよ」

栗山善助の言葉に、長政は頷いた。この若い当主から見ても、この二人の献身がなければ、この家の繁栄はあるまいと思われたのである。

長政は、初音の方に向き直ってさらに言った。

「普通なら、家督を譲ったからには息子に従えと言葉で訓戒するのが常であろうよ。それが家臣達に高価な物を押し付けて、俺を頼るのは筋違いであるぞと骨の髄まで思い知らせるのが、父上の面目躍如たるところではないか」

「たしかに。大殿のなされようには、いつも鋭い機略とそこはかとない可笑《おか》しみが潜んでおられました。得難いお人柄でありましょうね」

初音は穏やかな微笑を浮かべて、如水の在りし日を偲ぶように遠い目を庭に投げた。

三

栗山善助と母里太兵衛が引き上げた後も、長政は初音の居室に留まってゆったりと盃を傾けていた。

「しかし父上の機略も度が過ぎると、人に誤解される恐れがある。その最たるものは、関ヶ原の合戦のあとの論功行賞で私がこの筑前五十二万石を賜り、その報告のために当時の居城であった豊前・中津城に戻って、父上に報告に及んだ時の出来事であろうな」

四年前の関ヶ原の合戦では、長政は『内府《ないふ》殿（徳川家康）に天下を取らせたのは黒田殿』と評判になるほどの大功を上げた。

合戦が終了した時には、家康は諸将の前で長政の手を取って三度まで額に押し頂き、

「この度の勝利は、ひとえに甲州殿（長政）のお働きによる。我が徳川家のある限り、

黒田の家を粗略に扱うことはない」

とまで激賞した。言葉だけではなく、その感謝の思いが筑前五十二万石の大領となったのである。いくら長政に対しては評価が低い如水でも、今度こそは喜んでくれるに違いないと長政は信じていた。

ところが如水は、渋い表情のままぎろりとした目を長政に浴びせて言った。

「内府が押し頂いたのは、そちの右手か左手か」

「右手でございます」

「それではその時、そちの左手は何をしていたのだ」

長政は、呆然とした。如水はあの時長政が無警戒でいる家康を、どうして左手の脇差で突かなかったのかと責めているのだ。

長政は、はっと閃《ひらめ》いた。

(父上は、本気で天下を狙っていたのか)

石田三成の挙兵を知った如水は、中津城に兵を集めて九州平定に乗り出した。むろん平定に当たっては家康に書状を出し、

『九州の諸将は徳川家に付く者、豊臣家に付く者のいずれもが上方に出征し、わずかな留守居番を残すのみであります。ほとんど空国に近い状況でござれば、またぞろ国人どもが不穏な動きをするやもしれませぬ。そのような節にはそれがしは肥後の加藤

主計《かずえ》の守《かみ》(清正)と連携して九州の安穏を守りますので、内府殿は心置きなく治部少《じぶしょう》輔《ゆう》(石田三成)とお戦いくだされ』

と申し送っておいた。

その書状は、長政も家康から見せてもらっていた。

「如水殿もすっかり隠居暮らしを楽しんでいるとばかり思っていたが、何か事ある時には機を逸さずに動いてくれる。これで九州のことは心配あるまいよ」

家康の言葉を聞いて、長政も自分が安心して働けるように如水が国元を固めてくれているのだとばかり思っていた。

だが如水の本心は違っていたのだ。豊前の中津城にいた如水は、豊臣、徳川の対立が公然のものになったと聞き、仕舞いかけていた天下への野望を燃え上がらせたのだろう。源氏と平家、南朝と北朝の例からしても、国を二分する二大勢力の激突は一度や二度の戦いでは決着がつかず、少なくとも数年にわたる長期戦になるに違いない。

それを横目に見ながら俺は九州を切り取り、兵力を蓄えて次の展開を考えよう。

そこで如水はすぐに行動を起こし、加藤清正と協力して島津家が本拠とする薩摩と大隅を除く七ヶ国を攻め落とすが、そこに関ヶ原の合戦で家康の勝利の報が届いた。

如水の悲願はあろうことかあるまいことか、実子の長政の活躍によって阻まれたのであった。

（俺が家康を刺すようなことがあれば、むろん俺はその場で家康の家臣達によって切り刻まれてしまう。父上は、俺の命を犠牲にしてでも天下が欲しかったのであろうか）

長政は体を震わせながら、如水を仰ぎ見た。だが如水の表情こそ厳しいものの、その目は笑っていた。

「父上は、いたって見切りが早いお人だ。関ヶ原の合戦がわずか半日で済んだと聞いて、その瞬間に『わがこと終われり』と即断したのであろうよ。それから後も九州の平定を進めるとともに、内府に書状を送っている。諸大名の帰国を待って、すべてを本来の領主に引き渡すとな。

天下を望んだのは、父上の道楽仕事よ。もし念願がかなって徳川家の天下を奪ったとしても、その後の天下の仕置きなど考えてもいなかったに違いない。『吉兵衛《きちべえ》（長政の通称）、よきに計らえ』と投げ出してしまったのに決まっている。それにしても、その最後の野心を断ち切ったのが私と知って、父上も苦笑するほかはなかったであろうな」

長政はそう言ってから、初音のあどけなさの残る表情を心が温まる思いで眺めて、言葉を継いだ。

「父上は損なお人柄であったよ。世間ではあの時の対面の様子が伝わるにつれて、如水殿は長政殿を見殺しにしてでも、天下が欲しかったのだなどと噂しておるようだ。しかし、情の篤《あつ》い父上が何で我が子を見殺しにしよう。あれは、父上が本気で天下を望んでいたのだぞということを、私に伝えるための父上一流の表現だったのだ。私は長い間父上に接してきたから、父上の真意はすぐに理解できた。父上には自分の智を誇るところがあり、それが自分の気持ちを伝えるのにああいう物言いとなってしまうのさ。

だがその思いは私には伝わっても、世間には誤解される元となる。生前も死後も、父上は稀代の謀将としてばかり誤り伝えられているのだ」

「大殿のそこまでの思いは私も察してはおりませんでしたが、今となって思い返せば、たしかにその通りでありましょう。大殿は、済んだことに愚痴をこぼすような方ではあられませぬ」

如水といい、長政といい、何という面白い親子であろう。ともに策士でありながら、その生き方には人を蹴落としてでもというどぎつさは微塵もない。初音はこの二人を身近で見ていられるだけでも、何という幸せであろうかと微笑していた。

「吉兵衛よ、関ヶ原の戦いの前後のそちの行動について詳しく説明してくれ」

四

如水は微苦笑を浮かべながら、長政にそう尋ねた。策士を自認するだけあって、長政の調略のやり方を具体的に知りたかったのであろう。帰国して筑前五十二万石を賜ったと報告した翌日のことであった。

昨日は公式の場だから書院が使われていたが、今日は親子の歓談ということで、如水の居室にいるのはほんの数人の小姓達だけであった。

関ヶ原の戦いとは、まず会津の上杉景勝が徳川家康の命に背いて勝手に領内の軍備を固めるところから始まる。これは形の上では豊臣家に対する謀反《むほん》であり、豊臣家五大老の筆頭である家康としては討伐の兵を挙げざるを得ない。

だが上杉氏の挙兵は、誰が考えても近江・佐和山城に蟄居《ちっきょ》している石田三成に呼応してのものであり、家康が大坂城を離れれば三成は舌なめずりをして大坂城に入るであろう。そして天下の大名達に檄《げき》を飛ばして豊臣家に加勢を呼び掛け、反徳川の体制を固めるに違いない。

それをとうに察知している家康はことさらに行軍の速度を遅くして待ち構えていた

ところ、下野《しもつけ》の小山《おやま》まで来たところでついに三成挙兵の知らせを受けた。家康はただちに従軍してきている諸将に使者を立て、明日の午後に軍議を開くと伝えた。

何しろ、総勢十万近い大軍である。その陣営は、南北に長く布陣している。家康としては一刻も早く軍議を開きたいところだろうが、南端、北端の武将達は、朝早く出立しても到着は昼過ぎであろう。

小山に布陣していた長政は、早い時期に三成挙兵の報告を受けた。この黒田家の若当主には、明日の軍議の緊迫した雰囲気がありありと俯瞰できた。

何しろ家康が率いている諸大名は豊臣家恩顧の大名達が多く、しかも大坂に妻子を残してきているのだ。三成が挙兵すれば、まず手始めにその妻子達を人質として押さえるに決まっている。家康と三成の対決となれば家康が有利ではないかとは誰もが思うだろうが、人質を見殺しにしてまで日頃恩を受けている豊臣家を見限る勇気が果たしてあろうか。

実は長政は三成の挙兵は当然あるものと見越して、本来ならば黒田家の軍勢の中心となるべき栗山善助と母里太兵衛の二人を、大坂の黒田屋敷に残してきている。

「内府が大坂から遠く去ったのを知れば、三成はすぐに兵を挙げるに決まっている。そして大坂城に入ればその日の内にも、諸大名が大坂の屋敷に残してきている家族を人質として押さえるであろう。そこで二人は三成の挙兵と聞けば、ただちにこの屋敷から母上と我が妻子を豊後・中津城へと落としてくれ。これは黒田家にとって家運を懸けたいくさである。二人の他には、安心して任せられる者がない」

長政は、細かい手段については触れなかった。その時の情勢次第で善助は最善の策を巡らすであろうし、途中で武力による中央突破やむなしという事態になれば、母里太兵衛の豪勇がものをいうに違いない。

あの二人が揃っていれば、必ず母と妻子は無事に脱出できると長政は確信していた。大坂に心配がないとあれば、今やらねばならないことは一つだけだ。

長政は、急いで近くにある福島正則の陣に赴《おもむ》いた。まだ日が残る時刻だというのに、正則はすでに酒を飲んで赤い顔をしていた。長政はやむなく正則の盃を受けつつ、二人の家臣達を遠ざけ声を潜めて言った。

「明日の軍議のことだが、豊臣家と徳川家の対立が歴然となったからには、諸将はどちらに付くのか態度を表明せねばなるまい。だがどちらに付くべきなのかは、確信を持って判断できる武将はまずおらぬだろう。諸将は互いに顔を見合わせて、誰がどちらに付くのか見極めようとするに違いあるまい。そこで誰かが徳川家と声を上げれば、諸将はどっと徳川家に傾き、豊臣家と声を上げれば諸将はどっと豊臣家に流れるであろう」

長政は、正則の髭面を見詰めて語調を強めた。

「左衛門大夫《さえもんだいぶ》（福島正則）には、そこで『内府殿（徳川家康）にお味方いたす』と第一声を上げてもらわねばならぬ」

「何故だ」

「太閤殿下に最も近い血筋である左衛門大夫（正則は秀吉の従弟《いとこ》）が、真っ先に内府に加担すると声を張り上げてみろ。居並ぶ諸大名もあの福島正則でさえも内府殿にお味方いたすのかと安心いたし、我も我もと争って決意を表明するに違いあるまい」

「それはそうだが……」

正則は、渋い表情になって考え込んだ。血が繋がっているということから加藤清正と並んで秀吉から最も目を掛けられ、現在も高台院《こうだいいん》（秀吉の正妻の寧々《ねね》は、秀吉の没後は剃髪して高台院と名乗っていた）の信頼が厚い正則なのである。

豊臣家への忠誠心では、誰にも負けないと自負しているのだ。自分が徳川家に付くことによって、万が一にも豊臣家が滅ぶようなことがあっては、泉下の太閤に合わせる顔もないと思っているのに決まっている。

長政はそんな正則の心境はとっくにお見通しで、力を込めて言った。

「ここで内府をお助けするのも、すべては豊臣家の御為《おんため》だ。我ら太閤殿下子飼いの諸将がこぞって豊臣側に参軍すれば、成る程豊臣家は徳川家に勝てるであろう。だが、その後はどうなる。殿下がご存命の頃でさえ、我ら子飼いの武将は殿下のそばから遠ざけられ、三成以下の奉行衆が我が物顔にのし歩いていたではないか。徳川家が滅んだりすれば、三成にはもう怖いものがない。三成の天下になるに違いなかろう。

我らはますます冷や飯を食わされるだけだ。今は内府殿にお味方して、三成を葬り去らねばならぬ。その後は、我らが力を合わせて豊臣家を守《も》り立てていけばよいではないか」

長政は、次の天下人は家康だと見ている。そして家康が天下人になれば、豊臣家はよくて平大名に転落、悪ければ滅亡するしかあるまい。だが目の前の福島正則には知略は無いが、その全身に過剰なまでの豊臣家に対する忠誠心が満ち溢れている。徳川家に付くことの損得を説くことは、決して得策ではあるまい。

長政から見れば、正則を納得させる切り口は一つしかない。福島正則が日頃から「治部少輔（三成）の肉を食らってやりたい」と公言するほどに、三成を憎みきっていることは誰もが承知している。それは一人正則に限ったことではなく、朝鮮に出兵したすべての武将達、とりわけ秀吉子飼いの武将達に共通する憎悪の念であった。

その思いは、長政にとっても無縁ではない。

長政の父の官兵衛は、慶長の役に奉行衆の相談役として浅野長政とともに朝鮮に渡っていた。三成以下の奉行衆が秀吉の渡海がないのをいいことに、殿下の命令であると称して武将達を顎《あご》で使っているのは息子からの便りで聞き及んでいた。

官兵衛としては、石田三成、大谷刑部《ぎょうぶ》、増田《ました》長盛《ながもり》達といった奉行衆の専横を抑えて、自分が武将達、奉行衆の上に立って采配を振るう意気込みであった。しかし三十代の前半で才気煥発、大役に気負い立っている奉行衆は、官兵衛など過去の栄光を追うばかりの時代遅れの老将としか見ていない。

奉行衆が報告に来ても、「これはこう決しました」という事後承諾であったり、「殿下のご意向はこうであります」という報告ばかりで、自分の意見など申し述べる機会もない。

たとえ代理が付いてもいいから総大将の肩書があれば、そうした奉行衆の態度を叱り飛ばせるのだが、ただの相談役ではそれもできないのだ。

面白くない官兵衛は、同役の浅野長政と碁を打っては暇を潰していた。そうしたある時、三成以下の奉行衆が「相談したき儀がござる」と顔を見せた。

いつものように浅野長政を相手に碁盤に向かっていた官兵衛は、「すぐ済む。しばらく待っておれ」と言いつけて勝負の決着をつけてから振り返ると、もうそこには奉行衆の姿はなかった。

それから間もなく伏見城の秀吉の元に届いた三成の書状には、

『黒田殿は浅野弾正殿と碁ばかり打っておられて、軍事の相談に参っても取り合ってもくれませぬ』

とあった。秀吉は激怒して官兵衛を召還したが、秀吉の機嫌がはなはだ悪いと聞いた官兵衛は頭を丸めて御前に出た。

「砂利禿《じゃりっぱ》げが丸っ禿げになったか」

天正六年七月に荒木村重が伊丹の有岡城にこもって信長に反旗を翻《ひるがえ》した時、官兵衛はその説得に赴いて捕えられ、牢獄に一年も幽閉されたことがある。環境の劣悪と食事の貧しさが相まって、官兵衛は痩せ衰えたばかりか頭は砂利禿げになり、右膝は曲ったまま伸びなくなってしまった。

秀吉はそれを笑いの種にしたのだが、その勘気はなおも解けなかった。官兵衛が剃髪して如水と号したのは、この時からのことである。それ以降は如水はまったくの隠居生活に入り、政治の表舞台どころか黒田家の家政にさえも一切口出しすることなく、ひたすら謹慎を続けていた。

加藤清正の場合はさらにひどい。清正は愚直なまでに秀吉に忠実であり、朝鮮遠征に際しても何の疑問も持たずにひたすら勇戦奮闘した。この男が受け持ったのは朝鮮半島の北西端である咸鏡道《かんきょうどう》だったが、清正はただちにこの地を平定したばかりか、ここに募兵のために派遣されていた李朝の二人の王子（臨海君《りんかいくん》、順和君《じゅんわくん》）を捕虜とし、さらには兀良哈《おらんかい》（現在の中国東北部）にまで攻め込むという武勲をたてた。

だがその時、講和の文書に豊臣清正と署名したことが、ことさらに秩序にこだわる石田三成の怒りを買った。この当時福島正則には豊臣を名乗ることが認められていたが、清正には豊臣の姓は許されていない。明白な名称の詐称であると、三成は秀吉に申し送った。

果たして秀吉は、加藤清正を伏見城に呼び戻した。加藤清正の真意を質そうというのである。それを聞いた長政は、深く嘆息した。

（太閤殿下も老いられたな）

長政の見るところは、清正に同情的であった。加藤主計の守清正と言えば、日本国内でこそ知らぬ者もない剛勇である。だが朝鮮半島の西北端にある咸鏡道とあっては、その名を知る者はあるまい。彼の地に伝わっているのは、唐入《からい》りと号して進出してくる日本軍の総大将・豊臣秀吉の名前だけであろう。

清正が自分の身分を敵に告げるのに、名乗りに重みを付けるために「我こそは総大将の豊臣秀吉の血筋をひく豊臣清正である」と自称したのは、講和の交渉を有利に進めるための方便であったに違いない。

清正は秀吉の又従弟だから血筋にあたるのは嘘ではないし、それが講和に繋がったとすれば文句をつける筋合いはあるまい。だが三成の報告によって清正は内地に呼び戻され、伏見城で秀吉に対面してなおも許されず、自身の藩邸で謹慎を命じられた。幸いというべきか、閉門となって半年以上も過ぎた文禄五年七月十二日に伏見で大地震が起きた。秀吉が住まいとしていた本丸御殿も大被害を受け、秀吉は家臣達の手で辛うじて夜の庭に運び出され、淡い月の光だけを頼りに呆然自失していた。そこへ加藤清正が三百人の兵を率いていち早く駆け付け、秀吉の身辺を篝火《かがりび》で明るくし、抜身の槍を小脇に抱えて夜っぴて警護に当たったのだ。

自宅蟄居の身となったままだから、本来ならば伏見城へ登城する資格はない。しかし清正の行動は秀吉の身を案ずるあまりのとっさの処置であり、秀吉はその誠意溢れる忠義心に打たれて朝鮮での罪を許し、今後は豊臣姓を名乗るのを認めた。

これによって清正はすぐに朝鮮に戻って戦線に復帰したが、この半年以上にわたって清正を欠いたことが、どれほど日本側に不利に働いたことか。

（三成は豊臣家随一の切れ者と評判が高いが、その器量も底が見えたな。わずかな過失を咎《とが》めだてして働き頭の清正を戦列から外すなど、ことの大小を見誤ることも甚だしい。自分の小さな手柄稼ぎに目がくらんで大局を見ようとしないのは、典型的な小役人の悪弊ではないか。あれで豊臣家随一の忠臣を気取っているのだから、片腹痛いわ）

その時以来、長政は三成をそう評価している。

長政が三成という名を口にしただけで、果たして福島正則の酒やけした赤ら顔に一層の血が上った。

「三成づれに、秀頼様を奉じられてたまるか。我ら子飼いの者達こそが、秀頼様を守り立てていかねばならぬ」

「そのためには、今は内府殿にお味方するしかないのだ」

「内府は信じるに足るか」

正則は、縋《すが》るような表情で長政を見据えた。

(何という人の良さだ。どこの世界に、豊臣家のために命を張って三成を倒してくれる阿呆がいるものかよ)

長政は呆れかえる思いを嚙み殺しながら、激しく頷いた。

「内府にそんな邪心があるものか」

「よし、分かった。ならば明日の評定の一番に、徳川家にお味方いたすと大声を上げようぞ」

「よくぞ申した。これはいくさの功名どころの話ではないぞ。その一言だけで、どこかの一国が左衛門大夫の懐に転げ込んでくるのだ」

「ざっと申せばそのような次第で、左衛門大夫を説得し、その晩のうちに内府殿に報告しておいたのでございます。内府は大いに喜ばれ、翌日の評定は私の筋書き通りに運んで、関ヶ原の勝利はここで半ばはなったのであります」

長政は毛利一族、小早川秀秋の内通についての工作も物語ったが、聞いているうちに如水は、笑い出してしまった。

「何だ、徳川家の謀略はまるで吉兵衛一人で行ったようであるな」

関ヶ原の合戦は西軍八万余、東軍七万五千の大軍勢が一堂に会した過去の日本の歴史にも例を見ない大会戦であったが、勝敗を分けたのは、西軍の旗頭であった毛利輝元の軍勢が最初から最後まで傍観者の姿勢を貫いたこと、いくさの山場で小早川秀秋が東軍に寝返ったことであろう。長政の説明によれば、その二つながらに長政が裏で根回しをしていたというのである。

「私の功績を誇っているのではありませぬ。たとえば毛利家とは太閤様の中国攻め以来、父上に従って太閤様のそばに控えておりました私は、毛利輝元はもとより小早川隆景《たかかげ》、吉川広家、安国寺恵瓊《あんこくじえけい》といった重臣達とも早くから接しておりました。また朝鮮への渡航時にも、小早川隆景以下の御家来衆とも親しく付き合っております。それに引き換え、東国在住の上に朝鮮戦役では徳川家には軍役が免じられていたために、普段毛利家と接触する機会がありませぬ。いきおい毛利家に顔の利く私が、重用されたのでございます。

今回の件も顔なじみの吉川広家から、『内府殿にお味方したい。ついては取次をお願いする』と申し入れがあり、私が間に入って内通の条件の取りまとめを行ったのであります。

また金吾中納言《きんごちゆうなごん》（小早川秀秋）の調略については、秀秋様が高台院様の甥であることから、内府は高台院様に話を持ちかけたのであります。高台院様は快諾されましたが、いくさにかかわる大事なだけに、高台院様は私に協力を求めてまいりました。

問題は、父上もご存知の通りの秀秋様の性格です。あのご仁は意志薄弱というか臆病というか、いったん覚悟を決めたことでも、誰かの言葉やちょっとした目先の軍勢の動きなどで、簡単に心が動いてしまいます。

高台院様もそれを懸念されて、噛んで含めるように繰り返し内府様にお味方するようにと言い聞かせるのですが、それを聞いている秀秋様はきょろきょろと目が動いているばかりで返事にも力がなく、まことに心もとない状態でございました。

私は、腹を決めて秀秋様に申し上げました。

『中納言様（秀秋）の本陣に、黒田家から大久保猪之助を目付け役としてお付け申す。徳川家に加勢して軍勢を動かす時期が来た時には、猪之助が大声で叱咤いたしますので、ためらうことなく裏切りの采を振ってくだされ』

実際の戦場では、猪之助は、脇差に手をかけて中納言様を威嚇しなければならなかったそうであります」

「何と、手のかかる男よの」

如水は笑って見せたが、内心では我が息子ながらこれほどの謀才を備えているとは目を洗われる思いであった。だが如水から見れば、その謀《はかりごと》はあまりにも単純過ぎる。如水ならば、大技の前に小技を仕掛ける。前段に小技があってこそ、後段の大技が決まるのだ。

しかし現実には、長政の単純な策はものの見事に成果を挙げているではないか。それは何故か。長政のいかにも骨太で大柄な体軀、眉が濃く目尻が上がっている武骨な面構えを眺めているうちに、如水の胸にはっと閃くものがあった。

長政は初陣の頃から、常に自軍の先頭に立って駆ける猪武者であった。

「大将たるものが、家臣と功名争いをして何とする。それでは、家臣の功績は誰が見届けるのか」

如水はことあるごとに、長政にそう訓戒してきた。だが長政はいざ戦場に出ると逸《はや》り立って先頭に出てしまい、また家臣達は殿に負けじと争って働くために、結果としては黒田勢は無敵の常勝軍であった。

（何という不肖の息子であることよ）

如水はそう思い、息子に対する評価は辛いものに終始していた。だが関ヶ原の戦いの後、家康は諸将の前で長政の手を取って三度まで額に押し頂き、

「我が徳川家のある限り、黒田の家を粗略に扱うことはない」

とまで激賞しているのだ。

長政の策が見事に決まるのは、このいかにも荒武者らしい風貌と過去の実績がものを言っているからではないか。

正則の前では我ら豊臣家子飼いの将とは言っているが、黒田家はもともとは織田信長に随身したのであり、本能寺の変以後に秀吉の家臣となったのだから、長政は秀吉の子飼いではない。

だが如水（当時は官兵衛）は織田家に臣従するにあたって嫡子の長政（当時は松壽《しょうじゅ》丸《まる》）を人質として差し出しており、信長は松壽丸を中国征伐の総大将に内定していた秀吉に預けた。

松壽丸は秀吉の当時の居城である北近江の長浜城に行き、そこでのちの加藤清正、福島正則、加藤嘉明といった秀吉子飼いの若者達と一緒に暮らしていた時期がある。十代の頃の何年かを互いに武芸の鍛練に励んだ仲であり、その後も秀吉の天下統一から朝鮮出兵を通じて戦場をともにしてきたこともあって、一つ釜の飯を食った仲間と

いう感覚が相互にあるのだ。

長政は朝鮮出兵の前後から、意識して秀吉子飼いの武将達との付き合いを深めていた。あの者達の心を完全に摑んでおくことが、将来自分の大きな財産となってくるのではあるまいか。

そうした人間関係が、今こそ役に立ったのだ。いくさが始まれば勇んで全軍の先頭に立って駆ける長政は、福島正則や加藤清正からは同じ肌合いの武将として、何の疑いもなく全幅の信頼を置かれている。

それだからこそ、長政の説くところはまっすぐに正則の心に届いたのだ。だとすれば、長政の深謀遠慮は驚くべきものがあると如水は思ったのであろう。この倅《せがれ》にとっては、策などは小技で、生き方そのものが渾身の大技なのだ。

「それで、関ヶ原での吉兵衛の戦いぶりはいかがであった」

「それが、いつも通りの先頭に立っての武者働きであります。まことに申し訳ありませぬ」

長政は深々と頭を下げた。

「やはりそうか。吉兵衛の馬鹿は、死ぬまで治らぬな」

如水の毒舌は相変わらずだったが、その眼差しにはいつにない温かいものがこもっていた。

（父上は初めて私を認めてくださった）

長政はそう思い、涙がこぼれる思いであった。

五

すでに春の日は西に傾きはじめていたが、初音と父の思い出を語っていた長政はまだ話し足りない思いであった。

関ヶ原以後の推移は、長政の期待に反していた。一つは家康がますます精力的に豊臣家の体力を殺《そ》ぐことに専念して亡くなる気配もなく、もう一つは関ヶ原まではあれほど重用していた長政を、手のひらを返すように用いなくなったことだった。

在りし日の父の面影を思い浮かべつつ、初音を前にして長政はつくづくと嘆息した。

「父は秀吉に天下を取らせたために、かえってその大才を秀吉から恐れられ、その功績にはおよそ不釣り合いの小禄のまま終わった。その父の生き方を見てきた俺は、父とは違う型の武将になろうと粉骨砕身してきた。だが今になって振り返れば、俺は家康に天下を取らせたために、家康から警戒されてゆく手を阻まれているではないか。親子とは恐ろしいものだ、まったく別の道を歩もうとしてきたのに、辿り着いたところは同じだったのか。

だが父は十八万石以上を与えては危険と冷遇され、俺はどうにでも制御できるとみられて父の三倍の五十二万石を許された。つまりは、俺の器量は親父の三分の一にしかならぬということか」

随分と甘く見られたものだ、長政の闘志はまた燃え上がった。

「親父殿は秀吉を天下人にしただけでは飽き足らずに、関ヶ原の合戦の時に天下を目指して兵を挙げた。俺も家康を天下人にしたことで満足せずに、ここで一番、天下を狙わずにおこうか。人は今でも、私を黒田官兵衛の息子と思っている。だが私が天下をこの手に握ってみせれば、人は初めて官兵衛は長政の父親と呼ぶであろうよ」

長政の言葉に、初音は可愛い仕種で小首を傾げた。

「殿方の思案は、女には分かりかねます。私は衣食住に不足がなければ、その上は多くを望みませぬ。長政様は筑前五十二万石の大領を得ながら、何故《なにゆえ》にまだまだ上を望むのでありますか」

「それが、男と女の違いだ。女はまず自分の身の安全を第一に考える。だが、男はそうではない」

初音の鼻筋の通った顔立ちを改めて好ましいものに思いながら、長政はふっと言葉の調子を変えた。

「ところで十ヶ月のうちに百人の子を得るには、何人の女が必要だと思うか」

「世の中には双子の例もありますけれど、普通に考えれば百人は必要でありましょう」

「それでは十ヶ月のうちに百人の子を得るのに、男は何人要る」

初音は微笑して言った。

「長政様のように壮健なお方であれば、十人もいれば充分かと」

長政は苦笑した。伏見での葬儀、福岡での葬儀と慌ただしく日が過ぎて、初音とこうして会うのも久しぶりなのである。もちろん初音は閨《ねや》を共にしてくれない嫌味を言っているのではなく、底意のない戯れ(冗談)に過ぎないのは長政にもよく分かっている。

「もちろん男は子をなすほかにも、いくさをしたり、領民の面倒を見たり、物を作ったり売ったりしなければ世の中は回って行かぬ。だから十人ではとても足らぬが、それでもまず男の二、三割は天が目減りを見込んでこの世に遣わしているのだ。女の命は一つ一つが掛け替えのない重いものだが、男の命はすぐにいくらでも補充が利く軽いものなのよ。

それだからこそ、男は命を張った勝負に出ることをいとわぬ。堺やこの博多の商人達は、板子一枚下は地獄の小舟に乗り言葉も通じない異国へ出掛けて、交易に従事している。嵐に遭って難破する例は毎年絶えることがないが、それでも一獲千金を夢見て今日も港をたくさんの船が出ていく。

あるいは、夏でも雪が消えることのない高山の頂を極めんとして登攀《とはん》する行者も数多くいる。失敗すれば命を失う、成功しても何の報酬もないのに、それでも行者は頂を目指すのだ。

女は掛け替えのない命を守るために、安全第一の生き方を選ぶ。だが男は名誉欲、功名心、冒険心、射幸心、金銭欲、そういった諸々の欲望のために、時として命すら擲《なげう》ってしまうのだ」

「ほんに」

初音は首をすくめてみせた。

「戦って天下を目指す女はありますまいが、男の方は生まれついての本能として百に一つ、千に一つの可能性に命を懸けるものなのでありましょうね」

「男のすべてがそうだとは言わぬ。だが父上も私も、幸か不幸かそうした性分に生まれついているのだ」

「私は、無難に世を過ごして長生きがしたいと思っております。でも、いやそれだからこそ、長政様には途方もない大きな夢を抱いて長い坂道を駆け上がっていってほしい、そう念じております。どうか私にも、その夢の行方を楽しませてくださいませ」

初音はそう言って、深みのある温かい微笑を浮かべた。長政の脳裏に、正室の栄《えい》の横顔がよぎった。

栄は家康家臣の保科弾正忠《ほしなだんじようのちゆう》(正直《まさなお》)の娘で、家康の養女となって長政に嫁いできている。

この話が持ち込まれた時、長政は困惑した。何となれば、長政は十年以上も前に蜂須賀小六の娘の蓮《れん》を正室として迎えていたからである。

だが秀吉が没して文禄・慶長の役が終わり、朝鮮から引き揚げてきた長政が見るところは、次の天下人は家康をおいてあるまいということであった。その家康から持ちかけられた縁談とあっては、受け入れるほかはあるまい。

幸いというべきか、蓮との間には菊という女児が一人あるだけで男児は無かった。武家が継続してゆくための最大の課題は、嫡子を得ることであった。『三年子無きは去る』という言葉があるように、世継ぎを産まない正室は離縁されても文句は言えなかった。

こうして長政は蓮に代わって栄を正室に迎えたのだが、そして慶長七年(一六〇二年)にはこの正室との間に嫡子・万徳丸を得たのだが、栄の背後に常に家康の存在を意識せざるを得ないとあっては、栄に心を許す気持ちにはなれなかった。

(俺がありのままの自分をさらけ出せるのは、この女だけだ)

長政は改めてそう思い、初音に軽く微笑してみせた。

長政が初めて初音の顔を見たのは、天正二十年（一五九二年）元日に中津城下の薦《こも》神社で挙行された奉納槍試合であった。

薦神社は大貞《おおさだ》八幡宮とも呼ばれており、全国八幡宮の総本宮である宇佐八幡宮の祖宮といわれる古社である。元日の奉納槍試合は黒田家以前の支配者である大友氏の代から行われていたが、武芸自慢の長政としては率先して継承に努めていたから、年を追って盛んになっていた。

しかしこの年の奉納槍試合ほど、話題を呼んだ年はなかった。この試合に出場できるのは十六名と決まっており、そのために郡ごとに代表を選ぶための選抜試合が恒例となっている。その選抜試合に先だって今回の審判役である母里太兵衛のところに、京都《みやこ》郡の秋満九郎衛門から問い合わせがあったのだ。

『奉納試合の参加資格には、十五歳以下とだけあって男女の別は書かれておりませぬ。我が娘の初音は我が道場にあって尋常の腕前ではなく、この郡の選抜試合に是非とも参加いたしたいと申しております。女子《おなご》の参加が認められるかどうか、ご教授賜れば幸甚に存じまする』

母里太兵衛は頭を抱えた。奉納槍試合に女子が登場したことなど、太兵衛が知る限りでは前例がない。自分では思案が付かずに、ついに長政の前に出て見解を問うた。

「元日の鷹神社での奉納槍試合でござる。女子は不浄の身なれば、参加させることには問題があるのではありますまいか」

母里太兵衛の柄にもなくしかつめらしい表情を見て、長政は吹き出してしまった。

「その不浄の身を人一倍好んでいるのは、どこの誰だ。歴史を紐解けば、巴《ともえ》御前、板《ばん》額《がく》御前の例もある。女子の武芸だからと言って、軽く見てはならぬぞ。太兵衛は、その娘が勝ち抜くことを恐れているのか。娘に負けるような腕前では、黒田武士の風上にも置けぬ。構わぬわ、出場を認めてやれ」

誰も予想もしなかったことだが、秋満初音は京都郡の選抜試合に勝ち抜き、奉納槍試合に出場することが決まったのである。しかも伝わってくる噂によれば、初音は体軀こそ大柄ながら清楚な顔立ちの匂うばかりの美少女だというではないか。

元日は、よく晴れた温暖な日和であった。鷹神社の中に設けられた試合場では、定刻の辰《たつ》の下刻（午前九時）には出場する十六人が長政の前に整列していた。参列している者達の間から大きな歓声が沸き起こった。

人々の視線は、ただ一人の女性である初音に集中していた。初音は長い黒髪に白い鉢巻を巻いていたが、いかにも正月らしく白羽二重の小袖に同質の袴という清楚ないでたちで、何の化粧もしていないのにその整った目鼻立ちに漂う凜々しさは際立つものがあった。

五尺の女は大女と言われていたこの頃、初音は五尺三寸（約百六十一センチ）の上背がある。この年頃では女子の方が男子に比べて成長が早いから、初音は出場者の中にあっても決して見劣りのする体格ではなかった。

鷹神社の神職による初春を言祝《ことほ》ぐ祝詞《のりと》があげられ、次いで長政の開会の挨拶が済んだ巳《み》の刻（午前十時）、いよいよ試合が開始された。初音の登場は四番目であった。

美声で評判の小姓・佐藤光明《みつあき》が、対戦する両者を呼び上げた。初音の相手は、加来惣《かくそう》兵衛《べえ》という長身の若者である。

竹胴、籠手、草摺りなどの防具を身に付けた二人はまず正面の長政に向かって一礼し、面鉄を頭に被ってから一間半のたんぽ槍を手にして、六間の間隔を持って向かい合った。

「始めよ！」

母里太兵衛の掛け声とともに、初音は素早く動いて気合のこもった突きを入れたが、惣兵衛は辛くもかわした。通常ならば初音はここで飛びずさって体勢を立て直し、再度対峙するところである。

だがこの娘は足を止めずに、わずかに腰を捻《ひね》りつつ素早く槍先を相手に向け直して突き進んだ。意表を突かれた惣兵衛は、もんどりうってあおむけに倒れた。

「それまで」

母里太兵衛の声に、観衆はどっと沸いた。この美少女の技量は、人々の期待に充分過ぎるほどにこたえる見事なものだったのだ。だが一礼して面鉄を外した初音の顔には、晴れがましい微笑もなく透き通るような無心の表情であった。

二回戦の相手は、門丸佐馬助《かどまるさまのすけ》であった。この少年も初音の突きをかわしたところを間髪も入れずに槍で横に払われ、首筋をしたたかに打たれて悶絶してしまった。最初の突きをかわされても足が止まらず、どんな体勢からでも素早く次の技を連続して繰り出せるのが、この少女の特技なのであろう。

三回戦は、能方《のうがた》佐内が相手であった。佐内は前の二人が初音の攻撃を受けて立って敗北したのを見て思案したのであろう、先手を取って自分から仕掛けた。初音もほとんど同時に動いた。

両者の間隔はあっという間に狭まり、二人は同時に槍を繰り出した。誰もが相打ちと見たが、一瞬の後に崩れ落ちたのは佐内であった。

長政は、勝敗を分けたのは初音の足捌きにあると見た。佐内が大股に駆け寄ったのに対して、初音は一歩目を小さく、二歩目、三歩目と歩幅を広げて加速し、四歩目にすっと体を伸ばした。加速がついているだけ、わずかに早く槍先が相手の体に届いたのだ。

次はいよいよ決勝戦である。勝ち上がってきた相手は、出光三郎四郎《いでみつさぶろうしろう》であった。会場の興奮は、その極に達した。ここまでくればこの美少女に勝ってもらいたい、誰もがそう念じて声を枯らして声援を送った。

だが、勝負はあっけなかった。大柄な三郎四郎の力に任せた突きを二度、三度とかわしたものの、気合のこもった一撃を胸に受けて初音は宙を飛んでしまったのである。一瞬の静寂を置いて、すぐに初音の健闘を賞賛する拍手が湧き起こった。嵐のような称賛の声が神社の境内にこだまして、勝者の三郎四郎の影が薄くなるほどの騒ぎであった。

一礼をして面鉄を外した初音の顔に、初めて満足げな微笑が浮かんだ。その爽やかな笑顔に、長政は激しく興味を覚えた。

その数日後、長政はわずか数人の供を連れて中津街道を北上していた。この日も良く晴れていたが、玄界灘から吹き付けてくる北風に乗って時折風花が舞う寒い日であった。

目指す京都郡行事村は中津街道を挟む宿場であるだけに、両側の家並みも周辺の村落に比べて格段に多い。目的の秋満九郎衛門の屋敷は街道に面しており、同じ敷地内に道場が併設されていた。

三日前に使者を出して訪問の意を伝えておいたので、秋満九郎衛門はすでに玄関に出迎えていた。長政は奥の座敷に通されると、固くなって平伏している九郎衛門に砕けた口調で声を掛けた。

「いや、立ち寄る前に道場を覗いてみたが、大変な盛況であるな。あれは娘御の功績であろうか」

「左様、初音が京都郡の予選を勝ち抜いた頃から、目立って入門志願者が増えております」

九郎衛門は、恐縮しながらも自然と頰が綻んでいた。

「さもあろう。この前の奉納槍試合の娘御の活躍には感服したぞ。一度言葉を交わしたいと思い、こうして参ったのだ。娘御に会わせてはくださらぬか」

「もったいない仰せでございます。すぐに茶を運ばせてまいります」

その言葉通り、初音がすぐに姿を見せて長政と九郎衛門の前に茶碗を置いた。今日は元日の白無垢とはうって変わって、赤地に梅と鶯を描いた華やかな小袖姿であった。顔にも薄く化粧していて、その目元の涼やかさは長政の目を奪うばかりであった。

「初音とやら申したな。あの試合での戦いぶりは、まことに見事であった。勝った時に無表情だったのは、女子に負けてきまりが悪く頭に血が上っている相手に笑顔など見せては、傷口に塩をすり込むようなものだという思案からであろうな」

初音は、無言のまま頷いた。長政はたたみ掛けて訊いた。

「ただ、決勝戦の後の爽やかな微笑の意味が分からぬ。あの試合は、わざと出光三郎四郎に勝ちを譲ったのであろう。あれは奉納試合に優勝などすれば、黒田家の若武者達の面目丸潰れになってしまうという配慮からか」

初音は驚いたように目を見張り、すぐに満面の笑みを浮かべて言った。

「有り難いお言葉ですが、それは若殿の買い被りでありますよ。私は、実力で出光様に歯が立たなかったのでございます」

だが長政も、一歩も引かなかった。

「私が十五歳で初陣してから戦場を往来する十年の間に身に付けたものは、相手の強弱を瞬時に見抜く眼力だ。その私の目には、三郎四郎より初音の力量が勝って見えた。違うか」

「それはあの出光様の武骨な面構えと私の立ち姿を見比べた時に、若殿の目が曇ってしまわれたのでありましょう。私は力を尽くして戦い、敗れたのでございます」

秋満九郎衛門がたまらなくなったのか、言葉を挟んだ。

「殿、実は私もあの試合の後、『まさか、わざと勝ちを譲ったのではあるまいな』と初音を問い質したのでございます。初音は驚いた顔をして、『勝てる相手なら、勝っておりますよ』と申すばかりでありました」

長政は、初音の振る舞いに感嘆する思いであった。長政が見るところ、初音は間違いなく出光三郎四郎に花を持たせている。だがこの娘は、透き通るような微笑を浮かべるばかりで絶対にそれを認めない。

(初音がわざと負けたのだと伝われば、三郎四郎が味わう屈辱感はいかばかりであろうか。この娘は、そこまでの気配りをしているのだ)

長政は、この娘の真価を思い知った。見目が良い娘はいくらでもいるが、これほどまでに賢い娘は滅多にいるものではあるまい。

「実力で負けたと言い張る初音には、感服するしかない」

長政は微笑を浮かべて、初音の顔をまっすぐに見据えた。

「初音が三郎四郎に勝ちを譲ったと認めたならば、私は土産の品を渡してそのまま引き揚げるつもりでいた。だが、認めないとなれば、聞きたいことがある。我が屋敷に上がる気はないか」

主君の屋敷に上がるとあれば、女中になるか側室になるかの二つしかない。しかし女中を雇うのに、当主が自ら出向くことなどあるはずもない。長政の思いは、秋満九郎衛門にも初音にも通じるであろう。

九郎衛門が狂喜するのは、見ないでも分かっていた。長政の正室の蓮には一女があるだけで、男児はいない。初音が側室となって男児を産めば、その子が黒田家の嫡子になるのだ。

　二百石の秋満九郎衛門にしてみれば、そうした事態が実現すれば我が秋満家の未来は光り輝くという思いであろう。だが長政にとって大事なのは、初音自身の決心であった。ここで父親の顔色を窺《うかが》うようでは、期待外れもはなはだしい。初音はじっと長政を見返して、穏やかな微笑を浮かべた。

「私でよろしければ」

　長政が拍子抜けするほどに、あっけない初音の決断であった。

「何故そう思うのだ」

「若殿は、『実力で負けたと言い張る初音には、感服するしかない』と申されました。そこまで買い被られてしまえば、とても断ることなどできませぬよ」

　初音は、あくまでもあどけないまでの微笑のままであった。

「それでは、輿入《こしい》れはいつ頃でございましょうか」

　九郎衛門は上気した面持ちで、長政を見詰めた。

「九郎衛門も存じておろうが、太閤殿下は唐入り（大明征伐）を天下に命じておられる。私も三月の半ばには中津城を出立して、肥前の名護屋城に参集せねばならぬ。輿入れは、それまでに済ませておきたい」

「あと二ヶ月しかありませぬのか」

嫁入り準備を整えるには、あまりにも慌ただしい日程であった。

「支度など、何もいらぬ。稽古着とたんぽ槍だけを携えて参ればよいのだ」

「中津城に参っても、槍の稽古は続けてよろしいのでございますか」

初音は、喜びの声を上げた。

「むろんのことだ。我が家中の若手の連中に、厳しく稽古をつけてやってくれ」

長政はここで言葉を切って、にっと笑って見せた。

「特に出光三郎四郎にはな」

六

如水の死後、長政は徳川家康が豊臣家にますます強く圧力をかけていく情勢を見ながら、自分の野望を果たす道を探り始めた。

それには、まずは徳川家と対抗しうる対立軸を作らなければならない。そのためには、天下を動かすに足る大舞台と、それにふさわしい誰もが納得する主役が必要である。筑前五十二万石の黒田長政が前面に出てしまっては、家康の対抗馬としてはあまりにも貫禄が違い過ぎて、とても周囲の大名は付いてくるまい。

その大舞台とは、豊臣家しかないのではないか。

この頃豊臣家は、和泉《いずみ》、摂津、河内《かわち》を領土とする六十五万石の大名に凋落している。もし豊臣家に自家の境遇を客観的に理解しうる家臣がいたとすれば、

「大坂城は、徳川家にお渡しいたす。太閤殿下が生前に蓄えた金銀も、その半分は城内に残しておきましょう。秀頼様にはどこぞに五、六十万石を賜らば、今後は徳川家の家臣として忠節を尽くします」

と家康に申し入れたであろう。織田家の嫡流の中にも、信長の十三歳下の弟・長益《ながます》（後の有楽《うらく》。有楽斎とも）などは秀吉が天下人となってからはそのお側衆となり、関ヶ原の戦いでは東軍に参加して、徳川方の大名に収まっている例もある。

豊臣家が一大名となって家康に臣従すると宣言するならば、豊臣恩顧の大名達も安心して家康が作ろうとしている新体制の中に織り込まれていくであろう。そうなれば、平和裡に徳川政権が誕生することになり、それは家康にとっても最も好ましい展開であるに違いあるまい。

だが茶々（秀頼の生母は現在では淀殿と書かれることが多いが、この呼称は江戸時代になってからできたもので、生前に記された文献では茶々）は依然家康を豊臣家の五大老の筆頭と見下して、頭を下げる気配がなかった。

五大老とは秀吉が死期を悟って天下の仕置きを行うために設けた制度で、徳川家康、前田利家、宇喜多秀家、毛利輝元、上杉景勝の五人の大老が合議の上ですべてのこと

を掴いていくことになっていた。

しかし現在では前田利家は秀吉崩御の翌年閏三月に病死し、毛利輝元、上杉景勝は関ヶ原の合戦で西軍に付いたことから領地を大幅に減らされて昔日の威勢はなく、宇喜多秀家に至ってはお家取り潰しの上に八丈島に島流しになっており、五大老の制度などとうに雲散霧消している。

実質的にはすでに天下人である家康にとっては、豊臣家の大老扱いなど片腹痛いとしか思えなかったのであろう。そこで家康は慶長八年(一六〇三年)には征夷大将軍となって、武門の棟梁であることを天下に誇示してみせたが、茶々は豊臣家は公家の最高位である関白の家柄であるとして、家康に膝を屈する気配は毛頭見せない。

長政の見るところ、気位ばかり高くて将来への具体的な展望を持たない茶々が豊臣家を支配する限り未来はないが、この情勢を一変させる手段がないわけではない。茶々を追放してしかるべき人物が豊臣家の実権を握れば、徳川家に対抗していくことは充分に可能であろう。ではそのしかるべき人物が、果たしているのか。

(越前宰相《えちぜんさいしょう》《結城秀康《ゆうきひでやす》》様こそ、その役目にうってつけの武将に違いあるまい)

家康が実父、秀吉が養父という天下にただ一人の存在である秀康は、その後も類例のない数奇な運命をたどって現在は越前七十五万石の大大名になっているが、長政にとっては忘れることができない強烈な印象を受けた事件がある。

慶長九年の七月、秀康は伏見の結城屋敷で相撲の興行を行い、家康を招待した。もちろん伏見在住の諸大名にも声を掛けてあった。

中庭に臨時の土俵を設け、その周囲に緋毛氈《ひもうせん》を敷いて諸大名や徳川家の重臣達が居並んだ。家康は中庭を見下ろす座敷の前端に床几を置いてゆったりと腰を下ろし、秀康と秀忠はその両側に座っていた。

やがて前相撲の十四番が終了し、いよいよ本日の結びの一番、嵐追手《あらしおつて》と巡礼《じゆんれい》の両大関の登場となった。

嵐追手は越後出身、さる公家のお抱えの力士で最強の呼び声が高い。また巡礼は加賀出身で前田家のお抱えであり、これに先立つ京・北野天神の勧進相撲で三十三番に勝ち続け、当時盛んに行われていた西国《さいごく》三十三所、坂東《ばんどう》三十三箇所の巡礼にちなんで、巡礼と改名した日の出の勢いの力士である。

お目当ての両大関の登場とあって、仕切りを重ねるうちに土俵の周囲は興奮に盛り上がり、夏の盛りとあって大名達も汗みどろになりながら立ち上がって大声で声援を送り、また「見えないぞ、座れ」と絶叫する者あり、旗本達も喚き散らし、収拾のつかない事態となった。

それを見た秀康は、すっと立って濡れ縁の端まで行き、中庭をゆっくりと眺め渡した。

「越前宰相様が見ておられるぞ」

秀康の姿に気が付いた誰かがそう叫び、すぐに中庭にいる全員が濡れ縁に立つ秀康の方に向き直った。それに応じて、秀康は力のこもった視線で端から端までを眺めやった。

その間、ただの一言の言葉も発しない。

だが諸大名も旗本達も秀康の威に打たれて、自分達がいかにあさましく取り乱していたかを思い知らされ、思わず頭を下げて座り直した。混乱の極にあったのが嘘のように、あたりは静まり返った。

秀康は家康に軽く一礼して、何事もなかったように席に戻った。家康は、感嘆して言った。

「宰相の威厳には、驚くしかない。歴戦の荒大名達が、宰相の一睨みで借りてきた猫のようにおとなしくなってしまったではないか」

「亭主の役目でござれば」

秀康は微笑してそれだけを答えた。茶会を催した亭主は、もし客同士の口論などあればそれを鎮めて茶会を進行させなければならない。それだけのことだと、秀康は言いたいのであろう。

長政もその場にいた。そして秀康の立ち居振る舞いに、ただただ驚嘆するばかりであった。

（あの場で示したかの君の威厳こそ、天下分け目のいくさの時に諸将を結集しうる求心力になるであろうよ）

「これはこれは、越前宰相様。お久し振りでござる」

長い夏もようやく過ぎて秋風が肌に心地よい慶長十一年（一六〇六年）九月中旬、伏見城の長廊下で結城秀康の姿を見掛けた長政は、さりげなく声を掛けた。

「おう、筑前の守殿か。息災のようで何よりだ」

秀康は長政より六歳年下の三十三歳だが、その物腰には七十五万石の太守にふさわしいどっしりとした貫禄が備わっていた。

「御父上の三回忌も終わり、落ち着かれたか」

「はい、どうにか」

「ならば、今晩にでも私の屋敷に参らぬか。御父上にはいろいろと懐かしい思い出がある。それを肴に、酒でも酌み交わすというのはどうだ」

「それは、父も喜んでくれましょう」

長政としては、どうやって秀康に接近を図るかが難問であった。それが向こうから場を設けてくれるとは、願ってもない話ではないか。

早速にその日の夕刻に栗山善助と母里太兵衛を引き連れて結城邸に参上すると、秀康は上機嫌で長政達を出迎えてくれた。

広間での豪華な酒食が供された後は、秀康と長政はともに二人の重臣を連れて書院へ席を移した。

「母里太兵衛とは初対面だが、よく存じておるぞ。福島正則から日本号の槍を呑み取ったのは、お主であろう。今日は私から何でも呑み取っていくがよい」

秀康は磊落《らいらく》に笑って、女中に太兵衛にだけ特別に用意させた大杯を満たさせた。太兵衛は恐縮しながら、五合の酒を一息に呑み干して見せた。

(先程の宴席で結城家の家臣達を眺めていると、主君に心服しきっているのが一目で分かる。このお方は、巧まずして武人の心を取る器量を備えておられるのだ)

長政は、頼もしい思いで秀康のそうした振る舞いを眺めていた。

それにしても、こうして間近で見る秀康の風貌の見事さはどうであろう。長政も五尺七寸の身の丈で当時としてはかなり大柄だが、秀康はさらに一寸は高かろう。目鼻立ちがすべて大振りで豪邁《ごうまい》な気迫に満ちているのに加えて、どこかに一抹《いちまつ》の孤愁が漂っているではないか。

(孤独を知るものは、己を律し他者への優しさが持てるものだ)

「あれは関ヶ原の合戦の年の暮れのことだ。内府の命で、如水殿が伏見に上ってこられたであろう」

如水がわずか半月ばかりで九州のうち七ヶ国までを平らげたという話は、京大坂でも知らぬ者がないほどに有名になっていた。如水は豊臣、徳川の争いを尻目に天下に志を伸ばそうとしていたのだというのがもっぱらの評判であり、伏見の黒田邸には挨拶に訪れる者が列をなす有様であった。

「中でも宰相様は毎日使者を出して様子を伺い、しかも三日と空けずにご自身でお顔を見せたと父は常々申しておりましたよ」

「それよ。私はどうしても如水殿に尋ねてみたいことがあったのだ。如水殿は、『九州の大名達は皆軍勢を率いて大坂城に詰めていた。いわばどこも空国同然であったから、平らげるのは何の造作もなかった』と申された。しかし、それは黒田家でも事情は同じであろう。

筑前の守が五千の軍勢を引き連れて出兵した以上、豊前もまたわずかな留守居番が守るのみで、隣国に攻め入るほどの兵力が残っていたはずはない。ほんの短い期間に四千近い軍勢を整えたのは、どういう工夫があったのであろうか。

私の問いに、如水殿はこともなげに申されたよ。『なに、とっておきの金銀をばらまいただけでござるよ』となく」

如水は若い頃から吝嗇《りんしょく》で知られており、無駄なことに金銀を費やすことなどまったくなかった。従って中津城の天守閣には、いくつもの長持ちが一杯になるほどの金銀が唸っていた。

如水は兵を挙げる決心をするとすぐに領内一帯に募兵の高札を立てさせ、また家臣に命じて中庭を臨む広間に長年にわたって蓄えてきた金銀を積み上げさせた。広間はいくつもの金銀の山で埋め尽くされ、その目を奪うばかりの絢爛豪華さは、見る人を驚倒させるのに充分なものがあった。

高札を見てやってきた者達は、中庭に通されて広間の金銀の山に肝を潰した。これだけの軍資金があれば、一万人でも二万人でも人が集められるであろう。

やがて係の役人から、とりあえずの手当てが配られた。馬乗りの武士には銀三百匁《もんめ》、徒武者《かち》には銀百匁、下人には十匁といった配分であった。

「それは、太閤殿下のやり方から学んだことでございましょう。殿下はいくさ場には必ず金銀の詰まった長持ちをいくつも運んでこられて、目につく功名を挙げた者はいくさが終わり次第に呼び寄せ、褒め言葉とともに両手で金銀を掬い取っては与えたものでござる。

武士にとって何よりも感激するのは、総大将が自分の働きを見届けてくださった、そしてその場で思いもかけない恩賞を賜ったということでありましょう。

どんな言葉よりも金銀は人を心服させる、それは下賤から身を起こして関白の地位にまで登りつめた殿下ならではの知恵でござる。父はその辺の呼吸を殿下から受け継いだのに違いありませぬ」

三千六百の兵を集めることさえできれば、如水にとってほとんど空国に等しい七ヶ国の平定などいとも容易なことであったろう。

（あの金銀は、三十年以上も掛けて父が営々として蓄えたものだ。それにしても、家督を譲って隠居してから十年以上が過ぎているのに、まだ一朝ことがあればと執念を燃やしていたとは恐れ入る。

徳川、豊臣の争いが起きそうな気配を知った父は、生涯最後の大博打を打つために、惜しげもなく全財産を投げ出したのだ。長年吝嗇を通してきたのは、この一勝負に打って出るためだとの会心の思いであったろうよ）

それにしても、感激を込めて熱心に語る秀康の心中には何があるのか。長政はふっと、淡い希望を覚えた。

（あの当時の黒田家は実質十八万石の小大名で、しかもその軍勢の大部分は私が引き連れて大坂に詰めていた。だが父は嵐の到来を予感するやいなや、いわば徒手空拳の立場から兵を起こし、天下を狙うところまでいったのだ。

越前宰相様は関ヶ原後に、越前六十八万石に旧領の結城七万石を加えて七十五万石を与えられ、前田家に次ぐ大身になられた。十八万石でも父は天下を動かす一歩手前まではいけたのだ、まして七十五万石もあればやりようによっては何でもできるのではないか。宰相様はその辺の機微を父の口から聞き出したいと思い、熱心に父のもとに通っていたのではあるまいか)

秀康の胸中には家康への不満がある、そして徳川家ではそうした秀康に対して腫れ物に触るような慎重な扱いをしているという世評は、長政もとうに見聞きしている。そして今日じっくりと対談してみて、秀康の言葉や態度の端々から、長政はこれは脈がありそうだというたしかな感触を摑んだ。

その日以来、二人はすっかり意気投合して五日と置かずに酒を酌み交わして歓談するようになった。

「それにしても、このところの城普請にはたまりませんな。自分の城に手を掛ける暇もありませぬ」

「特に今年の江戸城の改修はひどかったな」

江戸城は家康の性格もあって実用一点張りの質実剛健なつくりであったが、これを大坂城に負けない豪壮な大建築に仕立て直そうというのだ。天下の諸大名はこのために動員を掛けられ、大散財を強いられた。徳川家は、この計画を天下普請と称していた。

「殿下も大坂城を築くにあたっては、天下普請をなされました。あれは殿下が唯一無二の天下人であったからでございます。だが豊臣家が健在である以上は、大御所様はまだ天下人ではありますまい」

そんな会話を通じて、家康の豊臣家への態度が次第に尊大となっていくのを長政はさりげなく憂いてみせた。むろん秀康は自分の気持ちを洩らすことはなかったが、長政は次第に手ごたえを強く感じるようになっていた。

第二章

父と子

一

松平元康（後の徳川家康）が築山御前を妻に迎えたのは、弘治《こうじ》二年（一五五六年）のことである。築山殿は駿河を本拠とする今川義元の養女で、元康よりも十歳も年上であった。

当時元康は今川義元の支配下にあり、義元にしてみれば自分の孫が松平家を継げば、三河は戦わずして自領になるとの腹であったろう。当然築山御前は親の威を借りて元康に臨み、元康は無言で彼女の横暴にじっと耐えるほかはなかった。

だが永禄《えいろく》三年（一五六〇年）、その義元が桶狭間で織田信長の急襲を受け、戦死してしまう。元康はこれを機会に旧領の三河に拠って自立し、徳川家康と名乗りを改めるとともに、武田氏と組んで今川氏を滅亡させ、遠江《とおとうみ》を我が手に納めるに至った。

築山御前は、ここで家康の前にひれ伏すべきであった。もはや御前には頼むべき背景がなく、しかもそれまでのこの高慢な女の言動は家中に多くの敵を作っていたのである。

だが奇妙なことに、御前は相変わらず横柄な態度で家康を見下ろしていた。さらに奇妙なのは、家康自身が築山殿に対して少しも強い姿勢を示さないことであった。それが夫婦というものの微妙さであるのか、あるいは家康はこの年上の女性に生理的な圧迫感を覚えていて、どうにも頭が上がらなかったのかもしれない。御前は岡崎城を居城とし、家康の嫡子である信康を手中に握って我が儘一杯に暮らしていた。この頃家康は浜松に引馬《ひくま》城を構えており、必要がある度に岡崎に帰ってくるのである。

そんなある日、家康は築山殿の侍女のお万に手を付けた。ものの弾みと言うしかなく、家康にとっては、その場の情欲を満たすだけの行為であった。もちろん一度だけの出会いであり、ことが済んだ後は、家康は相手の顔も名前も忘れた。が、そのたった一度の行為でお万は懐妊した。お万は夜も眠れぬほどに途方に暮れた。

家康に告げようにも、二人だけになる機会がない。逆に築山殿にこのことが知られたら、異常に嫉妬心の強い彼女は恐らくお万と腹の子を、闇から闇へと葬り去ってしまうであろう。

お万は苦しみ悩み、しかもどうにも打開の道が見つからないまま、数ヶ月が過ぎた。

築山御前は、ついにお万の体が正常でないことに気が付いた。拷問の果てに、お万が胎児の父親が家康であることを告げた時、御前の形相が変わった。御前にとっては、嫡子の信康を握っていることが権力の源であり、競争相手の存在は断じて許すことができない。それも引馬城にいる家康の側室達ならばまだしも、こともあろうに自分の侍女が相手とあっては、お万が恐れていたように御前は狂乱し、彼女を殺そうとした。

お万はこの時、妊娠六ヶ月である。御前は侍女に命じてその体を裸にして木の枝に吊し、棒で折檻を加えた。たまたまお万の伯父の本多作左衛門がこの場に通り合わせなければ、お万も胎児もここで命を落としていたに違いない。

作左は三河者の典型とも言うべき木強漢《ぼっきょうかん》で、狂人のように喚き散らす御前の前からお万を助け出し、浜名湖の東南岸の宇布見《うぶみ》村の中村源左衛門に預けて保護した。源左衛門は浜名湖の水運を取り仕切る代官で、屋敷は三百坪もあり、作左からの頼みで快くお万を引き受けてくれた。出産までに親子のために別棟の離れまで新築してくれたのを見ると、おそらく作左が姪のために生活費を含めて金を出していたのであろう。

天正二年二月八日、お万は双子の男児を産んだ。作左はすぐに参城して家康に報告した。

「ただし、一方は死産でありました。従って出生したのは男児一人でございます」

この頃は双子は畜生腹と言って忌まれていたから、作左がしかるべく計らったのかもしれないと家康は思った。複雑な表情をしている家康に、作左はさらに迫った。

作左衛門は思い込んだら家康に対しても遠慮なく苦言を呈するが、いくさに出れば鬼神が乗り移ったような激しい働きをすることから、鬼作左の異名をとる家中での有名人であった。

「御子《みこ》でござれば、お名を付けてくださいませ」

童名を付けるのは、父親の役目である。だが、家康にとってはそれも面倒なばかりであった。

「このようなお顔でござる」

煮え切らない家康にじれて、作左は筆を執って男児の顔を描いてみせた。家康が苦笑したほどに、下手な絵であった。

「まるでギギだな」

ギギとは、このあたりに住む淡水魚である。鯰《なまず》に似ているが、少し小柄で痩せている。

「於義伊《おぎい》とせよ」

これほど愛情の薄い、いい加減な命名も例があるまい。やむなく作左は宇布見村で養ってもらっているお万のもとへ行き、その名を告げた。

「おぎいでございますか」

お万は不満の色を浮かべた。家康も今では三河、遠江を領する大名ではないか。その身分にふさわしい格調のある名前が欲しい。

「ならば、於義丸と呼べ」

丸が付けば、大名の子息らしい響きがある。お万はようやく納得した。名前が付けばやがてはお目見えがあり、於義丸は徳川家の一員として公認されるに違いあるまい。

だが家康は於義丸に対しては一貫して冷淡で、城に呼ぶことも宇布見村に顔を見せることも無く、空しく二年が過ぎて於義丸は三歳になった。於義丸は、相変わらず日陰の身であった。お万が姪であることから於義丸の傅役《もりやく》の立場となった作左は、家康にこの幼児の扱いについて決断を求めたが、家康は相変わらず言を左右にして煮えきらなかった。

ここに至って、作左は搦め手から攻めることを思い付いた。それは徳川家の嫡男である信康であった。この時信康は十八歳、その将器は誰もが認めるところであり、しかも義侠心が強い。

作左は岡崎城に出向き、信康に於義丸の存在を告げた。果たして信康は、頬を紅潮させて喜んだ。

信康はすぐに馬を走らせ、作左とともに宇布見村のお万のいる屋敷を訪れた。於義丸は初対面の信康にもまったく動ずる気配を見せず、太い眉を吊り上げて兄を睨んでいた。

「よい面構えだ。それでこそ俺の弟だ」

信康はこの弟が気に入って抱き上げたが、何を思ったか突然於義丸を高く放り投げた。於義丸は音を立てて板敷きの上に激しく落ち、二転、三転してようやく座り直した。

「私が何を」

『いたしましたか』という言葉を飲み込んだまま、きっとして信康を見据える於義丸の目には、理不尽な扱いは許さぬという気迫が満ちていた。信康は、喉の奥が見えるほどに大笑した。

「成る程、そちは父の子よ。我が弟よ」

信康は、これほどの弟を我が子として公式に認知しない家康の気持ちがどうにも理解できなかった。

（ならば俺が、何とかしてやろう）

そこで信康は、一計を案じた。

それから間もなく、家康は信長に招かれて当時の信長の居城である岐阜城に赴くことになり、岡崎城に一泊した。信康は歓待したが、その表情がどこか険しい。

「何かあったのか」

その時、廊下に面した障子ががたがたと動いた。しかも、

「父上、父上」

と呼ぶ童子の声がするではないか。この世に家康を父上と呼ぶ者は、目の前の信康のほかにはたった一人しかあり得ない。信康は父の視線を受けて頷き、立って障子を開けた。そこには於義丸が、固く唇を結んだいかにも気が強い表情で立っていた。

「父上、於義丸でござる。対面してやってくだされ」

廊下に本多作左衛門が控えているのを見て、家康はすべてを了解して頷いた。

（そろそろ潮時かな）

家康もここまで舞台が整ってしまっては、観念せざるを得ない。信康が抱えてきた童子を受け取り、列席する家臣達に高く掲げて見せた。

「次男の於義丸である。皆もそのつもりで仕えてくれ」

「まことに目出度いことでござる」

信康はすかさず、そう言って一礼した。この瞬間に、於義丸は家康の次男として公認された。

天正七年二月、家康が居城としていた引馬城の大拡張工事がようやく完了して浜松城と改称され、お万と六歳の於義丸は新装なった二の丸御殿に移り住んだ。

これでようやく家康の次男としての扱いを受けられる、於義丸はそう思うと子供心にもうれしかったが、城に入ってからも家康はこの次男を可愛がるそぶりもなかった。しかし信康が岡崎からちょくちょく馬を走らせてきて、遠乗りや川遊びをしてくれたのは於義丸にとって忘れ難い思い出になった。

信康は、この弟を愛した。この時代、武門の当主として立っていくためには、自分のために命まで投げ出すよい協力者が必要である。それも他人よりは身内がよい。兄弟ならば、最も信頼がおける。

信康は将来於義丸を自分の片腕にしたいと考え、そのようにこの弟を遇した。信康のやり方は乱暴であり、まだ四、五歳の於義丸に木刀を振らせたり、泳ぎも知らない弟を川に放り込んだりしたが、於義丸はよくそれに耐えた。どんな時にも決して泣き声を上げないのが、この子供の特徴であった。

ある時など、於義丸は裸馬から落ちて石の角に横腹を打ちつけ、大粒の涙をぽろぽろと零《こぼ》しながらも、歯を食いしばって泣き声を上げなかった。

そんな時、信康はこの弟が愛しくてたまらず、力一杯に抱き締めてしまうのであった。この若者が見るところ、攻撃型の自分に対して於義丸は粘り強く、守備型の人間であるようだった。

「俺が先陣となり、お前が殿《しんがり》を務めれば、徳川勢は天下無敵だ」

信康はいつも本気でそう言い、その本気であることが何よりも於義丸を喜ばせた。

信康は、この弟が築山御前の手に掛かることを極度に恐れていた。於義丸が岡崎城内に泊まる時などは、信康は自分でこの弟を抱いて寝るほどであった。この前後の数年間が、於義丸の生涯で最も幸福な時期だったと言えるであろう。

だが、その信康が死ぬ。

発端は、築山御前が武田氏に内通しているという噂が立ったことである。この女性の場合、陰謀などという頭脳的なものではなく、家康との不仲が原因の単なる精神発作のようなものであったろう。事件としてはたわいもないが、その結果は極めて重大であった。

織田信長はこの話を聞き、同じ城に居住している信康も無関係では有り得ないとし、二人を自害させることを家康に命じたのである。

家康は驚愕した。信康は彼の嫡男であり、その無実は疑う余地もなかった。が、信長は断固として許さない。そのために、信長は自分の子供達と比較し、信康の将来を恐れたのだという説が当時から唱えられた。周囲の状況から推測するに恐らくはそれが真相であり、それならばなおのこと、家康にはどこにも逃げ場がない。

ついに家康は、自分の手で妻と最愛の息子を処分しなければならなかった。辛抱強さがこの男の身上であり、家康はこのむごい運命にもよく耐え抜いた。当時の二人の実力差からして、家康が感情に溺れて兵を挙げたりすれば、その瞬間に徳川家は滅び去ったに違いない。

ともあれ、こうして於義丸は家康の唯一の男児となった。当然、徳川家はこの小児が継がなければならない。

しかし家康は、この於義丸を嫡男として認めようとはしなかった。家康はこのギギに似た可愛げのない子供に、ただの一度も父親らしい愛情を感じたことがない。さらにこの男には、於義丸と築山御前とを切り離して考えることができず、そして信康を死に追いやった御前と繋がるものは、すべて憎悪の対象でしかなかったのであろう。

於義丸は相変わらず本多作左の手に預けられたまま、ますます無口な、刺すような瞳をした子供に成長していった。

於義丸が六歳となった年の四月、家康は再び男児を得ていた。目の大きいいかにも利発げな子で、家康はこの赤子に長丸という名を与えた。しかし信康が切腹して間もなく、家康は長丸の名を竹千代と改めた。

これは重大な決定であった。竹千代とは家康自身の幼名であり、とすればこの嬰児こそが家康の跡を継ぐべき者であろう。そう言えば、信康もまた幼少の頃は竹千代と呼ばれていたのである。

家康の長子である於義丸の立場は、こうして完全に宙に浮いた。その状況は、翌年また家康に男児が生まれたことで、一層明確にされた。家康はその子供に於次丸、つまり次男としての名前を付けたのである。

二

天下統一を目指す秀吉と、それを阻止しようとする家康が濃尾平野で衝突したのは、天正十二年（一五八四年）の春であった。小牧・長久手の戦いがこれである。

この対立で、家康は戦術的には勝ったものの、秀吉の強大な包囲網は鉄環のように徳川方をじりじりと締め上げつつあり、長期の持久戦となっては身上の小さい徳川家はじり貧にならざるを得ない。家康としては、自分の実力を存分に天下に見せつけた以上は、早く有利な条件で和睦するのが得策であった。

秀吉にも、同様な弱みがある。この男の天下統一はその緒についたばかりで、ここで下手に手間取っていては、各地の諸大名は秀吉の実力を見くびるばかりであろう。

こうして同年九月、講和が成立した。徳川家が人質を出すというのが、その条件であった。だが、秀吉は人質という言葉を使うほど無神経ではない。秀吉にはこの時まだ実子がなく、家康の子を猶子《ゆうし》（養子に準ずるものだが、相続権はない）として迎え入れたいと申し入れた。

これは、家康にとって二重の意味で渡りに船であった。猶子ということならば、勝利者の面目を失うことのない名誉の和睦であり、さらにはこれで於義丸の始末をつけられるからである。於義丸はこの時十一歳になっており、家康も内心ではその存在をもてあまし始めていた。しかも於義丸は最年長の実子であり、事情を知らない秀吉は、この子供を差し出した家康を高く評価するであろう。

両者の打算が一致し、同年十二月、於義丸は実質的な人質として大坂城に入った。しかし名目的には猶子であるために、その日のうちに元服が行われ、烏帽子親《えぼしおや》の秀吉によって羽柴秀康という名が授けられた。秀吉から秀、家康から康の字を取ったこの名前は、天下に二つとない華々しい響きがある。だが信長から信、家康から康の字をもらった信康の一生が悲劇的であったように、秀康もまた時代に翻弄される波乱に満ちた生涯を過ごすことになろうとは、この時誰にも予測できないことであったろう。

二年後に秀吉が朝廷から豊臣の姓を賜るに及んで、この少年もまた豊臣秀康となった。

だが、秀康の心は晴れなかった。

（俺は父親に猫の子のように捨てられたのだ。それも生まれた時からずっとそうだ）

その思いが常に心の底に重石のようにわだかまっていて、この少年の表情から年齢にふさわしい華やぎを奪っていた。

秀康の身辺は、外から見れば順風満帆であった。官位も与えられ、一万石の領地もある。言うまでもなく、生活に何一つ不自由はない。徳川家からは傅役として小栗大六《おぐりだいろく》（重国《しげくに》）と小姓の榊原勝千代《さかきばらかつちよ》、本多仙千代《せんちよ》（作左の嫡男）が付いてきているから、話し相手にも事欠かない。

だが秀康にとって、大坂城での生活は決して満ち足りたものではなかった。自分はあくまでも人質であり、自然に人々はそういう目で秀康を見た。粗略とまではいかなくとも、身分や地位からして当然払われるべき敬意が、豊臣家の高官はもとより、殿中の小姓・小役人にさえ欠落していた。

自分がどういう環境に置かれているか、それを理解できる年齢に秀康はなった。少年は、檻の中の熊のように常に不満であった。しかし、それを訴えるべき相手はなかった。

この少年の怒りは心の底に常に澱み、深いところで発酵した。今に見ておれと、秀康は思った。俺がどれほどの男か、いつか家康や秀吉に思い知らせてやる、少年は天を仰いでそう誓った。自分の才能を信じ、胸が熱くなるほどにそう念じることによってのみ、秀康は万人の敵意の中でなお自分を高く持すことができた。

秀康はこの頃から、以前にもまして武術と乗馬に打ち込むようになった。秀吉の猶子であるだけに、いくらでも良師につくことはできる。だがその師達も、秀康にだけは遠慮がなかった。むしろこの徳川家の人質を叩きのめすことを、快とする風潮すら感じられた。

秀康は耐えた。誰も手加減をしない分だけ、他の養子達に比べて上達が早いのをこの少年は密かに自覚していた。

十六歳になったある日、秀康が伏見城の馬場で馬を責めていた時のことである。秀康がまだ乗馬中であるのに、廏《うまや》の役人が秀吉の御料馬を曳き出して騎乗を始めた。

この馬場は本来秀吉とその一族しか使えないが、廏役人が馬を調教するのは職務上必要なことで、別に違法ではない。

しかし秀吉の猶子である秀康が馬場に出ている以上は、差し控えるのが当然であった。現にその役人も、相手が秀次や秀秋のように豊臣家と血縁関係にある養子の場合には、もちろんそうしたに違いない。

だが、秀康ならば話が別であった。この少年は徳川家から差し出された人質であり、敬うべき理由は何一つない。

廏役人は悠々と馬を乗り回し、ついには秀康の馬に馬体を寄せ、並行して駆け始めた。

やがて役人は馬に鞭をくれ、白い歯を見せながら秀康の前に出ようとした。その瞬間であった。

「無礼者！」

大喝とともに、廏役人の首は鮮血を噴いて馬場の白砂の上に飛んだ。秀康がいつ剣を抜き、どのようにして役人を切ったのか、誰一人として目にとめた者はなかった。

たちまち、馬場は騒然となった。人質であるべき秀康が、こともあろうに秀吉の家来を切り、御料馬を傷つけ、馬場を血で汚したのである。秀康は殺されるのではないか、役人達は皆そう思った。

しかし馬から下りた秀康は、さすがに顔色こそ青ざめていたが、態度はいつにもまして平静であった。秀康はそのまま秀吉の居室に行き、事の次第を言上した。その報告は簡潔を極めた。

廏役人は無礼であり、豊臣家の公達《きんだち》を敬するという気持ちがない。これを看過すれば、あの者達が豊臣家を軽視するのを黙認したことになり、処分するのは当然であろう。この処置が不当ならば、この場で秀康を処罰されたい。

秀吉は、最後まで聞かないうちに飛び上がった。怒ったのではない。人の心を読み取ることに長けたこの男は、事件のいきさつを聞いただけで、瞬時に秀康の心情を痛いほどに感じ取ってしまったのだ。

秀康が切ったのは、単なる廏役人ではあるまい。この少年はあの時、自分を道具としてやり取りした家康や秀吉や、それを取り巻くすべての大人達に対する痛烈な憎悪をこめて、あの太刀を振るったのに違いない。

秀康は、もとより死を覚悟している。そうでなくては、その声音の涼やかさ、秀吉を見詰める瞳の爽やかさは有り得ないであろう。

秀吉は、その皺だらけの顔に感動の色を浮かべた。満身に敵意を受けながら、なおもこうまで大胆に自己を主張する覇気は、尋常のものではない。それに、役人を切った腕の冴えはどうであろう。乗馬が職業の廏役人を、馬上で、それも一刀のもとに首をはねてしまったのである。その技がいかに難しいものであるかは、戦場を駆け回っている武士ならば、誰もが理解できるに違いない。

秀吉は秀康に飛び付いて、その肩を抱いた。

「それでこそ男である。秀吉の子である」

そう叫びながら、秀吉は何度となく平手で秀康の額や肩を強く叩いた。その痛さが、かえって秀吉の感動の深さを直截に秀康に伝えた。実の父が、これほど熱く自分を褒めてくれたことが一度でもあったろうか。秀康はうつむき、そっと涙ぐんだ。

「秀康、今日の初陣を祝して褒美をやろう」

秀吉は真面目な調子でそう言ってから、急にくしゃくしゃの笑顔になった。

「ところで、秀康は女子《おなご》に戯れたことはあるのか」

何でそんなことを訊かれるのか分からずに、秀康は顔を赤らめて答えた。

「ございませぬ」

「それはいかん、十六にもなって体に悪いぞ。よいよい、老女に話しておく。今晩は、楽しみに待っておれ」

秀吉は何人側室がいるのか分からないほどの女好きで有名であり、しかも気前の良さでも並外れている。天下一の美女でも世話してくれるのかと秀康は一瞬直感したが、何分にも未体験の世界とあって、気持ちが上ずるのを抑えられなかった。

「後で老女の藤尾を寄越す。藤尾に任せておけば、万事を手際よく取り計らってくれるから安心するがよい」

その言葉通り、秀康が自室に戻ってしばらくすると、老女の藤尾が姿を見せた。老女といってもそれは役目の名前で、実際の年齢は四十歳にもなっていないから、もともと整った美しい目鼻立ちの女性なだけに、遠目には残《のこ》んの色香が漂っていた。

「上様に申し付かってまいりました。今晩の戌《いぬ》の刻（午後八時）に私がお迎えに上がります。少将様（この当時秀康の官位は従四位下左近衛権少将）には何もお支度は要りませぬ。私の方で用意しますので、身一つで私についてきてくだされば結構でございます。

一つだけ、お聞きしておきたいことがあります。少将様は見目麗しい娘と、気立てのよい娘のどちらを好まれるでありましょうか」

秀康もそれまで小姓の榊原勝千代、本多源四郎（当初秀康と一緒に大坂城に入った本多仙千代は、この頃には従弟の源四郎と交代していた）を相手に、いかにも年頃の少年らしく奥女中達の品定めに興じたことは何度もあった。だが初体験の相手を選ぶとなると、判断の基準がまるで摑めない。藤尾の問いに答えられずに考えていると、ふといつぞやの本多源四郎の言葉が頭に浮かんだ。

「器量自慢の娘は、とかく自惚れが強くなりがちなものですぞ。そうなると、自然と男を見下す気持ちになります。そんな娘の前で何か失敗でもしてみなされ、たちまち馬鹿にされてしまいますよ」

源四郎の言葉が当たっているかどうかは分からないが、もしそうだとすれば気立てのいい娘ならば、こちらが何か失敗しても笑って許してくれるのではあるまいか。

「そうだな、やはり気立てのいい娘がよい」

藤尾は秀康の言葉に温かい微笑を浮かべると、頷いて去った。

夕食が済んでからの半刻は、時間のたつのが信じられないほどに遅かった。しかも榊原勝千代と話をしていても心は上の空で、頓珍漢な返事をしては勝千代に冷やかされてばかりいた。

それでもようやく藤尾が姿を見せて、秀康は長い廊下を渡ってとある一室に導かれた。格天井《ごうてんじょう》の大きな部屋で中央に豪華な夜具が二組敷かれ、その手前に白羽二重《しろはぶたえ》の夜着に身を包んだ娘が一人ちんまりと座っていた。

「紅葉《もみじ》でございます」

その娘は、はきはきとした声でそう名乗った。中肉中背でとりたてて美形というほどではないが、目元、口元に愛嬌があり、表情が豊かで温かみがある微笑が絶えず頬に浮かび、全身に初夏《はつなつ》の青空を渡る風のような爽やかな印象が漂っていた。

(これはよい娘だ)

秀康は一目でこの娘が気に入った。年は二つ、三つは自分より上であろう。

「秀康である。今夜はよろしく頼むぞ」

「いえ、こちらこそお手柔らかに。馬場での武勇伝を聞きまして、さぞ髭面のいかつい荒武者かと恐れておりました。でも少将様のお優しげなたたずまいを拝見して、胸を撫で下ろしております。何か不調法がありましても、お手打ちだけはご勘弁を」

言葉とは裏腹に、紅葉の態度には適度の親しみがこもっていた。それでいて、狎《な》れたところはまったくない。

二人のやり取りを眺めていた藤尾は、これなら大丈夫と見極めがついたのか、

「年寄りがいては、お邪魔でございましょう。それではどうかごゆっくりとお過ごしくだされませ」

と言って部屋を出ていった。それを見送った秀康は、紅葉に真顔で尋ねた。

「藤尾は耳が遠いのか」

「どうしてでございますか」

「二刻ほど前に、藤尾は私のところに来て、少将様は見目麗しい娘と気立てのよい娘と、どちらが好ましいとお思いですかと尋ねたのだ。私は気立てのよい娘がよいと答えておいた。ところが藤尾は何を聞き違えたのか、この部屋に来てみると、こんなに器量よしの娘が待っているではないか」

紅葉は、ひっくり返りそうになるほど全身で喜んだ。そしてうれしさのあまり涙が出たのか、袂で目じりを押さえながら、華やいだ可愛いしぐさで秀康に甘えた。

「どうやら私も耳が遠くなったようでございます。せっかくの少将様のお言葉なのに、最後のところがよく聞き取れませんでした。まことに申し訳ありませんが、もう一度ゆっくりと大きな声で話していただきとう存じます」

秀康は、それまで若い娘とじっくりと話す機会はほとんどなかった。しかもどの娘も秀康と対等な立場ではなく、秀康の命令をかしこまって聞き、その要求に従うだけ

の存在であった。

だが、この紅葉は違う。この娘は秀康がこれまでに見たこともない機知に富んだ性格で、頭の回転が速いばかりでなく、それを自分の魅力として表現する才覚まで備えている。さっきは冗談のつもりで器量がいいと言ったのだが、今改めて紅葉を見るとそのきらめくような個性が眩《まぶ》しいまでに輝き、凡百の人形のような無個性の美形よりも際立って美しいではないか。

「こういうやり取りは、一度限りのものだ。一度目には、言葉に初めて聞く鮮度がある。しかし二度繰り返せば、それはもう手垢のついた腐った言葉だ」

その言葉を聞いて、紅葉は花のような笑顔になった。

「うれしいではありませぬか。少将様には、私のすべてを受け入れてくださる度量がございます。私は少将様の前では、素の自分になってよろしいのですね。でも困りました、これでは私は本気で少将様を好きになってしまいますよ」

「こんなことを言ったら笑われてしまうだろうが、私はさっきから紅葉を本気で好きになっている。こんな気持ちは初めてだ」

「うれしい。それでは今宵は好きな者同士、一夜限りの夫婦《めおと》になりましょう。それでは、夜着にお着替えなされませ。私がお手伝いいたします」

二人で絡み合っているときには気が付かなかったが、ことが終わって夜具の上に大の字になってみると、春とはいえ宵の冷気が肌にしみた。時刻はもう亥《い》の刻（午後十時）に近いであろう。

紅葉は柔らかい木綿のきれで、秀康の額や首筋の汗を丁寧に拭っていた。夜着も掛布団も周囲にはね散らかしているので、紅葉が動くと二人の素肌がじかに触れた。着物を着ている時にはむしろ華奢に見えたが、裸になってみると紅葉の体は胸にも腰にも過不足なく肉が乗っており、かかえ上げるとみっしりと抱き重りがするのも、秀康の好みにはあっていた。

「夜食の用意がしてございます。ひとまず休憩にいたしましょうか。少将様は、お酒は召されますか」

秀康が頷くと、紅葉は手早く自分の夜着を拾って身にまとい、秀康にも夜着を着せてから行燈の火を明るくし、手を叩いて女中を呼んだ。隣室に控えていた女中がすぐに姿を見せた。

「夜食を運んでください。それからお酒を温めてほしいのです」

「お酒はどれほど」

「少将様は官位の通り、ほんの少々。私は名前の通り、首筋が秋の紅葉の色に染まるまで」

夜食は鮎の塩焼きと大きな結びが二個、それに肉や野菜の具がたくさん入った汁であった。食べ始めてみると思ったよりも腹が減っていて、秀康は自分の分をきれいに片づけてから、紅葉が残した一つの結びに手を伸ばした。

「もらってよいか」

「私の食べ残しを、少将様に召し上っていただくわけにはいきませぬ。すぐに代わりを取りに行かせます」

「よい、よい。それより、酒を注いでくれ」

結びを食べ終わってから、ようやく人心地がついた思いで、秀康はゆったりと酒を口に含んだ。

「紅葉も飲め」

と言ってからあたりを見たが、紅葉の杯はどこにも見当たらない。

「こういう場では、女中は酒を飲んではならない決まりなのですよ。さっき私が首筋に紅葉の色が差すまでと申したのは、ほんの戯れ（冗談）でございます」

そう言ってから、紅葉はふっと唇を綻ばせた。

「もっとも少将様のような身分の高いお方から無理強いされれば、こちらは無位無官のか弱い女の身でございます。少々の酒なら、やむなくお受けするしかありませんが」

「それは無理強いされたがっている口振りだな。よし、そばに参れ。この一つの杯で差しつ差されついこう」

杯が三回ばかり往復したところで、紅葉は杯を伏せて甘い声で言った。

「ところで、初めてのご感想はいかがでございますか」

「いや、女の体があのように柔らかくしなやかなものだとは知らなかった。それに紅葉が実に巧みに導いてくれて、私は極楽に遊ぶ心地であったよ。もっとも一回目は感激し過ぎて、我ながらあっけなく昇天してしまった。紅葉には、物足りない思いをさせて済まなかったな」

「何を申されます。最初から余裕綽々の男の方などおりませんよ。はじめのうちは、極楽に遊ぶ心地よさを味わうだけで充分でございます。少将様は一回目は失敗だったように申されましたが、極楽まで行って無事に帰ってこられたのですから、たいしたものです。極楽へ行ったきりで帰ってこられない、そういうのを失敗というのですよ」

秀康は目を洗われる思いで、紅葉の柔らかく動く唇から出てくる言葉を聞いていた。

（俺は、ずっと男ばかりに囲まれて肩肘張って生きてきた。だが世の中にはこんな別世界があったのだ。それにしても紅葉というこの娘は、なんと賢くてしかも可愛い女だろう。娘という娘が、みんなこんなに賢いわけはないし、可愛いはずもない。俺は

運よく、最初から極上の娘を引き当てたのだ)

「いやでございますよ、こんな時に真剣な顔で何を考えていらっしゃるのですか」

「私は、あの時の天にも昇る気持ちが信じられない思いがする。十六年も自分の体と付き合ってきたが、自分の体の中からあんな感激が噴き出してくるなど、夢にも思ったことはなかったぞ」

「そんなに素晴らしい感激でありましたか。そう言っていただければ、私も幸せでございます」

紅葉はその言葉とともに秀康にゆっくりと寄り添って、その逞しい肩に頭を預けてきた。その動作はいかにも自然で、紅葉が役目を離れて自分と心を交わしあっているとしか思えなかった。秀康もほのぼのとした感情に包まれながら、娘の髪のかぐわしい香りを嗅いでいた。

「それにしても、何であんなにまで気持ちがよくなるのだろう」

「あんなに気持ちがいいからこそ、誰もが相手を求めて抱き合うのですよ。そうして歓を重ねるうちに、やがて女の中にややが宿って、十月十日の後には子供が誕生するのです。こうして子孫が繁栄していくのではありませんか」

「なに、それは本当か」

これまで秀康はどうして赤子が生まれてくるのか、そのからくりをまったく知らなかった。娘には子供が生まれず、その娘が嫁に行くとどうして子供が生まれるのかは、不思議なままに時を過ごしてきた。だが紅葉の言葉を聞いていると、目の前の壁が音を立てて崩れて眩《まばゆ》い光があたりに溢れるように、すべてのことがはっきりと見えてきたではないか。

男女が抱き合うことで初めてややが誕生する、それは秀康にとって大きな衝撃であった。そして次の瞬間、はっとあることに思い当たって愕然とした。

「それでは紅葉と私の間にも、もう子供ができているのか」

「あんなに感激なさっては、それも当然でありましょう」

思いもかけない事態に呆然としている秀康を見て、紅葉は笑顔を消して言った。

「驚かせて、申し訳ありませぬ。私は月のものが済んで三日目でございます。子が授かることはまずありませぬ」

そう言って秀康を安心させてから、紅葉は笑顔に戻って続けた。

「抱き合いさえすれば必ず子が授かるものなら、世の中は子供で溢れてしまいましょう。世の中の夫婦を見ればお分かりのように、十年たっても子が授からない方もあれば、同じ十年の間に七人も八人も子を成す方もございます。そこは運否天賦《うんぷてんぷ》でありますよ」

「そういうことか」

なおも考え込もうとする秀康の二の腕を、紅葉は強くつねりあげて妖しく微笑して見せた。

「閨《ねや》は、ものを考える場所ではありません。上様からの折角のご褒美ではありませんか、存分に味わい尽くさなければ叱られてしまいますよ」

秀康が目を覚ました時には、部屋の中に紅葉の姿はなかった。昨日この部屋に来る時の秀康の着衣が部屋の隅にきちんと畳まれているところを見ると、あの娘はもう自分の部屋に戻ってしまったのであろう。

昨夜の二人の狂態が思い出されて秀康は苦笑したが、紅葉のことだ、今顔を合わせても澄ました顔で『私はよく眠っておりましたが、何かありましたのか』と言うばかりに違いない。

秀康が起きたのを気配で察した女中が着替えを手伝ってくれ、秀康が厠《かわや》に立って戻ってくると、すでに部屋には朝餉《あさげ》が運ばれていた。女中の行き届いた給仕で食事が終わる頃、老女の藤尾が姿を見せた。

「昨晩の首尾はいかがでございましたか」

正直に答えるのはきまりが悪くて、秀康は別のことを言った。

「あの紅葉という娘は、大いに気に入った。世の中には、よくもあんなに面白い娘がいるものだな」

「これは驚きました。私はついさっきまで紅葉と話をしていたのですが、あの娘も少将様を口を極めて褒めておりましたよ。それも少女のように頬を染めて、息を弾ませているのです。『少将様は身分のある方なのに、私を見下すところがまったくありませぬ。また私の言葉に、まったく対等の立場で耳を傾けてくださいます。こんなうれしいことが、またとありましょうか』

紅葉は素直で気配りの利く大変に良い娘ですが、たった一つ気がかりなことがあります。それは紅葉が並外れて賢く、それが溢れるような戯れとなって口から零れることでございます。

もちろんそこに何の悪意もございませんが、殿方の中にはそれについていけずに、あいつは生意気だというお方がお一人ならずいらっしゃいます。

豊臣家の御養子達は、娘と会話を楽しむためにここにいらっしゃるわけではありませぬ。

口下手な方もあれば、気の荒い方もございます。そんなわけで、紅葉をお呼びになるお方はそんなに多くはないのですよ」

「本当か。紅葉は自分の頭の良さをひけらかすことがなく、いつも可愛く振る舞っているではないか」

「男と女には、相性というものがございます。少将様はご自身が紅葉以上に賢く、また諧謔《かいぎやく》の感覚が優れているからこそ、あの娘の美点が正しく見えておられるのですよ」

秀康は、ためらいながら尋ねた。

「また紅葉に会うことはできるのだろうか」

「もちろんですよ。私に言っていただければ、いつでも場を設けさせていただきます」

そう言ってから、藤尾は言いにくそうに付け加えた。

「紅葉は申しませんでしたか。あの娘は今月の末でこの城を下がって、近江の黒田郷で祝言を挙げることになっております。お相手は御家中の下級武士だと聞いておりますが」

秀康は浮ついた気持ちにいきなり冷水を浴びせられたように、激しい衝撃を受けた。あと十日もたたないうちに、あの素晴らしい娘が自分の前から消えてしまうというのだ。呆然としている秀康に、藤尾はさらに言葉を続けた。

「世の中には、分相応という言葉がございます。あの娘には、御家中の下級武士の嫁となるのが分相応の幸せなのでございますよ。少将様はいずれは大名と呼ばれるご身分となり、しかるべき家柄のところから正室を迎えられることになりましょう。世の中とはそういうものでございます。

それにあの娘は、年が明ければ二十歳《はたち》になります。まことに嫌な言葉ですが、世間では二十歳になっても嫁に行かない娘を、いかず後家などと冷やかすそうでございます。紅葉の両親もそれを気にかけていて、何があっても今年のうちに嫁に出さなければと焦っているのですよ」

なおも沈黙している秀康に、藤尾は温かく声を掛けた。

「もう一度だけ、紅葉にお会いになったらいかがですか。心ゆくまで思いのたけをぶつけ合って、きっちりと気持ちに整理をつけるのがよろしゅうございましょう」

「整理がつくかどうかは分からぬが、是非ともその場を作ってほしい」

そう言ってから、秀康は少しはにかんでおずおずと口を開いた。

「紅葉が嫁ぐのであれば、世話になった礼として何か贈り物をしてやりたい。だが私はまだ部屋住みの身で、自由に使える金はたかが知れている。心ばかりの物しか贈れぬが、それでは紅葉には気に入らぬであろうか」

「何を申されます。あの娘は今の少将様の言葉を聞けば、涙を流して喜ぶに決まっているではありませんか。もしこの話が上様の耳に入れば、派手好みの上様とすれば、『豊臣秀康からの餞別となれば、それは豊臣家からの餞別なのだ。金に糸目をつけずに、天下の大評判になるようなものを贈ってやれ』

と申されるでありましょう。しかしそれでは、少将様と紅葉の間のいかにも若者らしい爽やかな思いが、どこかへ吹き飛んでしまいます。もし少将様が若い娘の好む物が分からぬということでしたら、私も一役務めさせていただきます。今日にでも出入りの商人を呼んで、良さそうなものをいくつか選んでみましょう。その中から少将様に一つに決めていただけば、間違いはございますまい」

秀康が頷くのを見て、藤尾はいつもの謹厳な老女にはおよそ考えられない艶めいた微笑を浮かべた。

「上様の御養子様が女中に真心のこもった贈り物をするなどという話は、私も聞いたことがありませぬ。紅葉が少将様に首ったけなわけが、私にもよく分かりました。私が二十歳も若ければ、紅葉の後釜として私自身が、胸をときめかして少将様のお部屋に忍んでまいりますよ」

その四日後に、秀康は以前と同じ部屋で紅葉と向かい合っていた。

「もうお会いできる日はないと思っておりましたのに」

紅葉はうれしくてたまらずに、秀康の手を握って自分の頬に当てた。

「私は今度こそ藤尾が聞き間違えないように、大きな声で豊臣家で飛び切りの美形を寄越せと頼んだ。藤尾は頷いて、ためらうことなく紅葉を選んでくれたのさ」

「前回はただの器量よしだったのが、今日は飛び切りの美形でございますか。この調子では、日の本一の美女ももうすぐでございますね。少将様のような身分のある方にそこまで褒めていただければ、女と生まれて本望でございます」

「布団に潜り込んでしまえば、身分など何であろう。夜具の中では、私もそなたもただの男と女だ。ただの紅葉、ただの秀康となって、一期一会の契りを交わそうぞ」

「それでは、ただの男と女になりましょう」

紅葉はそう言って腰を浮かしかけたが、秀康は手を振って自分の部屋から持参した包みを開けた。その中から朱色の大きな珊瑚《さんご》の髪飾りが現れた。

「私の感謝のしるしだ。受け取ってくれ」

紅葉は呆然として大きく目を見開いていたが、はっと我に返って秀康の逞しい胸に飛び込んできた。その体は激しく震えていて、大粒の涙がほろほろと散り零れた。

「私はこの感激を一生忘れませぬ。少将様はいずれは天下に名を挙げられるお方でございましょうが、そのお方にこれほどまでに可愛がっていただいた、それが私の生涯の誇りでございます」

「いや、私のことは今日限りで忘れてくれ。いつまでも思いが残っているようでは、紅葉の祝言の相手に相済まぬ」

今夜もまた深く満足してから、夜食となった。それも済むと、秀康は酒を含みながら、紅葉に尋ねた。

「この前の話で、ややが授かる仕組みについてはよく分かった。だが、そのややの父親、母親が誰かはどうして分かるのか。いや、母親は自分の中でややが育って、月が満ちれば自分で産み落とすのだから、母親であることには紛れもなかろう。だが父親はどうなのか。

男は女の中に子種をまき散らしただけなのに、どうして自分が父親だと分かるのだろう」

「いつも二人で睦《むつみ》あっている仲の良い夫婦ならば、男の方も自分が父親だと何の疑いもなく確信できましょう。問題は、同じ時期に一人の女に何人かの男の方がかかわりあっている場合です。猟師が鉄砲で渡り鳥を撃ったとすれば、猟師には発砲の手ごたえがあり、しかも目の前にその渡り鳥が落ちてくるのですから、猟師にもこれが俺の獲物だというゆるぎない実感がありましょう。

しかしややが宿る瞬間には、男にも女にも何の手ごたえもありませぬ。女が懐妊を知るのは、その二、三ヶ月もあとのことなのですよ。女からそのことを告げられても、男の方は身に覚えがあるから頷くだけで、子が生まれてきて初めて父親の実感が湧くものだと申します」

「しかし身に覚えがある男が二人も三人もおった時には、どうやって父親を決めるのだ」

「このお城の場合では、まずその二人、三人の間で話し合いを行います。話し合いで決着がつかなければ、御養子の間の序列が上の方が父親となります。子供は藤尾様に預けられ、乳母や傅役が奥の費用でつけられます。

そして父親の御養子様がどこかの大名家を継がれるような時は、お子様も一緒に城を出られますが、その扱いは男児であっても嫡男にはなれず、正室に男児が授かればそれが年は下でも嫡男となるようでございます。ただしそこは大気な上様のことでございますから、お子様に必ず一万石、二万石の領地を餞別として持たせてやりますので、行った先で子供が粗末に扱われるようなことはないと聞いております。

さて、夜も更けてまいりました。朝までお話を続けますか、それとも少将様のいい声をお聞かせいただけますか」

翌朝秀康が目を覚ますと、紅葉の姿はなかった。紅葉の布団に手を差し入れてみたが、すでに温かみは残っていなかった。

秀康は自分の少年時代が終わったことを、しみじみと感じていた。初めての女性が紅葉であったことに、この若者はどんなに感謝してもしたりない思いであった。

（私としてはあの娘とは離れ難い気持ちがあるが、紅葉には紅葉なりの幸せがあろう。

素直に祝福してやるのが、今の私にできるすべてなのに違いあるまい。しかしこれが私の初めての恋ならば、初恋とは甘いばかりではなく、なんとほろ苦いものであろうか)

部屋に戻った秀康は、傅役の小栗大六、小姓の榊原勝千代、本多源四郎を呼んで、車座に座った。

「皆に集まってもらったのは他でもない。私の誕生前後のことを、細大洩らさずに教えてほしいのだ。もちろん母や本多作左などからは、断片的な情報は耳にしておる。だが私は自分の誕生には何か誰も口にしない秘密があって、そのために現在の私の境遇が本来あるべき姿から外れてしまっているとしか思えないのだ。三人にもそれぞれの立場で、知っていることがあろう。たとえそれが私を傷つけるような出来事や情報であっても、隠さずに話してくれ」

三人はしばらく顔を見合わせていたが、やがて年長の小栗大六が口を開いた。最初は雲を摑むような話だったが、みんなからの情報にそれまで聞いているお万や作左から得た知識と組み合わせると、次第に輪郭がはっきりしてきた。それはいくつかの推測を織り込んで整理すれば、最終的にはこんな筋立てになろうと思われた。

秀康には、五歳年下の秀忠、六歳下の松平忠吉の弟がいる。この二人とも、家康の寵愛する側室のお愛が産んだ子だ。側室とは主君の子を産むのが務めで、特に男児を授かれば主家がある限りは安楽に暮らせるし、うまくいけば一族の栄達も夢ではない。だから殿の寵愛を一身に受けようと側室同士が張り合う例は珍しくなく、また周囲の目も厳しいから、他の男など寄りつくこともできない。だから秀忠にしても忠吉にしても、家康は髪一筋ほどの疑いも持たずに自分の子として受け入れたのだろう。

だが、秀康の場合は事情が違う。母のお万は岡崎の二里あまり東南にある智鯉鮒《ちりふ》の神官の娘で、十八歳の時に父親同士が知り合いである伊勢の神官の村田家に嫁いだ。ところが夫の村田清太郎はわずか二年で労咳のために死去してしまったので、子のなかったお万は智鯉鮒の実家に戻り、しばらくして世話する人があって築山屋敷に奥女中として入ったのだ。すでに二十一歳になっていた。

ところが二十六歳の時に、家康の手が付いた。家康は一時の快楽を味わっただけで、すぐに相手の顔も名前も忘れた。ところが半年もたってから、本多作左衛門が登城してきて、

「わが姪の万が、この四月に殿が岡崎城に参られた時にお情けを受け、御子を身ごもったと申しております。まさか、お忘れではありますまいな」

と告げたではないか。あの時のただの一度の契りで懐妊したと言われても、家康に

は何の実感もなかったのだろう。あの女中は年齢もいっているし、抵抗らしい抵抗もなく自分を受け入れた態度からしても、未通女《むすめ》ではあるまい。女中と若侍が深い仲になるというのも、世間にはよくあることだ。

あの女は自分が誰かの子を身ごもったのを知った時に、自分とのことを思い出して、ぬけぬけと「殿の和子でございます」と作左に洩らしたのに違いないと、家康は確信したのだろう。かといって、身に覚えがあるからには嘘として退けるわけにもいくまい。

嫡男の信康がいる以上、生まれてくるのがたとえ男児であっても、いかようにも処置する方法があろう。だが於義丸の存在はやがて兄・信康の知るところとなり、家康はお万も於義丸も公認するしかない羽目に追い込まれた。

しかも信康と築山御前を信長の命令によって処分せざるを得なくなって、家康はさらに窮地に落ちた。その時にはすでに長丸が生まれてはいたが、於義丸は六歳、長丸は一歳とあっては、徳川家の嫡子の座は当然年長の於義丸が継ぐべきものと誰もが思っていたからだ。

だが家康にしてみれば、誰の子かも分からない於義丸よりも、実子に間違いない長丸が可愛くてならなかったのだろう。だからこそ長丸の名を改めて、竹千代という幼名を与えたのだ。

竹千代が徳川家の嫡男の印とあっては、於義丸の立場はまた宙に浮いてしまった。ところがここで、思いもかけない神風が吹いた。小牧・長久手の合戦の講和の条件として、家康の実子を猶子に欲しいと秀吉が申し入れてきたではないか。家康は躍り上がって喜んだであろう。於義丸はこのために生まれてきたのだとさえ、家康は思ったに違いあるまい。最年長の実子を人質に出すという悲しみなどは毛頭なく、これで積年の課題であった厄介払いができたと思って、肩の荷が下りた晴れやかな気分だったのであるまいか。

秀康は男女の関係、親子の繋がりについて紅葉から教えられた今では、自分が家康から疎《うと》んじられてきた理由を、初めて確信をもって理解できた。

秀康は三人の顔を眺め渡しながら、長年にわたる万感の思いをこめて言った。

「父はずっと私のことを、自分の子ではないと信じていたのだ」

しばらくは、重い沈黙が場を支配していたが、やがて小栗大六が訥訥《とつとつ》と話し始めた。

「以前に本多作左も、そのようなことを申しておった記憶がございます。しかし作左はこのことは於義丸様の耳に入れてはならぬと、皆に固く口止めしておりました。けれど秀康様が独力でそのことに思い至られたように、そうとでも考えなければ、今までの理不尽な扱いは説明がつきませぬ」

小栗大六に続いて、本多源四郎も秀康の顔を見上げて、

「しかし現在の少将様を見れば、内府様もこれまで少将様を軽んじてこられたことを後悔されているのではありませんか」

秀康は何も言わなかったが、自分の気持ちは固まっていた。

(俺は機会あるごとに自分がどれほどの男か、父に思い知らせてやる。あの父が俺に『済まなかった』と頭を下げるまでは、私の気持ちは収まらぬ)

三

馬場事件で、人々の秀康に対する姿勢は一変した。かの君は武勇抜群であるという評価が確立し、秀康はようやくその地位にふさわしい待遇を受けるようになったのである。

秀吉もまたあの事件以後秀康の日常を注意して見守っているようであった。年齢的にも、少年期を脱して青年期に入ろうとする年頃にあり、今や秀康は芋虫が蝶になるような華麗な変貌を遂げようとしていた。成人男子の平均身長が五尺二寸(約百五十八センチ)の時代に、秀康は十六歳にしてすでに五尺八寸(約百七十六センチ)に近い。長年続けている武術の鍛錬によって肩幅広く胸の厚みも充分で、見るからに偉丈

夫と呼ぶのにふさわしかった。

幼児の頃のギギの面影などとうに消えて、いまや秀康は逞しい若鷲となって羽ばたこうとしていた。

普段のたたずまいは穏やかで、声を荒らげたり、暴力を振るうような場面はまったくないが、何か争いごとがあるとこの若者がそばに近づいただけで、何となく気圧《けお》されて争いが止んでしまうことがよくあった。

「秀康は将器だな。大将には沈着と勇猛という相反する性格が必要で、それだからこそ良将は得難いのだが、秀康にはその二つが程よく調和しているようだ」

「秀康には、寄っていくだけで自然と人を平伏せしめる威厳がある。威厳などというものは、年功を重ねてそれにふさわしい実績を挙げた者のみが、老齢に達して初めて身に付けるものだ。ところが、秀康はあの若さにしてすでにそれが備わっておる。天性の威厳とは、まことに得難いものだ。しかもあの若者は態度が物静かで、しかも気品がある。さすがはわしの息子だ」

秀吉がそう側近に洩らしたという話も、いつか秀康の耳に届いていた。

家康が大坂城に顔を見せた時などは、秀吉はことさらに秀康を呼び寄せて家康に対面させた。

「どうだ、立派な若者になったろう。わしの育て方は、見事なものだとは思わぬか」

(なんと上様は、父に私を自慢して見せびらかしているのだ。これほどの皮肉があろうか)

家康はいつも通り礼儀正しい態度は崩さなかったが、その眩しそうな眼差しには明らかに後悔の色が浮かんでいるのを、秀康は鋭く読み取っていた。

(猫の子を捨てたつもりが、大きくなったら虎になったと驚いているのか)

秀康はそう思いつつ、自分も他人行儀に恭倹な振る舞いを保って、三河言葉などとうに忘れ去ったように、すでに身に付いている上方の言葉で挨拶を交わしていた。

秀康を深く観察すればするほど、秀吉は不羈《ふき》の魂を持ったこの若者に強く心を惹かれたようであった。

「お前が語るのを聞いているだけで、気持ちがぱぁーと明るくなって、心が弾んでくる。子を持つ喜びとは、こういうものであったのだな」

目を細めてそう言う秀吉の言葉には、まんざら嘘とも思えない実感がこもっていた。秀吉には実子がないだけに、たとえ猶子ではあっても、秀康によって初めて子の成長を見守る喜びを味わうことができたのではあるまいか。

秀康もまた、この義父が好きであった。秀康は実父の家康に、この猿に似た天真爛漫な男の十分の一ほども、父親らしい雰囲気を感じたことがない。

だが、その幸福も長くは続かなかった。馬場事件があった年の暮れ、秀吉は初の実子・鶴松を得たのである。

晩年になってからの子であるだけに、秀吉は狂喜した。日夜鶴松を手元から離さず、鶴松が笑ったといっては目を細め、泣いたといってははしゃいでいた。

当然、秀吉の天下観も一変した。鶴松が誕生した以上は、この赤子こそが豊臣政権の後継者でなければならない。

かつて徳川家の厄介者だった秀康は、こうして豊臣家の中でもまた、自分のいるべき場所を失うことになった。小牧・長久手の時代とは違い、すでに天下統一も終盤に近いこの頃には秀吉と家康の力は隔絶していて、もはや人質の必要もない。

だが秀康にとってたった一つの救いだったのは、秀吉は何処までも情の深い男だということであった。

「そなたほどの器量の者を、部屋住みのまま朽ちさせるべきではあるまい。よし、俺が秀康を適当な名家に養子にやり、ゆくゆくは大名に取り立ててやろう」

秀吉は秀康にそう言い、実際に奉行衆に命じて名門の中に嫡男がいなくて困っている家がないかと探させた。

すぐに、結城《ゆうき》家という名門が見つかった。当主の晴朝《はるとも》には男児がなく、家名が絶えるのを恐れて、奉行衆を通じて秀吉に養子を懇願してきていたのである。結城家は下野の結城に城を構える鎌倉以来の名流で、家柄からいえば、豊臣家はもちろん徳川家も問題にならない。

天正十八年、秀吉は小田原の北条氏を攻めて城を包囲し、その陣中で家康に会い、秀康に結城家を継がせることについて了解を求めた。

家康は、思いがけない話に耳を疑った。何しろ、一度は捨てた秀康が戻ってくるというのだ。それも結城家本来の七万石に秀吉からのはなむけとして三万石が加増され、十万石の大名としてである。北条平定後、家康は関八州に移封されることが内定していたが、結城城はその北辺にあり、地理的条件も申し分がない。人質として大坂城にいる間は手も足も出せなかったが、自分の両腕の中に秀康がいるならば、いかようにも扱いようがあるであろう。

家康が同意したことにより、秀康の結城家行きが正式に決定した。秀康はすぐに結城城に入り、そこで晴朝の孫娘の鶴を娶って養子縁組を済ませた。於義丸は、三度名前を変えて結城秀康となった。

秀康は不満であった。この頃の感覚からすれば関東は辺境であり、京・大坂の華やかな文化に馴染んだ秀康にとっては、ほとんど異国に等しい。島流しにされたような感覚を、秀康は持った。

鶴という娘も美貌ではあったが、無口で笑顔が乏しい平凡な女であった。鶴を見る度に、秀康は一年前に別れた紅葉が思い出されてならなかった。比較してはいけないのは分かっているが、紅葉は賢くて機転が利き、言葉の端々に機知が溢れていて、二人の会話は丁々発止の知的なやりとりの応酬であった。だが鶴と向かい合っていると、いかに秀康が雰囲気を盛り上げようと頑張ってみても、会話は途切れがちで流れをつくることができない。こんな田舎で、こんな女と暮らしていかなければならないのか、秀康は数日で絶望的な思いを深くした。

さらに不快なのは、結城家は徳川家支配下の大名であるという点であった。家康が在命中はまだよい。だが家康の死後は、秀忠が当主となる。秀康は、当然この弟に臣従しなければならない。

逆ではないかと、秀康は思う。体質虚弱か無能力者でない限り、長子相続が当たり前とされていた時代である。秀康こそは最長子であり、体は頑健で力に満ち溢れ、しかも武将としての能力は秀忠に勝ること数段であろう。

が、秀康は沈黙していた。まだ十七歳であったが、好機を摑むまでは一切の感情を押し殺す忍耐力を、秀康はすでに身に付けていた。

しばらくして、秀康は家督相続の報告をするために、江戸に上って家康に対面した。家康は黒書院の上座にあって、威厳を保った態度で秀康を見下ろしていた。

「結城少将殿――」

家康は秀康をそう呼んだ。秀康は、父のその小さな過失に驚いた。官位の違いからいっても、結城少将だけで充分であろう。我が子に敬称を付けるとは、親らしいことをしてやっていないという負い目でもあるのか。

秀康は家康に挨拶をした後、秀忠の方に向き直った。

広間の中は、静まり返った。秀康は、どういう態度に出るのであろうか。結城家当主としてならば、秀康は秀忠の前に平伏しなければならない。秀忠の兄として臨むならば、逆に秀忠の方こそ頭を下げるべきであろう。

しかし秀康は、何のためらいもなく淡々として臣下の礼をとった。その挙措はいかにも物静かで、しかも自然な威厳がある。

だが家康は穏やかに微笑して、血色がよく目元が涼やかな秀康の面立ちを眺めているばかりであった。秀康には、父の考えていることが手に取るように読み取れた。

(ここで焦ってはならぬ、ゆっくりと時間をかければ、思い詰めた気持ちを解きほぐすことも不可能ではあるまい――父上の気持ちは見え透いているわ)

だが家康は、秀康を手元に置いておくことはできなかった。秀吉は秀康に一書を送り、伏見城に上ることを命じたのである。

理由は鶴松の死であった。秀康が結城姓を名乗って、わずか数ヶ月の後のことである。

　鶴松の死をきっかけに、秀吉は急速にその精彩を失い、老衰していく。この男が一気に耄碌《もうろく》したのは、天下統一の夢を果たして目標を失った虚脱感と、愛児を失った絶望感によるものであろう。

　一度は見切りをつけた秀次を再度後継者に指名したり、何の目的もなく二度の外征を強行した秀吉の行動には、もはや往年のきらめくような機略の片鱗も窺うことはできない。

　秀康は慶長三年に秀吉が死亡するまでの八年間、常に秀吉の側にあった。領地の結城には帰らない、というよりは秀吉が帰ることを許さないのである。秀吉は心底自分を愛してくれていたと、秀康は今でも思っている。

「秀康がそばにいてくれると、心が休まる。秀康にだけは、何の気づかいもなしに本音が洩らせる」

　秀吉はその筋張った手で秀康の手を握り、何度もそう繰り返した。秀康にとっても、秀吉は実父の家康以上に、父親らしい存在であった。兄の信康が自分を愛した最初の人間だとすれば、秀吉は紛れもなく二人目のそれに違いなかった。

　だが文禄二年（一五九三年）に、茶々はお拾《ひろ》い（後の秀頼）を出産した。

秀吉は自分の死後、徳川家と豊臣家が衝突することを懸念し、その場合、猶子の秀康がお拾いの保護者の役割を果たしてくれることを期待した。そなたの弟であるという言い方を、秀吉はした。兄弟という縁を強調することで、秀康の俠気《おとこぎ》を刺激したかったのであろう。

だが、秀康の胸中は複雑であった。義弟とはいえ、お拾いは豊臣家の世子であり、官位も生まれながらに秀康の上位にある。実弟の秀忠の家臣となった秀康は、義弟のお拾いに対してもまた、常に平伏すべき立場なのである。自分の力量に対する自負と現実との落差を思えば、秀康は泣きたいほどに無念であった。

慶長三年八月十八日、秀吉は死んだ。この時から、豊臣家の中で石田三成達の奉行衆と福島正則、加藤清正を筆頭とする武将達の対立が公然たるものとなった。その衝突を辛うじて防いでいたのは、秀吉からお拾いの傅人《もり》を任されている前田利家の声望である。だがその利家も翌年の閏三月に、疲れきったように秀吉の後を追った。

ここに至って、福島正則、加藤清正、黒田長政、浅野幸長、池田輝政、細川忠興、加藤嘉明の七人の武将達は公然として武装蜂起し、石田三成を討とうとした。三成は辛うじて逃れ、伏見の佐竹義宣《よしのぶ》邸に駆け込んだ。

石田三成が佐竹邸に逃げ込んだという情報を得て、七将は伏見の福島正則の屋敷に集合した。佐竹義宣は常陸《ひたち》、下野にまたがる三十五万余石の太守だが、その屋敷にはたいした兵力があるとは思えない。こちらは二千を超す軍勢だから、押しかけさえすれば簡単に三成を討ち取れるに違いあるまい。

しかし黒田長政は、気負い立って今にも出陣しようとしている正則達を押し留めて言った。

「これは私闘であって、我らには天下に乱を起こすつもりなど毛頭ない。だが伏見でいくさを起こすとなれば、内府殿に話を通しておかなければまずいのではあるまいか」

言うところはまさに正論であり、七将の中にそうした気働きができるのは長政しかいない。そこで長政が使者となって、徳川邸へと急いだ。家康は待ちかねていたように、書院で対面した。

「いかが、取り計らいましょうか」

「あとの六将にここへ来るように申し渡せ。わしから言い聞かせることがある」

すぐに七将が門外に姿を見せ、口々に三成の引き渡しを叫んでどよめいた。家康は式台まで出て七将に対面し、大声で一喝した。

「血迷うたか。太閤殿下が亡くなられてまだ数ヶ月、ましてほんの数日前には次席大老の加賀大納言（前田利家）殿が病没なされている。当然喪に服しておるべきところ、その武者姿は何事であるか。この時期に豊臣家の重臣たるべき者が、白昼町中で私闘を演ずるなど言語道断である。たって治部殿を襲うとあれば、この家康がお相手いたすぞ」

七将達は大いに不満を鳴らしたが、ここで正面切って家康に逆らうわけにはいかない。不穏な気配を匂わせながらも、やがて不承不承に退散した。

家康は、苦い気持ちにならざるを得ない。三成の機略は自身の命を救ったばかりか、家康と七将達の間に水を差す効果まで挙げたのである。これに対抗するには、大坂はもはや危険であるという理由で、三成を中央政界から追放してしまうほかはないであろう。

今家康が何の手も打たなければ、七将はたちまち三成の首級を挙げるに違いあるまい。しかしここで三成が討ち取られてしまえば、奉行衆はたちまち瓦解し、後ろ盾を失った茶々に代わって高台院が豊臣家の中心に座るに決まっている。

高台院は人望のある賢夫人であり、しかも福島正則や加藤清正や加藤嘉明はこの女性の子飼いの武将達ではないか。そして豊臣家が武将派を中心に結束を固めてしまえば、天下は秀頼を柱に安定し、家康の野望は永久に日の目を見ないことになってしまう。

三成はそうした徳川家の弱みを百も承知しておればこそ、恐れ気もなく伏見へ逃げ込んできたのだ。今三成に死なれて一番困るのは、ほかならぬこの家康ではないか。三成を野に放って豊臣家の名の下に挙兵させ、豊臣家を三成と共倒れに持ち込むことこそが、今後の家康の戦略の最大の眼目なのだ。

だが、家康は今その真意を誰にも語ることができない。豊臣家を滅ぼすという意図が洩れれば、高台院も七将達も気が遠くなるほどに驚き、家康から離れていくに決まっているではないか。ここは一思案しなければならぬと、この老練な戦略家はしばらく黙りこくって考え込んだ。

翌朝、家康は結城秀康を呼んだ。秀康はこの時二十六歳、事態を察しているせいか、いつにも増して全身に眩しいばかりに覇気が満ちていた。

「結城少将殿、治部少輔を佐和山城までお送りせよ。あるいは、加藤や福島が待ち伏せしておるやもしれぬ。心して行かれよ」

でっぷりと肥えたこの老人はなおも声をひそめ、重々しく言葉を重ねた。

「七将といえば、いずれも音に聞こえた荒武者ばかりだ。だが、少将殿もこの家康の子である。断じて後れをとるでないぞ」

秀康は、父親からこのような信頼に満ちた言葉を与えられたことはなかった。秀康はその場に平伏し、命を懸けて使命をまっとうすることを誓った。

だが、佐和山までの道中に、七将の姿はついになかった。秀康は雄図空しく、まったく何も得るところもなく引き上げてきた。

家康の目算は的中した。居城の近江佐和山にこもった三成は、すぐに地下活動を開始し、翌慶長五年七月、会津の上杉氏に挙兵させることに成功するのである。これは形の上では豊臣政権に対する叛乱であり、筆頭大老である家康は諸大名を集めて連合軍を編成し、東へ下った。

家康が関東に向かうのと入れ違いに、三成は大坂城に兵を集め、反家康の狼煙《のろし》を上げるであろう。家康はそれを百も承知しており、むしろそれを待つ形で行軍速度を落とし、いつでも反転できる態勢を取っていた。

果たして全軍が下野の小山にまで至った時、三成挙兵の報告がもたらされた。すぐに軍議が開かれ、その冒頭家康は、豊臣家恩顧の大名はこのまま西上して西軍に参加してもよいと発言し、その剛毅さがかえって諸将の心を一つにした。諸将達は家康のもとで働き、三成を討って自分達の運を拓くことに賭けたのである。

すべては、家康の思惑通りにことが運んだ。ただ一つ残った問題は、秀康をどうするかという点であった。

秀康の武者姿は、親の家康でさえ思わず居住まいを正すほどの凄みがあり、その威令は足軽の一卒に至るまでよく浸透して、全軍が彼の命令一下小気味良く機敏に動く。軍律は厳正で、しかも士気が高い。天性の将器としか言いようがあるまい。戦場に出せば、秀康はやるだろうと家康は見ている。それは、予想というよりはもはや恐怖に近い。

あの息子が大功をたてれば、逆に嫡子の秀忠はそれだけ影が薄くなってしまう。後継者である秀忠は、常に家臣の尊崇の中心でなければならず、秀康の光彩が秀忠を霞ませてしまうことは断じて許されることではない。

秀康はここに残しておくべきであると、家康は思った。しかし、この天下分け目の合戦に参加させないとなれば、絶好機の到来と勇み立っている秀康は憤激するに違いない。この息子を怒らせることは、徳川家の将来のためにも望ましくない。

だが、家康には策がある。この男は秀康を操縦する急所を握っており、今回もそれを利用すればよい。

秀吉の死後、三成は秀康を自派に引き入れるべく、工作を行ったことがある。秀康は秀頼との繫がりがあるだけに、立場が三成派に近い。そして三成が見るところ秀康は得難い人材であり、しかも徳川家に対しては人質の役目も果たすであろう。

家康は、こうした三成の動きを逆手にとった。家康は秀康を呼び、三成が自分を襲撃しようとしている旨を告げ、身辺の警備を命じた。少将殿の他には信頼できる相手がないという言い方を、家康はした。思った通り秀康は感激し、その日のうちに徳川屋敷に泊まり込んだ。

秀康には、才能はあるが実績がない。そのために、秀康はいつになってもその実力にふさわしい、評価・声望といったものを手に入れることができない。

自負の高い秀康は、さぞ焦っていることであろう。仕事さえ与えてやれば、喜んで何でもするはずだと家康は見抜いていた。こうして、秀康の功名心をくすぐる方針が決定された。

しかも家康は、秀康が実際に手柄をたてることを極度に警戒した。いかにも華やかに見えて、その実何の功績も挙がらないような任務を、家康は理想とした。

七将に追われた三成の警備を、秀康に命じたのもその一例である。家康の実子である秀康が警備隊長である以上、いかに勇猛な七将達も攻撃を仕掛けることはできず、衝突が起こらなくては秀康には何の武功もないのだ。

今回も、この手でいこうと家康は思った。しばらく熟考した後、この男は小高い丘の上にある結城秀康の陣に登っていった。

「少将殿、ちと相談したいことがある」

西に向かうため、すでに退陣の支度をしている秀康を呼んで、家康は沈痛な表情を作ってみせた。

「昨夜の軍議の決定通り、これから全軍馬首を転じて西に向かう。だが心配なのは、背後の上杉氏の動向である。我らが去るのを見れば、上杉氏は必ず南下し、関東を窺うであろう。北関東はかつて不識庵《ふしきあん》（謙信）が領した所、地理にも明るく、江戸までの進攻は容易であるに違いない。そうなっては、もはや治部少輔と決戦するなど、夢のまた夢であろう。

そのような事態を防ぐためには、然るべき武将をこの地に残しておかなければなるまい。しかし正面の敵はあくまでも治部であり、この地に多くの兵を割くことはできない。しかも上杉家は、精強をもって天下に聞こえている。

寡兵をもって難敵に当たるには、並大抵の武将では務まらぬ。それで少将殿、そなたならこの大役、誰が適任と思うか」

家康の言葉を聞いているうちに、秀康の表情が引き締まり、凄まじいまでの気概が全身に満ちた。秀康は一歩進んで、静かに答えた。

「徳川家の大事を、余人には任せられますまい。不肖ながらこの秀康、その大役をお引き受けいたしとうございます」

家康は安堵した。だがその気持ちを顔に出さずに、さらに言った。

「策による。少将殿は、上杉の進出をどう防ぐお考えか」

「されば――」

秀康は張りのある声で、ゆっくりと自分の方針を物語った。それは徹底した退却戦術であった。

上杉氏は会津へ移封されてまだ日も浅く、しかも会津はもともと百姓一揆の多い所である。時間をかけながら、戦っては退き、戦っては退きして時間を稼いでいる間には、上杉氏は次第に後方が不安になり、ついには自領へ引き上げざるを得まい。その時こそ、我が軍が大攻勢に転ずべき絶好の機会であると秀康は言った。

家康には、言葉が無かった。実戦の経験がない秀康の説くところは、百戦錬磨の家康が秀康に授けようとしていた秘策と、あまりにも見事に一致していたのである。さらに家康を沈黙させたのは、いかに秀康が将器だとはいえ、これだけの戦略を即座に考え出せるはずがないということであった。とすれば秀康という男は、常日頃から起こり得るすべての事態を想定し、対策を練る訓練を自分に課しているのに違いあるまい。戦略眼の非凡さもさることながら、その自己啓発力こそが異常であった。

家康は覇気に溢れた秀康の顔を、無言のまま眺めていた。不意に激しい痛みが、家康の胸を襲ってきた。

実は大坂を発つに先立ち、家康は伊達政宗に密書を送ってある。会津一国を恩賞に、北関東へ南下しようとする上杉氏を背後から牽制すべし、というのがその内容であった。

会津は伊達氏の旧領であり、それでなくても領土が北に偏している伊達氏とすれば、豊饒な会津盆地は喉から手が出るほどに欲しい。海千山千の政宗は、いくさ前の約束など簡単に反古《ほご》になってしまうことは百も承知している。自力で切り取ってしまわなければ自分のものにはならないと即座に判断し、ただちに兵力を国境に集結した。

驚いたのは、上杉氏である。政宗は千軍万馬の猛将であり、国は広く、兵は強い。上杉氏は関東進出どころか、今や全兵力を北辺国境に釘付けせざるを得ない羽目に追い込まれている。

これが、家康だけが知っている会津の実情であった。秀康の戦略がいかに卓抜なものであっても、上杉氏が関東に現れる可能性はまったくなく、秀康が意気込めば意気込むほど、その気負いは空しいものになるであろう。家康はそれでも二万五千もの軍勢を秀康に預けて、宇都宮城にこもることを命じた。上杉氏の襲来がどれほどの脅威なのか、この兵力を見ただけで秀康は感激して奮い立つに違いあるまい。

深い感慨を抱きながら、家康は翌朝早く、小山の陣営を引き払っている。七月の空は、どこまでも抜けるように青い。

万全の陣形を整えて上杉氏の来襲を待ちわびている秀康に、関ヶ原の戦勝が伝えられた。両軍の激突は九月十五日の早朝に始まり、わずか半日で東軍の全面的な勝利に帰したという。

四

秀康は、口も利けないほどに落胆した。これだけの舞台に臨みながら、上杉氏はついに来襲せず、秀康にはただの一度も功名の機会が無かったのである。

だが秀康よりも大きな衝撃を受けたのは、家康の方ではあるまいか。自身が率いて東海道を進んだ本隊とは別れて、秀忠に預けて中山道を進軍させた徳川家の主力の三万八千は、途中信濃の上田城に拠る真田《さなだ》昌幸《まさゆき》に行く手を阻まれ、関ヶ原の合戦の三日後、ようやく戦場に到着するという醜態を演じてしまったのである。

合戦での働きには運不運があり、功績がなくても何とか弁護の余地はある。しかし戦闘に間に合わないというのは、もはや論外であった。真田昌幸がいかにいくさ上手とはいえ、その手勢は三千にも満たず、三万八千の軍勢でそれを落とせないというのは、指揮官である秀忠の無能以外の何物でもない。

完璧な作戦のもとに、天下の上杉勢を一手に引き受けようとした秀康の心意気を思えば、家康はただただ腹立たしいばかりであったろう。

関ヶ原のいくさが終わった時に、徳川家の家臣達の間で大殿（家康）の跡を継ぐのは誰がふさわしいかという議論が起こったという。本多平八郎忠勝を筆頭とする歴戦の武将達は、こぞって秀康の名を挙げた。

「あの君の器量は、結城十万石に留めておくにはあまりにもったいない。関八州二百五十万石こそ、あの君の器量にふさわしかろうぞ」

「結城少将様があの大柄な体に紫裾濃《むらさきすそご》の甲冑を身にまとって悠々と馬を進めていく姿は、誰の目にも惚れ惚れとするほどの見事な武者振りではないか。あの君のためならば、命さえ惜しくはないと思わせる威厳が自然と備わっておられる」

それに反駁して秀忠を推したのは、謀臣の大久保忠隣《ただちか》ただ一人であった。

「大殿の手で、天下人の座はやがて定まる。創業が成れば、次は守成の時代だ。配下の諸大名達を統率していくのに必要なのは、武力ではない。諸大名達を有無を言わせず従えていくのは、政治力だ」

その論議を後になって聞いた家康は、深い溜息をついてぽつりと洩らした。

「家臣とは、何と気楽な立場であろうか」

大納言（秀忠）を廃嫡し、結城少将を世子に立てることができるくらいなら、家康もどんなに気が楽であることだろう。だが、今更それもできまい。

大納言一人の問題ならば、まだいい。しかし秀忠には直属の家臣団がおり、その者達は来るべき秀忠政権の中心に座ることを、既定の事実としている。今大納言を廃せば、家康の死後、失脚した家臣団は大納言を担いで蜂起し、徳川家の主導権を巡って少将派、大納言派に分かれて抗争を起こすのは必至だろう。それは豊臣家が奉行衆派と武将派の内輪揉めによってたどった崩壊への道であり、家康としては断じて徳川家に同じ轍《てつ》を踏ませることはできまい。

家康は、目の前が暗くなる思いがした。秀康ほどの息子を持ちながら、その鋭気を削ぐことに尽力しなければならないとは、親としてこれほど悲惨なことがまたとあろうか。だが、もはや乗りかかった船であった。あくまでも今までの方針を貫き通す他に、道はなかった。

家康は、関ヶ原の勝利を収めて間もなく、秀康に書状を書き送った。

我らが後顧の憂いなく戦えたのは、ひとえに少将殿が背後を固めてくれたお陰である。その功績は、戦場でのどの大名の武功よりも大きい。ついてはこれを機会に結城姓を改め、松平姓を名乗ることを許したい。

言葉だけではなく、戦後の論功行賞の際、家康は秀康に越前七十五万石の大封を与えた。前田家もこの論功行賞で百万石を超えたが、秀康はそれに次ぐ天下の大大名である。

謀臣の本多正信は、家康の芸の細かさに舌を巻くばかりであった。

秀康の気持ちをなだめ鋭鋒を挫くには、あの息子の功績を過大に評価して、大国を授けてやらなければならない。だがそれをすれば、今度は戦場で働いた武将達が不満を持つであろう。

そこで家康は、まず秀康に松平姓を与え、彼が家康の実子であることを改めて天下に認識させた。今や家康は実質的な天下人であり、その家康の子としてならば、七十五万石は決して不当ではない。

しかし大国の主になっても、秀康の心は晴れなかった。秀康が求めていたのは、頭脳と体力の限界に挑戦するような大きな仕事であり、自分の魂が音を立てて燃焼している充実感であった。関ヶ原はその最後の機会で、今後はもはやあのような局面は永久に巡ってこないのではないのか。

秀康がそう思ったのには、理由がある。

関ヶ原の敗北後、豊臣家は摂津・河内・和泉の六十五万石の大名に転落している。引き続き大坂城にいることを許したのは家康の好意であり、今後の豊臣家は徳川家に臣従することによって、生き長らえていくであろう。

家康はそれを期待し、世間もそう見た。豊臣家の中でも、高台院などは以前から平和裡に政権を家康に譲り、豊臣家は一大名として家名を全うしたいと考えていたほどで、家康の処置には満足であった。

そして高台院すらそうした気持ちでいる以上、その子飼いである加藤、福島といった武断派も、豊臣家さえ存続するのであれば、今や実力並ぶ者もない家康が天下人として君臨することを、暗黙のうちに了解していた。

こうして、天下は家康を中心にして安定するかに見えた。このまま泰平の世が到来してしまえば、当然秀康には出番がない。

だが、意外なところから波乱が起きた。

震源地は、秀頼の生母である茶々とその側近達である。この者達は家康が樹立しようとしている、そして天下の諸大名が従おうとしている新秩序が理解できず、傲然として反抗の姿勢を示した。

主筋であるというのが、茶々の唯一の論拠である。家康は豊臣家の筆頭大老でありながら、その家康が豊臣家を差し置いて天下に号令するのはけしからぬと、茶々は主張した。

しかしそれを言うなら、その非難はそのまま豊臣政権に戻ってくるべきものであろう。秀吉は信長によって走卒の中から引き立てられ、しかもその政権を横領したのである。だが茶々を動かしているのは、権力を志向する盲目的な情念であって、現実を直視する理性ではない。

茶々が家康への服属を拒否したことで、天下の情勢は再び混沌としてきた。加藤、福島その他の秀吉恩顧の大名達は、亡き石田三成を憎悪こそすれ、秀頼には忠誠心を抱き続けている。徳川家と豊臣家が公然とした対立関係に入れば、あの者達は大挙して三成亡き後の豊臣家に味方するであろう。天下の形勢は、徳川家に不利にならざるを得ない。

家康は舌打ちしつつもそれを恐れ、正面きっての衝突を避ける方針を採った。政治家としても超一流のこの男は、もっぱら権謀術策《けんぼうじゅつさく》を用いて豊臣家の勢力を削ぐことを考えた。

茶々が頼みにしているのは秀吉がため込んだ金銀であり、それを浪費させてしまえば、豊臣家は溶けるように自壊するほかはないであろう。

徳川家は、様々な口実を設けて豊臣家に社寺仏閣の建立を命じた。豊臣家は唯々諾々としてこれを受けた。

豊臣家が素直に命令に服しているのには、一つの思惑がある。それは、家康の年齢であった。

この時、家康はすでに六十歳を超えている。四十歳を過ぎれば老人とされたこの時代、六十歳といえば現代の八十歳にも相当するであろう。当然、余命はいくばくもあるまい。

社寺を幾つか建てているうちには、家康は死ぬ。秀忠の凡愚は周知のことであり、家康亡きあとの天下は、再び豊臣家の手に呼び戻すことが可能であろう。

だが、豊臣家の財力も決して無限ではない。家康の寿命が先に尽きるか、大坂城の金銀が尽きるのが早いか、それは誰にも予測がつかない壮絶な争いであった。

面白いことになってきた、越前北ノ庄（現在の福井市）にいる秀康は、胸がうずく思いでその経緯を見守っていた。いつかこの均衡は崩れ、天下を二分する大衝突が起こるに違いない。その時こそ秀康は、竜が嵐を呼んで天に至るように、天下に風雲を巻き起こさなければならない。

さらにこの時期、秀康の心に弾みをつける事件があった。

秀康が伏見に滞在している折りのことであった。たまたま訪問してきた福島正則が、酒に酔ったふりをよそおい、秀康に耳打ちした。

「天下にことある時は、この正則、誓って権中納言殿のもとにはせ参じまするぞ」

これは、重大過ぎる発言であった。秀康は聞こえないふうに聞き逃したが、その実酒の味も分からなくなるほどに、心は揺れ動いた。

秀忠も秀頼も頼むにたらぬ、次の天下人は秀康だと正則は言うのである。複雑な状況を前にして、正則は正則なりに去就に迷ったのに違いあるまい。そして散々悩んだ挙句の思案が、要するに秀康に下駄を預けてしまうに限るということなのであった。

考えてみれば、秀康ほど奇妙な立場の人間は他にいないであろう。秀康は家康の実子であり、越前七十五万石の巨封を与えられている。この男が徳川陣営に属するのは、当然過ぎるほどに当然である。

だが、秀康が今まで家康から受けてきた仕打ちを思えば、ここで豊臣家に走っても何の不思議もない。秀康は秀吉の猶子であり、その秀吉は晩年にはこの若者を「秀頼の後見をしてくれ」とかき口説いていたのは、知らない者もないであろう。

要するに、秀康はどちらの陣営に加わるにしても、それなりに正当な理由を備えているのだ。しかも秀康の器量は秀忠、秀頼のそれをはるかに凌いでいる。

正則はこの点に注目した。両家の均衡を破る鍵は、この秀康であると正則は見た。それだからこそ正則は、豊臣でも徳川でもなく、秀康に臣従することを宣言したのである。豊臣家が勝つにせよ、徳川家が勝つにせよ、どちらでも有利な方を選べる以上は、秀康が勝利者になることだけは間違いあるまい。

福島正則の発言は、秀康に大きな衝撃を与えた。正則がそう言い出す以上、世間もそうした見方をしているはずであり、となれば自身もまた、自分の採るべき道を決定しなければならないからである。

秀康は数日間熟慮し、ついにこう決心した。

現在の表面的な小康状態は長くは続かず、いつかは公然とした対立が起こるに違いない。その時俺は、形勢不利な陣営にこそ身を投じるべきであろう。本来敗北者になるべき陣営に天下を取らせるほど、自分の実力を天下に誇示する華やかな舞台はあるまい。

秀康にとっては、もはや権力も地位も問題ではなかった。ただの一度でよい、自分の才能を存分に振るえる場を得て、秀康という男がどのように生きたかという足跡を残すことのみを、この若者は念じた。骨肉の情が一切考慮の外に置かれたことに、この親子関係の異常さがあった。

秀康が兵馬を集め、部下の鍛練に余念がないという情報は、やがて家康の耳に伝えられた。

家康は顔を曇らせた。秀康も、今や越前七十五万石の大身である。その動員能力は、優に二万を超えるであろう。しかも彼の領国・越前は、大坂に近い。いや、近いどころか越前は京都の隣国ではないか。義兄弟の縁で秀康と秀頼が手を結べば、皇室も豊臣家も秀康の勢力圏に入ってしまい、徳川家の天下が危ない。
彼は秀康に一書を送り、平時に武装を固める真意を質した。秀康は、すぐに回答を寄越した。

お父上もすでに還暦を超えられたというのに、いつまでも甲冑を着ていただくのは、子として恥であります。今後は一朝有事の際は、大納言殿（秀忠）とそれがしで敵に当たり、お父上を安んじたいと存念いたしております。

秀康は、もはや関ヶ原の頃の秀康ではなかった。この書状を読めば家康もこの千里の奔馬がついに自分の手綱を振り切り、独力で走り始めたのを知るであろう。

慶長十年、家康は将軍職を辞し、秀忠に政権を譲った。これは重大な決定であった。家康はそれまで、将軍職は一代限りであり、秀頼の成人後は天下は豊臣家に返すと、大坂方を騙し続けてきたのである。

茶々は激怒した。秀忠が将軍になるということは、天下を徳川家が世襲することを意味しており、平和裡に秀頼が天下人になる可能性はなくなってしまったのだ。

この頃家康はますます老い、焦りが出てきたようであった。豊臣家に対する要求も、いよいよ過酷の度を加えていた。家康のいる伏見城にまで年賀に来ることを秀頼に命じたのも、その一例である。豊臣家は当然それを拒否し、そうした事件を積み重ねる度に、情勢は少しずつ険悪な方向へと向かっていた。

その年の暮れ、秀康は新年の参賀のために江戸へ下向した。品川まで到着した時、秀康はそこで驚くべき光景を見た。街道の両側に徳川家の紋が入った幕が張られ、その中に秀忠が待ち受けていたのである。

この時すでに秀忠は征夷大将軍であり、いかに身内とはいえ、その将軍家が一大名を出迎えに来るなどとは前代未聞であろう。しかも秀忠は秀康の駕籠《かご》を前にやり、自分はその後ろにつこうとさえした。

秀忠は弟ではあっても将軍であり、一大名が征夷大将軍を後ろに従えて行列することなど、あってよいわけが無い。秀康は秀忠に前に行くようにと勧めたが、秀忠は困惑した表情を浮かべるばかりで、ついに二人は駕籠を並べて江戸に向かうことになった。

秀康は、こうした時にきちんと筋を通す男であった。

こんな話がある。秀忠の将軍就任の祝いの席で、上杉景勝は秀康に上座を譲ろうとした。

秀康は穏やかながら、断固としてそれを拒否した。景勝も秀康も同じ権中納言であったが、景勝は先任であり、年齢も高い。景勝が先例を無視してまで上座を譲ろうとしたのは、秀康が家康の実子であったればこそであろう。

結局秀忠の裁定で秀康が上座と決まったが、秀康の気持ちは晴れなかった。

（席順を決めるやり方は、昔から決まっている。家康の子というだけで、どうして特別扱いをされるのか。俺は結城秀康だ。松平秀康などとは、死んでも名乗らぬ）

家康と対面した時、秀康が品川から江戸城まで秀忠と駕籠を並べてきたという件に触れると家康は笑った。

「中納言がそうしたのか。それはよかった」

その声の調子から、秀康は秀忠の行動が家康の命令によるものであることを直感した。

秀康は、はっとして顔を上げた。じっと息子を見詰める家康の瞳に、秀康は初めて老いた弱々しい翳りを認めた。許してくれと、その目は語っているように思われた。

この日以後、秀康は徳川家の中で特別の位置を与えられ、公式の席以外では、秀忠とまったく対等の扱いを受けることになった。

秀康には、家康の気持ちが手に取るように理解できた。だがそうした父の心を汲んで鉾を収めるには、秀康はあまりに若く、覇気に満ち過ぎていた。

秀康は居城に帰るとますます軍備を固め、国力を高めることに努めて、ひたすら時を待った。この頃に秀康は北ノ庄の城を大修築し、実に三重の掘割を巡らす大城塞に仕立て上げている。

第三章

最高の軍師

一

結城秀康と黒田長政の関係が急速に深まりつつあった十月の初めに、長政は今晩戌《いぬ》の刻（午後八時）に秀康の伏見屋敷までお忍びで来訪願いたいという使者を迎えた。胸騒ぎを抑えて、長政は家臣の大紋を借りて黒田家の紋は出さずに身なりを整えると、約束の時刻にわずか数人の供を連れて屋敷に出向いた。

門の前には若い武士が二人待ち受けていて、無言のまま頭を下げると玄関を通らずに庭を回って茶室へと案内した。

そこには暗い燈火の中に、秀康が一人で端然として長政を待ち受けていた。それを見て取った長政も一人で茶室に入って挨拶しようとするのを手で制して、秀康は沈痛な面持ちで話し出した。

「このような時刻にお呼び立てしてまことに相済まぬ。だがこの運びに及んだのは、どうしても筑前殿にお願いしたき儀があるからだ。まず私からその事情を説明する。そしてその後、筑前殿に一つの願いごとをする。それを聞き入れていただけるかどうかは筑前殿の胸一つだが、いただけないとあればそれは私の天命であろう。その時には私は潔く腹を切るしかないが、そうなったとしても、これから話すことの内容は筑前殿一人の腹に納めて、一切を他言無用と約束していただけるか」

何か余程重大な事態が秀康の身辺に起きているらしいが、長政の日頃の思案と無関係ではあるまい。長政は覚悟を決めて、秀康の顔を正面から見据えて頷いた。

「こうして越前宰相様に見込んでいただきましたのも何かの縁、お話ししてくださいませ。それがどのような内容でありましょうとも、決して他言はいたしませぬ」

秀康はじっと長政の真情溢れる表情を見詰めていたが、やがて固い調子で言った。

「ここだけの話だが、実は私を毒殺しようとした男がいる」

普段は頑健な体質の秀康なのに、このところ十日ほどどことなく体調がすぐれない日々が続いていた。原因に思い当たる節がないのに、日を追って症状が悪化していくようではないか。いろいろと考えていくと、ふと食事の味が微妙に違ってきたような感じがする。

（毒ではないか）

それもトリカブトのような即効性の猛毒ならば、その死に方から毒を盛られたことはすぐに分かってしまう。だが効き目の遅い毒を少量ずつ食事に混ぜていけば、次第に体調を崩して原因が分からないままに衰弱死するのではなかろうか。

しかし秀康の食事は、毒見役がいて同じものをすべて口にしてみて異常がないことを確認してから供される。その毒見役に何の異常もないのに、どうして自分だけが体調を崩すのか。

秀康は家臣に命じて毒見役を拘束し、その私物を徹底的に調べさせた。果たして行李の底から、砒素系の毒物が発見されたが、その時までに毒見役は一瞬の隙をついて舌を嚙んで死んでいた。

「それでは、毒見役の黒幕は分からないままでございますか」

「訊かんでも分かっている。私がこの世にあるうちは、安心して死ねない男は一人しかおらぬではないか」

（家康だ）

危うく言葉を飲み込んだ長政の表情を見て、秀康は暗い面持ちで頷いた。

「大御所には、これまでも散々辛い目にあわされてきた。しかし今度という今度は、堪忍袋の緒が切れたぞ」

「それで私を呼ばれたのですか」

「そうだ。筑前の守は大御所を天下人に押し上げながら、その大才を疎《うと》まれて体《てい》よく遠ざけられている。大御所に不満を持っているのは、日頃のそちの言葉の端々からよく分かる。

私は大御所と戦って、この秀康がどれほどの男であるか思い知らせてやりたい。だが残念なことに、私にはその具体的な方策が思いつかぬ。いや、戦略、戦術なら私もそれなりに努力しているから、おおよそのことは分かる。

だが関ヶ原の合戦を振り返ってみると、大御所が本当に苦労したのは合戦が始まる前の謀略戦であったように思われる。あの合戦は毛利の大軍が関ヶ原を囲む丘陵の上に陣を張ったまま終日動かなかったこと、合戦の山場で西軍の小早川秀秋が裏切ったことで大勢が決したのだ。そこに至るまでには、大御所と井伊直政、本多正信などの謀臣達による綿密な構想の組み立て、次いで筑前の守、高台院、藤堂高虎などの相手に強い影響力を持つ実行部隊の暗躍があったと聞いている。従って合戦が始まった時には、すでに東軍勝利の段取りは完成していたのだ。

それが思わぬ苦戦となったのは、秀忠が率いる徳川主力の三万八千がついに戦場に到着しなかったこと、石田三成勢の予想外の健闘によって戦線が膠着してしまい、決断力に欠ける小早川秀秋が裏切りの実行をためらったことによる。それでも予定より時間こそかかったものの、わずか半日のいくさで決着したのだから、事前の準備がいかに肝心かということがよく分かるではないか。

あの大御所にしても、あれだけ規模の大きいいくさの構想は、一人ではとても立案できなかったのだ。私が筑前の守に協力を願うのは、まさにそこだ。

筑前の守のお父上は、太閤殿下を天下人に押し上げたお方だ。そして筑前の守は大御所を天下人にした。天下人を作る力量は、黒田の家に備わっているに違いない。如水殿、長政殿のやってきた参謀役というのは、主将とともに大構想を練り、さらには敵と味方の間に立って人を動かす、特別の才能が必要な役割なのであろう。そこで今度は、私のためにその才幹を生かしてはくれまいか。

誤解がないように申しておくが、私は筑前の守を家臣として扱おうとは思っておらぬ。私は一人の漢《おとこ》として立ち上がるほかはないと考えているし、筑前の守も一人の漢として私に力を貸してほしいと願っている。志を同じくして立つならば、我らは身分も石高も関係なく、対等の漢と漢として付き合っていきたいのだ」

秀康は、言葉を切って弱く笑った。

「今立たなければ、私にはもう時間が残っていないように思われてならない。砒素の毒ならば、服用をやめればやがて影響は消えよう。だが知っての通り、私には唐瘡《とうかさ》(梅毒)の持病がある。この病気ばかりは治療の方法がなく、悪くなるばかりで快方に向かうことはない。砒素のために体力が衰えている間に、唐瘡の症状はかなり進んでしまったようだ。

筑前の守、私が焦る気持ちも分かるだろう」

どことなく秀康の表情にいつものような覇気がないのは、そのせいだったのかと長政にも納得がいった。その瞬間、長政の頭に閃くものがあった。

「分かり申した。実はこの長政も、越前宰相様と力を合わせれば、天下の大乱も夢ではないと思っておりました。宰相様の決意を聞きました上は、誓って宰相様のために尽力いたしましょう。

しかしこの企ては、余人には一切洩らしてはなりませぬぞ。毒殺が失敗した以上は、宰相様の身辺には内府の目が一層厳しく光っていると見なければなりませぬ。さしあたっては、宰相様とそれがしは今後伏見城、大坂城での公務の場以外のところでは、一切二人だけで顔を合わせてはなりますまい。

それでは互いの意をどうやって伝えるか、その段取りは追ってお知らせしますが、宰相様はすべてを任せるに足る家臣を一人お選びくださいませ。当方でも一人を選びますゆえに、今後はその二人を通じて話を進めていきとう存じます」

「このようなことは、筑前の守が得手とするところであろう。私はすべてをそなたに任せ、その指示に従おうぞ」

秀康は天成の将器だと、長政は確信した。相手が信頼するに足ると見込めば自分の運命をすべてゆだねてしまう、それでこそ相手は感奮して全力を尽くして献身するのだ。

（この男の大器と俺の才覚が一体となれば、天下の舞台も軽々と回るであろうよ）

長政は、久しぶりに胸が躍る思いであった。

秀康は手を叩いて家臣を呼び、酒と肴を用意させた。そして、はにかみながらぽつり、ぽつりと己《おの》がこれまでの生い立ちを語り始めた。

「これを聞いてもらわねば、真の同志とはなれまいと考えてな……」

一刻半（三時間）にも及ぶ長い話だったが、長政は身じろぎもせずに真剣に聞き入っていた。長政も自分の半生は順風満帆ではなく波乱に富んでいると思っていたが、それでも楽しいこと、満ち足りた日々もそれなりにあった。だが秀康のそれは、誕生のいきさつから現在の環境まで大御所と子の悲劇的な運命の連続で、どこでこれほどまでに行き違ってしまったのであろうか。天下人の家康と、その最長子で武将としての抜群の素質に恵まれた秀康が、どうして敵同士として憎しみ合っているのか。

「私としても大御所の辛い立場が分かって、すべてを水に流そうと思ったこともある。父は父で、結城家を徳川家の体制の外にあるものとして、『制外の家』と呼び特別扱いをしてくれている」

秀康は静かな口調ながら、鋭い目を長政に浴びせた。

「だが徳川幕府の体制が固まってくると、しょせん徳川家の中に結城家の収まるべき場所はないのだ。天下を安定させるためには、それもいささか力不足の秀忠のもとに泰平の世を実現していくためには、私の存在は日を追って目障りになってきている。それが分かっていればこそ、私もできることならあえて波風を立てずに日を送る覚悟はしていたのだ。だが大御所も次第に年老いて気力が衰え、秀忠と私の関係をこのままにして世を去るのが、気がかりでたまらなくなってきたのだろう。

大御所亡き後、もし私が豊臣家に入って秀頼と手を組んだりすれば、天下の諸大名は再び東西に分かれて戦うことになるやもしれぬ。大御所の庇護を失った秀忠には、幕府を背負って豊臣家に対抗していく実力が果たしてあるのか。それを心配したあまりの大御所の決断が、今度の毒殺未遂なのだ。

ここに至って、ついに私も堪忍袋の緒が切れた。そこまで私が徳川家にとって邪魔者と思われているならば、もう徳川家に付く義理はない。私の行く手をあくまでも阻むというならば、力で挑むほかはあるまい」

「それで、今日に至ったのでござるな。薄々話には聞いておりましたが、その内実は初めて知ったことが多々ございます。越前宰相様は、これまでよく耐えてこられました。不肖ながらこの長政、誓って微才を宰相様に捧げまする」

秀康の顔に喜色が浮かぶのを見届けながら、長政はさらに言葉を続けた。

「私がこう申すのは僭越でございますが、宰相様と私には規模の違いこそあれ、まことによく似た環境で過ごしてきております。一つは、偉大過ぎる父親を持ったことでありましょう。

私は手柄をたてれば『さすがは官兵衛の子よ』と言われ、失敗をすれば『官兵衛の子でありながら』と酷評されました。私は何度心の中で、『俺は黒田長政だ。どうして長政という一人の人間として見てもらえぬ』と叫んだことでありましょうか。

もう一つは、幼い時に人質に出されたことでございます。宰相様は十一歳の時と伺いましたが、私は十歳で織田家に随身の証として差し出されました。今は詳しくは申し上げませぬが、父が荒木村重に味方したと誤って伝えられて、右大臣様（織田信長）から『あの人質を殺せ』との厳命が下りました。

私が現在あるは、羽柴家与力の竹中半兵衛様が父の節義を信じて、私を竹中様の持ち城である菩提山城《ぼだいさんじよう》に匿ってくれたことによります。私は子供の頃とてその時は深くは分かりませんでしたが、長ずるに及んで、死を目前にしながら織田家への節義を貫いて一年間の幽閉に耐えた父、人質を匿ったと知れれば命を失うことを覚悟の上で、父との友誼を重んじた竹中半兵衛様のご心中を思うにつけ、男子の一生とは漢としての誠を貫くことだと肝に銘じております」

長政はそう言い切ってから、鋭い眼光で秀康を見据えた。

「実は私も秀康様と力を合わせて、天下に乱を起こす夢を抱いておりました。しかし策を巡らすにあたって、一つだけお聞きしておきたいことがございます。宰相様は、豊臣家の高官の中に、人物・力量ともに信頼するに足る者をご存知でありましょうか」

二

黒田長政は数日後、伏見の屋敷に博多の豪商である神屋《かみや》宗湛《そうたん》を呼び寄せた。宗湛の曾祖父の寿貞《じゅてい》は石見《いわみ》銀山の開発で財を成し、歴代の当主は明や李氏朝鮮との間の交易で豪商としての地位を確立していた。

神屋宗湛は天正十五年（一五八七年）には上洛して豊臣秀吉に謁見し大いに気に入られ、交易における特権を与えられて博多の豪商の筆頭として栄華を極めた。その見返りとして九州征伐に当たっては多大の献金をし、また朝鮮出兵の際にはその商船隊を駆使して後方兵站を引き受けている。

しかし関ヶ原の合戦で徳川家康が天下人を目指す意思があらわになってきてからの宗湛は、秀吉の側近であったことから徳川家からは冷遇され、現在では黒田家の御用商人でしかない。この時神屋宗湛は五十代の半ばで、中背ながらでっぷりと肥えて、顎も二重どころか三重の肉が付いた重厚な福相であった。

長政は、書院で神屋宗湛と二人だけで対面した。秋も長けて、窓の向こうに吹く風にも紅葉の気配が濃い。

「ちと、折り入って頼みたいことがある」

宗湛は、細い目に穏やかな光をたたえて微笑した。

「筑前の守様のお申し付けとあらば、どのようなことでも承りましょう」

「隠れ家を一つ、用意してもらいたい。むろん、黒田の家名を表に出してはならぬ。敷地は二、三百坪もあれば充分だが、警護がしやすい構えであることが条件だ。借用の期間は長くて一年、使用目的については今は申せぬ」

「武家の屋敷でございますか」

「いや、むしろ大商人の屋敷の方が好都合だ」

「お急ぎでありますか」

「一日も早い方がいい」

神屋宗湛は温顔のままであったが、長政の胸中に容易ならざる思惑が潜んでいるのを感じ取ったのか、貫禄のあるきっぱりとした口調で言った。

「これから探すのでは、時間が掛かりましょう。私の店と屋敷は大坂の天満にございますが、ここ伏見にも別宅がございます。別宅の方を見ていただき、よろしいようならば、五日のうちに明け渡しましょう」

関ヶ原の合戦のあとは、豊臣家は相変わらず大坂城を根拠にしているが、その領地は和泉、摂津、河内の六十五万石に没落している。そして徳川家康は、年末になると決まって江戸からこの伏見に出向いてきた。

徳川家に縁の深い諸大名は、むろん伏見城に年賀の挨拶に出向く。頭が痛いのは、かつての豊臣恩顧の大名達であった。伏見城、大坂城の双方に顔を出さなければならないが、問題はどちらを先にするかであった。

だがそれも年を追って伏見を優先する大名が増え、それに伴って大坂の屋敷を廃し、伏見の屋敷を拡張する者が続出していた。いや、他人事《ひとごと》ではない。長政自身も家康に痛くもない腹を探られないためには、大坂の屋敷と併せて伏見にも屋敷を建てるよりほかはなかった。

神屋宗湛も商売相手の大名達が次々と大坂を去ってしまうとあっては、自身も伏見に屋敷を持たなければならなかったのである。

「そう願えれば有り難い。今日のうちにも、見ておきたいが」

「これはまた急なお頼みですな」

宗湛は長政の小姓に頼んで、自分の店の番頭をここへ案内してもらった。

「これから別宅にお客様を連れてまいる。お名前は――」

神屋宗湛は長政を振り返って訊ねた。

「何といたしましょう」

長政はしばらく考えているうちに、ふと命の恩人であり、生涯の師でもある竹中半兵衛の面影が浮かんできた。

「竹中禅衛門と呼んでもらおうか」

「竹中様でございますな」

神屋宗湛は頷いて、また番頭と向かい合った。番頭はまだ三十歳前後か、いかにも機転が利きそうな広い額と鋭い目の男で、引き締まった動きやすい体つきをしていた。

「半七、別宅に参って半刻の後に私が竹中様というお武家と連れ立って訪れると伝えてくれ。なに、改まったお客様ではない。茶の一杯も振るもうてくれればよいのだ」

半七という番頭が部屋を出ていくのを見送ってから、長政は宗湛に軽く頭を下げた。

「無理ばかり申して、申し訳ないな」

「何を申されます」

宗湛は鷹揚に笑って見せた。

「筑前の守様は、いつも私によかれと計らってくださいます。こんなことは、ほんのわずかな恩返しでございます。かえすがえすも、負担に感じられてはこちらが困ります。殿様は殿様らしく、『よきに計らえ』とどっしりと構えておられればよいのですよ」

(宗湛の器の大きいのは、こうして理由も聞かずに私の無理難題をさらりと受けてしまうところにある。これだけの大商人であるからには、算盤《そろばん》を片時たりとも忘れることなどないに決まっているが、それも五年、十年の期間でものを見ていて絶対に目先

の損得勘定に奔《はし》ることがないではないか）
長政はそう思って無言でいたが、内心では覚悟が決まっていた。
（この度の企てがうまくいけば、天下は再び豊臣家のものとなる。その暁には、神屋家を豊臣家の御用商人に取り立ててやろうぞ）

三

長政が宗湛の別宅に到着したのは、十月初旬の午《うま》の下刻（午後一時）であった。出迎えてくれた召使達とは、すでに宗湛ともども訪れた時からの顔馴染みであった。

「この屋の女主人と女中達は引き取りますが、この召使達はいかがいたしましょうか。いずれもここ数年使ってきた者達でございますので、身元はたしかでありますが」

「ならば、そのまま譲り受けたい」

食事の材料や衣類を整えるために、この屋敷にも出入りの商人がいるであろう。対応する顔触れが変わらない方が、何かと無難であるに違いあるまい。

それから半刻ほどして、初音が商家の女主人にふさわしい衣装と髪型を整えて姿を見せた。

「おう、見違えたぞ。そうした姿は目新しくて、まことによい」

長政は軽口をたたいてから、屋敷の中を案内して回った。いかにも豪商の別宅らしく部屋数だけでも十五もあり、各部屋の調度もさりげなく見せながらも贅沢なものであった。

手入れの行き届いた庭には、早くもあちこちに紅葉した楓や櫨《はぜ》の鮮やかな色彩が点在していた。

「こうした暮らしも、いいものでございましょうね」

初音は感嘆してそう言ったが、その表情にはいささか緊張した雰囲気があった。無理もない。今後はこの屋敷が結城家、黒田家の策謀の根拠地となるのである。

初音をこの企《たくら》みに引き込むことには、当初は長政にもためらいがあった。何しろ、実質上の天下人である徳川家康に対する反逆なのである。その過程で露見してしまえば、その追及はどこまで及ぶのかまったく予断を許さない。

秀康や長政は身辺の危険は覚悟の上だが、初音までを引きずり込んでいいものか。しかし、それを聞かされた初音は平然として答えた。

「企みが徳川家に洩れれば、結城家、黒田家ともお家取り潰しでありましょう。宰相様、長政様は切腹か打ち首、側室の私も天下への見せしめのために磔《はりつけ》は免れられますまい。ならば、その企てに参加して一役買う方がよほど気が楽ですよ。その舞台となる屋敷には、女主人が必要でございましょう。そのお役は、私がお引き受けしとうございます」

何が起こるか予測がつかないとなれば、秋満流槍術の免許皆伝の腕前を持つ初音ならばこその出番も、有り得るものと思わなければなるまい。死なばもろともの覚悟を固めたうえでの参加であれば、長政にとってもこれほど心強いものはない。

初音からさらに小半刻（三十分）遅れて、長政の代理役である井口平助が姿を現した。それからさらに小半刻ほど過ぎてから、秀康の代理役である本多源四郎がやってきて、これで今日の打ち合わせの顔触れは勢揃いしたことになった。

庭に臨む八畳ほどの座敷に、長政を上座に、井口平助、本多源四郎、初音の三人が下座に並んで座った。

「私は、黒田長政である。本多殿は、ここにいるいずれの者とも初顔だ。まずは宰相様との関係から教えてはくれまいか」

眉が太く鼻筋が通った美男の本多源四郎は頷いて、ゆったりと口を開いた。年の頃は、まず三十代の半ばであろう。

「それがしは、本多源四郎富正でございます。徳川家で本多と言えば、本多作左衛門をご存知でありましょう。私の父はあの鬼作左の兄に当たります。父はなき信康様の傅役《もりやく》でありましたが、信康様が切腹した時に、責任を問われてお家取り潰しとなってしまいました。私達親子は、作左を頼って世を過ごしていたのでございます。

その頃作左の嫡男・仙千代は秀康様（当時は於義丸）が人質として豊臣家に差し出される時に、付き人として大坂城に参っておりました。作左は母親の看病をさせたいという口実を設けて、私と仙千代を交換することを考え付きました。私は作左に養われている身、否も応もありませぬ。こうして私は大坂城に上がり、秀康様に仕えることになったのでございます。

そんなわけで、私には帰る家とて有りませぬ。ただひたすら秀康様に尽くして十七年、殿の気心は手に取るように分かっております。だからこそ、今度の大役を仰せつかったのだと存じております。筑前の守殿も私を身内も同然と思召《おぼしめ》していただければ、これに勝る幸せはございませぬ」

次は井口平助の番であった。平助はすでに四十二歳であったが、童顔で髪が黒々として豊かなこともあって、四、五歳は若く見えた。

「それがしは、井口平助でございます。黒田家は織田家へ随身の証として、我が殿が十歳の時に人質として差し出されました。その時に付き人が二人従いましたが、そのうちの一人がそれがしでございます。それ以来三十年近く、殿のおそばで過ごしております。この度の大役もそれを見込まれたのでありましょう。ふつつかではありますが、粉骨砕身する覚悟でありますので、今後ともよろしくお願いいたします」

「二人とも若年の主君が人質として差し出された時の付け人であったというのも、何かの縁であろう。私が平助を選んだのもこの男の機略があればこそだが、同時に長い付き合いで言葉がなくても気心が互いに通じ合うものがあるからだ。越前宰相様と本多殿の仲も、おそらくは同じであろうな。今後は二人とも大事を志す同志として昵懇《じっこん》にしてくれ」

初音は自分が口を利いていいものかどうか長政の表情を仰ぎ見たが、長政は頷いて見せた。初音は二人に等分の視線を配りながら、落ち着いた口調で話し出した。

「この屋敷の女主人の初でございます。以後お見知りおきを」

「お初は、今後の打ち合わせのすべてに立ち会ってもらう。ただその立場はあくまでも立会人で、基本的には自分の意見は申し述べぬ。話し合いが本筋から外れていかないように、口を挟むことはあるかもしれぬが」

長政はそこで言葉を切って、一同の顔を力のこもった目で見渡した。

「宰相様の毒殺に失敗した以上、結城家には徳川家の厳しい監視の目が及んでいると見なければならぬ。従って、宰相様にはこの屋敷には一切足を踏み込んでいただいてはならない。私も、ここには極力寄りつかないことにしようと思っている。

またこの屋敷に集合するにあたっては、双方ともに細心の注意を払ってもらいたい。本多殿はここに至るまでには頻繁に道筋を変え、追跡者の目をくらましてもらわねばならぬ。かといって自分が追跡者を見つけようとしてきょろきょろしていては、かえって疑われる。自分は脇目もふらずに歩き、後ろから心利いたる郎党に付けさせて、不審な動きをする者がいないことを確認してくれ。

着る物にしても、結城家はもちろん本多殿の家紋が入った物を身にまとってはならぬ。蟻の一穴で堤防が決壊するという言葉がある。どんなに注意を払っても、やり過ぎということはないぞ。

非常の場合にも、直接両家の間で使者の交換があってはならぬ。必ず双方とも、この屋敷を通してくれ。その詳細については、今日のこの席で決していきたい。

またこの席での論議の結論は双方持ち帰って自分の主君と協議し、次回持ち寄りということになろうが、その際一切は文書に残してはならぬ。そのために論議の終了に当たっては、本日の決定事項は何々、持ち帰り事項は何々と双方で口頭で確認してもらいたい。お初を立ち会わせるのは、双方の解釈にずれが生じないための証人の役目である。お初はその辺に充分の注意を払ってくれ」

長政は改めて三人の顔を眺め渡してから、ゆったりと言葉を継いだ。

「それでは、第一段目の大坂城乗り込みの細目について論議をしていきたい」

長政には、この天下の転覆劇に対する成算がある。

昨年の初め頃から家康は天下取りへの野心を露わにしてきており、今年に入ってからは外様の諸大名にも江戸城築城の大掛かりな普請役を命じるなど、人も無げな振舞いが目立ってきている。表面は家康に逆らわずに従ってはいるが、諸将も内心では不平満々であるに違いない。

ここで秀康が立って茶々をまつりごと（政治）の表舞台から身を退かせ、秀頼の後見役として豊臣家を立て直すというのであれば、賛同する者は決して少なくあるまい。秀康は豊臣、徳川両家のすべての実子、養子、猶子を通じて抜群の器量の持ち主であり、また参謀役の黒田長政は家康に天下を取らせた最大の功労者である。

まして徳川家康はこの時すでに六十四歳なのに対し、秀康と長政はともに三十代の働き盛りなのだ。家康の剛腕は侮り難いが、その死はもうそう遠くはあるまい。その時をもって、徳川家の命運は尽きると考えるのが自然であろう。

それに関ヶ原後の論功行賞で、豊臣系の諸将は揃って大坂城以西の西国に領地を与えられ、徳川系の大名は一人もいない。周囲がすべて豊臣系の大名に囲まれている中で、いつまでも去就を曖昧にしていれば、あらぬ疑いをかけられて身の破滅に繋がりかねない。必ずや、先を争って秀康のもとに馳せ参ずるに違いあるまい。

また関ヶ原後に家康の名によって領地を大幅削減された毛利家、上杉家、削減こそ免れたが深い遺恨を抱く島津家、領地取り潰しの目にあった立花宗茂、長宗我部元親、真田昌幸（昌幸の領地は徳川家に随身している長男の信之が引き継いでいたが）、信繁（幸村）の父子なども、一声掛ければ勇んで参集するであろう。そのためにも、この者達の現在の所在を探らなければなるまい。

初日の会合が済んだ後、長政は黒田屋敷に戻ると久方ぶりに初音と閨を共にした。

「ああいう話ばかりしていると、頭に血が上って気持ちが逸ってならぬ。初音を抱いて、ようよう気が休まったわ」

そう言って顔だけを横向けにした長政に、初音は腕をからめて微笑した。

「一つ聞いておきたいことがございます。大殿は、太閤殿下に天下を与えただけでは満足できずに、関ヶ原の騒乱が起きると自らの天下を目指して兵を挙げられました。長政様は宰相様の願いを入れて、宰相様を天下人にするご覚悟でございますね。でも、それだけでご満足なのですか。大殿と同じ道を歩まれるならば、その前段に続いて、長政様自身、天下を目指す後段が無ければおかしいではありませぬか」

「やはり気が付いていたか。さすがに初音は鋭いな」

長政は感嘆する思いで、初音の形の良い唇が柔らかく動くのを見ていた。普段の初音の口調はきびきびと歯切れがよかったが、こうして二人だけになると声がしっとりと甘くなり、男心をそそるものがあった。

「むろん後段も考えてある。しかし前段も始めないうちにそれを口にしてしまっては、鬼が笑うだろうよ」

後段の内容については、今はまだ口にすることはできなかった。秀康を天下人にするという前段がある程度形がまとまってからでなくては、後段に着手する目処《めど》がつきかねるのだ。初音を喜ばせるには、八、九割まで成功の見込みがなくてはなるまい。

「教えてはくださらないのですか」

初音は、すねたように唇を尖らせた。しかしそこには本気で怒っている様子はなく、甘えてじゃれあっているという雰囲気なのが長政を安心させた。

「時期が来たら、初音にだけは教える。楽しみに待っておれ」

「分かりました。でもそちらの後段がまだ駄目なら、せめてこちらの……」

初音はいつにない妖艶な微笑みとともに、覆いかぶさるように長政に体重を預けてきた。長政は初音のこうした機知に吹き出しながら、両腕で力一杯初音の引き締まった体を抱き寄せた。

四

「筑前、私は今度の旗揚げが事実上の初陣ということになる。私が初めてということは、我が軍勢も本格的な戦闘を体験するのはこれが初めてなのだ。それでなくても結城家には関ヶ原後に新規採用した者が多く、集団としての訓練不足は否めまい。無理な注文かもしれぬが、短期間に戦力を高める方策はないものかな」

十月の中旬に長政は伏見の結城屋敷を訪れ、秀康は長政を二人だけの茶会を催してもてなした。秀康は鮮やかな手捌きで長政に茶をたてながら、声を潜めてそう尋ねた。先の打ち合わせで、大坂城乗り込みは来年二月初めと決めていた。豊臣系の大名達に対しても何の働きかけもしないと同意してあるので、二人は以前と同じ頻度で通常の付き合いとして互いに行き来しても、徳川家から疑われることはあるまい。

「短期間に……でございますか……」

長政は言葉に詰まった。もう旗揚げまでに半年足らずしかない。大規模な槍衆や騎馬集団の育成には、到底時間が足りるまい。

だがその時、長政は秀康が家康とともに大坂城の金蔵《かなぐら》を検分した時に見たという、想像を絶する莫大な金銀の山の話を思い出した。

「太閤殿下が蓄えた金銀の量は、日本全土にあるそれの半分を優に超えているのではあるまいか」

秀康の言葉が正しいならば、その無尽蔵というべき財宝に物を言わせれば、誰もが着想して果たせなかった夢すらかなうに違いない。

「それでは、この国最大の鉄砲衆はいかがでありましょうか。鉄砲は大変高価なもので、一大名の財力では集められる数に限りがござる。ところで現在の結城家には、鉄砲はどれほどございますか」

「まずは、三千丁といったところか」

「ならば反徳川の旗揚げ後に、大坂城の金蔵にある金銀をもって二千丁を買い足せば、五千丁の鉄砲衆などたやすいものでございましょう。

それに鉄砲の特色は、その技術の習得に時間が掛からないことであります。槍や刀は、一人前になるのに数年の歳月を要します。しかし鉄砲は、ほんの一ヶ月の鍛練で人並みに扱えるようになります。むろんそこからの上達には天賦の才が必要ですが、結城家七十五万石なら動員能力は二万二千五百、その中から適性のある者を選抜すれば、五千の鉄砲衆を揃えることは決して難しくはありますまい」

「だが、その育成には優れた指導者が必要であろう。筑前には誰か適任の者の心当たりがあるか」

「うってつけの男がおります。宰相様はご存知でありましょうか、立花宗茂こそが適任でございます」

ここで長政は言葉を切って、ゆったりと茶を喫した。

「文禄の役は、開戦当初は順調そのものでございました。李氏朝鮮は太平に慣れて実戦の経験がなく、我が方は百年を超す戦国の世を通じて、武器、戦法とも磨き抜かれております。各地の戦いは、我が方の一方的な勝利の連続でありました。

天正二十年（一五九二年）四月に我らは釜山《ふさん》に上陸して、六月には小西行長、宗義智《そうよしとし》とこの私が朝鮮領土の西端に近い平壌《へいじょう》（現在のピョンヤン）を攻略するに至りました。

しかしこの平壌は明との国境に近く、いよいよ明の軍勢が姿を見せるに及んで、情勢は一変したのでございます。明は西域での異民族の反乱に明け暮れており、その討伐の過程で豊富な実戦経験を重ねることによって、装備といい軍勢の規模といい、まことに侮り難い実力を備えておりました。

その後は一進一退の睨み合いが続いておりましたが、十月になるとついに明の大軍が国境を越えて朝鮮領に入ったと伝えられました。

その兵力は二十万と号しておりましたが、実数でも十万はありましたろう。それを迎え撃つべく漢城《かんじょう》（現在のソウル）に集結した日本勢は、わずか五万であります。玄界灘を渡って朝鮮半島に上陸したのは十五万人を超えていたはず、その人数はどこにいったのかと疑問を持たれるかもしれませぬな。

たしかに我々は朝鮮勢に対しては連戦連勝でございましたが、何しろ異国が相手とあっては民族が違い、言語が違い、風俗習慣が違い、統治のやり方が違っております。武力で抑えることはできても、民心を得ることはまことに困難で反乱が次々と起こります。各地の重要拠点は抑えていても、現地民の武力蜂起に備えて一定の兵力を置いておかなければなりませぬ。その結果、明との決戦に動員できたのは相手の半分の兵力でしかありませなんだ」

早速軍議が行われたが、奉行衆を始めとする諸将が籠城を唱えるのに対して、小早川隆景は一人反論した。隆景は兄の吉川元春とともに毛利の両川《りょうせん》と呼ばれ、毛利家の屋台骨を支える名将であった。

「籠城とは、城外からの援軍が期待できてこその戦術でござる。だが今各道の状況を見るに、それぞれの持ち場を守るのに手一杯で援軍を寄こすどころではない。十万の明軍に包囲されて兵糧攻めにあえば、もともと備蓄の少ない我らに到底勝ち目はあるまいよ」

小早川隆景はいくさ上手として天下に知られており、その説くところはまさに正論であった。明の総勢は十万前後と推定されるが、野戦であれば狭隘な戦場に誘い出せれば、そんな大軍は全員が同時に戦闘に参加することはできまい。

議論の末に日本軍が戦場に選んだのは、漢城の北四里にある碧蹄館《へきていかん》であった。その地形は南北一里、東西は狭いところで三町（約三百三十メートル）、広いところで七町（約七百六十メートル）ばかり、東西南北を高い丘陵に囲まれ、その中を南北に川が走っている。寡勢をもって大軍を迎え討つには、お誂《あつら》え向きの地形であった。

日本軍は漢城に小西行長、大友義統《よしむね》を留守居番として残し、小早川隆景が率いる先陣の二万と宇喜多秀家が指揮する主力の二万二千は明軍を迎え撃つべく、北へ向かった。


諸将の心中は、まことに悲壮なものであった。ことここに至れば、勝つよりほかに生き延びる道はないのだ。ここから日本水軍の待つ釜山までは、百余里の距離がある。負けて追撃されれば、到底逃げきれるものではない。

日本軍が負けたと聞けば各道の朝鮮正規軍、義兵（農民兵）とも奮い立つであろうし、そうなれば日本軍の総崩れは必至ではないか。ましてこのところ制海権も充分ではないとなれば、内地へ戻れる者はどれだけあるか、想像するだけで身震いが出る思いであった。


昨夜の軍議で先陣を誰にするかという意見が出たが、小早川隆景は即座に言った。

「この大事な役目が務まる者は、立花左近将監《さこんしょうげん》（宗茂）のほかにはあるまい。あの者の三千の兵は、他将の一万にも匹敵するであろう」

列座の諸将はあっと声を上げ、手を打って賛同した。このわずか二十五歳の若者のいくさぶりは、天才としか言いようのない見事なものであったからだ。

立花宗茂は、秀吉の九州征伐で戦功をあげて筑後の国に十二万石を与えられ、柳川城（現・福岡県柳川市）を居城としていた。宗茂はもともとは大友宗麟《そうりん》の家臣であったが、この若者に惚れ込んだ秀吉は宗麟に頼み込んで宗茂を自分の家臣に譲り受け、大名に取り立てる措置を行ったのである。

間もなく佐々成政の領する肥後の国で国人の一揆が起こり、これを平定するために秀吉は小早川隆景を久留米城に入らせたが、立花宗茂もそれに従って参軍していた。

この時宗茂は一日のうちに十三回の戦闘を行い、七つの砦を抜き、六百余人の首級を上げるという大殊勲を上げ、秀吉から激賞されている。まだ十九歳の若者ながら、もはやその軍事手腕を疑う者は誰一人としてなかった。

その翌年九月に、宗茂は上洛して秀吉に拝謁している。秀吉は上機嫌でこの若者を迎え、羽柴の姓を許すこと、従四位下侍従に叙勲しようと言ったが、宗茂は大いに喜びながらもこう答えた。

「叙任のことは身の面目でございますが、旧主の大友義統（宗麟の嫡子でこの時の大友家の当主）はまだ五位でございます。それがしのような若輩が、旧主の上位になることは心苦しゅうございます。今は五位に任じられれば、身に余る光栄に存じます」

秀吉は、この若者の旧主を思いやる心情に感服した。いくさの天才にして心術爽やか、こうした武将は滅多にいるものではない。それも、普通ならば生意気盛りの年頃なのである。

天正十八年二月に、秀吉は小田原の北条氏を討伐するために諸将を上洛させたが、徳川家康が参上したのを見て尋ねた。

「本多平八郎忠勝を連れてまいっておるか」

「平八郎なら、別室に控えております」

「すぐに呼んでくだされ」

家康にそう頼んでおいて、自分は立花宗茂を呼び出した。秀吉、家康、本多忠勝、立花宗茂の四人が顔を揃えたところで秀吉は言った。

「こちらは、徳川の家中にあって東国一と評判の高い本多中書（忠勝）じゃ。またこちらは、若輩ながら西国に並ぶ者もないいくさ巧者の立花左近将監である。両人は東西それぞれで無双の者なので、こうして対面させたのだ。今後は互いに懇親を結び、協力して天下のために尽力してくれ」

秀吉は褒め上手で誰でも褒め殺しているが、これほどに言葉を尽くしたのはいかに宗茂の人物・力量を買っていたかを物語って余りある。

この話は天下に喧伝されたために、長政はもちろんこの場に居る武将で知らない者はない。また朝鮮に渡ってからの武功にも際立ったものがあり、この若者以外に日本の命運を懸けた大会戦の先陣を任せられる武将はあるまいというのが、諸将の一致した見解であった。

大任を仰せつかって尻込みするような宗茂ではない。声音も涼やかに、

「先陣をお引き受けしましょう」

と答えた。その筋金入りの引き締まった体軀と、優しげな面立ちの中にも凜々しさの溢れる表情を見ていると、長政の目にはその背後から光芒《こうぼう》が立ち上《のぼ》っているようであった。

（美しい……、死を覚悟した者のなんと晴れやかなことか）

思わず身震いが出るほどの感動が、長政の全身を包んだ。

（せめて俺は、あの男が作ってくれた突破口に飛び込んで死力を尽くして戦おう）

そう覚悟を決めたことで、長政は明日のいくさに対する腹が据わって肩の力が抜けた。

文禄二年一月二十六日は、全体に日本より寒い朝鮮にあってもとりわけ寒く、また北風が強い日であった。日本軍は碧蹄館の南方に陣を張り、北から来るはずの明軍を待ち受けていた。

漢城における軍議の決定通り、立花宗茂のみは先陣として本軍から九町ほど北に兵

を動かしており、物見の兵を出して明の到来の時期を探っていた。あたりは水田と湿原で霜と氷が全土を覆い、枯草ばかりが弱い朝日に照らされながら烈風の中に吹き散らかされている。日本軍の本隊は白い息を吐きながら、声を潜めて立花勢の動きを見詰めていた。

やがて立花勢から幌衆が一人馬を走らせてきて、

「一万ほどの明軍が十町ばかりの北から進んできており、敵の先手《さきて》と思われます。立花勢は、すぐにも出撃いたします」

と報告した。すぐに本陣からも、赤い布鎧を着た五千ばかりの騎馬部隊が密集して接近してくるのが遠望できた。その後方からは、同じく五千の赤い鎧の騎馬部隊が少し距離を置いて進んでくる。

立花宗茂は本陣を前が川、後ろがまばらな森の要害の地に移し、鉄砲衆を前線に出して渡河してくる騎馬武者を水際で迎え撃った。

長政は、立花勢の射撃の激しさに目を見張った。立花勢は三千とは称しているものの、打ち続く戦闘でかなりの死傷者を出しているから、現在の実数は二千五、六百といったところだろう。鉄砲衆も五百が精々と思われるのに、その発砲の轟音は千丁、いや千五百丁の鉄砲から発する激しさであった。

この猛撃によって明軍には多数の死傷者が出て、前線は崩れたった。そこへ待機していた立花勢の先陣の騎馬武者達が、川を渡って激しく躍り込んだ。今までの朝鮮兵ならここで退くところだが、明軍は違った。立花勢の兵力が少ないのをみてとるや、左右の両翼が前に出て包囲する作戦に出た。

その統制のとれた動きは朝鮮軍には見られなかったもので、また兵士の体格も馬体も日本軍より一段も二段も勝っていた。立花勢の苦戦かと本陣は肝を潰す思いであったが、先手の兵は構わず突出を続け、機を見て反転して中陣まで退こうとした。

これを見た中陣の兵達はすぐさま動いて味方の救出に向かい、先陣、中陣が一体となって敵の攻撃を防いでいる間に、じっと戦況を睨んでいた立花宗茂は本陣の全員に突撃を命じた。自ら槍を振るって先頭に立つ立花宗茂の雄姿に、日本軍の本陣からもどっと歓声が上がった。

味方の犠牲もいとわない立花勢の猛攻を受けて、明軍は浮足立った。すぐに太鼓が鳴らされ、明軍は退き始めた。宗茂は五百の勢で本陣を構え、残りの全軍を挙げて追尾に移った。

戦闘が終わってみれば、明軍は二千の死者を出して一里の彼方に退き、立花勢は二百の犠牲を出しながらも戦場を確保したのだから、形の上では立花勢の勝利であった。(公平に見れば、明軍は日本軍の意外な強さに驚き、一旦退いて体制を立て直そうとしたというのが真実に近いであろうか)

と長政は思ったが、一万の敵を二千五百の兵力で追い払ったとなれば、大苦戦を予想していた日本勢の気勢はいやがうえにも上がった。

これで先手同士の緒戦は日本軍の勝ちと決まり、午後には双方の主力が激突する決戦は必至の情勢となった。

総大将の宇喜多秀家は小早川隆景と相談したうえ、毛利勢と宇喜多勢を立花勢の前に出して左右の先陣とし、一万余の小早川勢は遊軍となり、その他の者は本陣を固めることにした。長政はまだ出番が与えられず、足摺りをして悔しがった。

こちらの陣形が整うのに合わせたかのように、明軍も動き出した。彼方の小高い丘陵を越えて黒い鎧を着た数万の歩兵集団が移動してくる様は、黒い丘陵そのものがこちらに押し寄せてくるような圧倒的な迫力に満ちていた。

その兵力は日本軍のそれをはるかに上回る印象があり、長政も息が詰まる思いがしてならなかった。明の先手の一万は騎馬部隊であったから、後続の歩兵部隊は十万に近いと覚悟せざるを得ない。

たちまち先陣同士がぶつかりあったが、明の歩兵は体格雄偉で膂力《りよりよく》優れ、右手の宇喜多勢は見る間に蹴散らされて五町ばかり退き、左手の毛利勢も後を追うように後退した。

（何で立花宗茂は動かないのか）

長政は、不思議でならなかった。味方の危機を救援するなら、草原の中央に陣する立花勢はすでに行動を起こしていなければなるまい。だが立花宗茂はなおも静まり返っていて、宇喜多勢も毛利勢も自分の後ろまで下がってから、初めて采配を振るった。すぐに五百の鉄砲衆が前に出て、例の猛烈な射撃を始めた。その轟音は日本軍の本陣まで届き、明の歩兵はばたばたと倒れた。

そして鉄砲衆が退くと弓衆が代わって前線に出て散々に敵を射すくめ、敵が反撃に出ようとすれば主力の騎馬武者が先を争って敵軍に殺到した。しかし深入りはせずにすぐに退くと、また鉄砲衆が前に出て猛撃を加えた。

鉄砲衆、弓衆、騎馬武者衆は互いに先手となりつつ敵に当たり、その間の連携は水を洩らさぬ緊密なもので、明軍の進軍を完璧に食い止めていた。その状況を見て一旦は退いた宇喜多勢、毛利勢も引き返して反撃を開始した。

ここに明と日本は互いに死力を尽くす大激戦を展開したが、やがて明軍の後方に異変が起きた。小早川隆景が率いる遊軍一万余は戦場の東の丘陵の裏を回って迂回し、頃合いを見て丘陵を越えて明軍の横腹を急襲したのだ。

退路を断たれると知って明軍の先陣に動揺が走るのを見た宇喜多秀家は、この機を逃がすことなく本陣の全軍に総攻撃を命じた。はやりにはやってこの時を待ちかねていた長政は馬を駆って先頭に立ち、明軍を猛追した。

こうなると、もう誰の手柄でもなかった。日本軍は心を一つにして明軍に立ち向かい、気迫で相手を圧倒した。勝てば生きて日本に帰れる、負ければこの異国の地に骨を埋めるしかないのだ。

一刻ばかりの激闘の末に、ついに明軍は戦場から離脱して碧蹄館の戦いは日本の勝利が確定した。長政ばかりではなく、参加した全員にとってもこの時の勝鬨《かちどき》は生涯忘れられない感激であったろう。

日本軍には明軍を追う余力は無く、その日のうちに全軍が漢城に引き返した。

五

その翌日の午後、長政は栗山善助、母里太兵衛の二人を連れて、漢城の西大門の外にある瑠璃門《るりもん》の守備に当たっている立花宗茂の陣を訪れた。昨日の寒風吹きすさぶ荒天とはうって変わって、穏やかな日差しの温かい日であった。

宗茂は家臣達と歓談中であったが、長政の来訪を知って、家臣の主だった者だけを残して対面した。

「昨日のお働き、まことに見事でござった」

長政の賞賛に対しても、この若者は少しも驕るところがなく、まだ少年の面影が残る爽やかな面立ちに恥じらいの色さえ浮かべて、長政にこう答えた。

「滅相もありませぬ。幸いにもこうして命を長らえることができましたが、それは全軍の皆様の奮戦のお陰でございます」

「立花殿と私とは同年輩ではないか。言葉遣いに気を遣うなど無用のことだ。今後は俺とお主でいこうと思うが、いかがか」

「そうしていただけるならば、私も気が楽でございます。それでは、朋輩《ほうばい》として語り合いましょうぞ」

宗茂のゆったりとした微笑を見て、長政も安心して心を開いた。

「訊きたいことが、二つある。一つは午後の決戦で宇喜多勢、毛利勢が崩れたったのを見ても、お主はその場では救援に向かわずに、宇喜多勢、毛利勢が後方に退くのを見届けてから兵を起こした。俺の見る目ではもっと早く動くべきだと思ったが、よければお主のその時の思案を話してもらいたい」

宗茂は、穏やかな苦笑を浮かべて言った。俺とお主でいこうという長政の提案があっても、一歳年下の宗茂の言葉遣いは丁重さを失わなかった。

「本隊からは九町は離れていたので、お分かりにならなかったのかもしれませんが、あの時宇喜多勢、毛利勢は明軍の分厚い圧力に抗しきれず、敵に背を向けて敗走しておりました。敵と正面切って対峙しながら、大軍の圧力に押されてじりじりと後退しているなら、立花勢が攻勢に出て敵の圧力を分散させれば、宇喜多勢も毛利勢も立ち直れたかもしれませぬ。しかし立花勢に数倍する宇喜多勢、毛利勢が敵に背を向けてしまい、軍勢としての統制が失われてしまっている有様では、兵力の少ない立花勢が救援に向かったところでもはや手の打ちようがありませぬ。我らもまた混乱に巻き込まれて、一緒に敗退するばかりでありましょう。

敗走する宇喜多勢、毛利勢は逃げるに任せて、我らはここに踏み留まって戦場を確保しておくしかないと覚悟を決めたのでございます。九町後ろには友軍が控えている以上、宇喜多勢、毛利勢もそこまで逃げれば友軍が救援してくれるはずですから。私は宇喜多勢、毛利勢が我が軍勢より後方に下がるのを待って、初めて攻勢に出ました。立花勢が火の出るような猛攻撃に打って出れば、相手は出足を止めてこちらを包囲してくるでありましょう。我らがこの戦場を短時間でも守り抜ければ、その間に宇喜多勢、毛利勢はむろんのこと、全軍挙げての総攻撃が始まると信じて戦っておりました」

「そういうことか」

長政は感嘆の声を上げた。宇喜多勢、毛利勢の後退に合わせて立花勢までもが下がってしまえば、明軍は嵩《かさ》にかかって全面的な追撃戦を仕掛けてきたであろう。そうなれば、もはや日本勢はなすすべもなく大敗を喫していたに違いない。

（この若者は、一つ間違えれば立花勢が全滅するのを覚悟のうえで、自分の一手で明の大軍を引き受けたのだ。その決断が、勝機を呼び寄せたのに違いない）

主君にその渾身の勇気があってこそ、家臣達は魂が震えるほどに感動して奮い立ち、命をなげうって戦ったのに違いない。太閤殿下が西国に並ぶ者もないいくさ巧者の立花左近将監と激賞したのも、長政には改めて納得がいった。

その感激を言葉にするのも気恥ずかしく、長政はしばしの沈黙ののちに、ようやく気を取り直して新たな質問に移った。

「もう一つは、立花勢の鉄砲衆の射撃の激しさだ。我が軍の鉄砲衆は五百ほどだが、とてもあのような射撃はできぬ。お主の率いる鉄砲衆はどれほどいるのか」

「甲斐の守と同じく、五百名ほどでござる」

立花宗茂はそう言ってから、家臣に命じて陣幕の外に射撃の的を用意させ、長政を誘って表に出た。好天ながら、高い空の雲の動きが速い。

十間の距離を置いて三つの的に向かい合った宗茂は、鉄砲を構えてたちまち三発を連射してみせた。その動作は流れるようにまったく無駄がなく、しかも発射間隔が常識では考えられないほどに短かった。

宗茂は家臣に標的を取ってこさせて、長政に示した。四角の板の中に直径一寸五分ほどの黒丸が描かれており、宗茂の銃弾はいずれも的の黒丸を貫いていた。しかもその弾痕は、中心から五分の範囲に収まっている。まさに神業というべき的中率であった。

「見事なものだ」

長政は感嘆しきりであったが、宗茂はわずかに唇を綻ばせただけで、両端を縫って輪にした帯状のものを肩から外して長政に見せた。

「早打ちの仕掛けはこれでございます」

幅三寸ほどの帯には、小さな紙包みを入れる袋が五十ほどもついており、宗茂はそのうちの一つから紙包みを取り出し、その上蓋《うわぶた》を犬歯で噛み破ると、中身を掌に空けてみせた。まず黒い火薬の粉末が掌に盛り上がり、つづけて鉛の弾が転がり出てきてその上に乗った。

「わが家中では、これを早合《はやごう》と呼んでおります。甲斐の守もよくご存知のように、鉄砲を一発撃つと銃身の中に火薬の燃えかすや煤《すす》が残ります。五発も撃てば、銃口からかるか（先に綿を布で包んだものをつけた棒）を差し入れて掃除をし、次に定量の火薬、鉛の弾を入れ、また銃口からかるかを差し込んで火薬と弾を突いてしっかりと固定し、ようやく次の射撃という運びになります。

問題は、戦場で気が立っている時に火薬の量を正確に測って入れる難しさにあります。火薬の量は射程、弾道を決定する重要なものですが、実際には気ばかり焦って火薬の量が多過ぎたり、少な過ぎたりして狙い通りの弾道が得られない場合がままあるものです。早合はいくさに先立って平時に作るものですから、火薬の量は完全に一定の量に安定させられます。しかも弾と一体でありますので、すぐに射撃に移れるのです」

宗茂は、早合の一つを長政の掌に置いた。それは和紙を銃口よりわずかに小径の円筒型に成形し、膠《にかわ》を塗って変形しないようにしたもので、上部に蓋があり、それを外して上下をさかさまにすれば弾丸と火薬が一度に装填できるものであった。

宗茂は、自分の左肩から右脇に掛けていた早合用の帯を示して言った。

「これを当家では、弾帯《だんたい》と呼んでおります。この弾帯には早合が等間隔に五十個装着されていて、一発撃つ度に弾帯を右手で下に引けば次の早合が手元に回ってきます。この操作に熟練すれば、銃口と早合の位置関係が常に一定となりますので、無駄な動作が省略されて、通常の手順の三倍もの発砲が可能になるのですよ」

その工夫に感嘆しきりの長政に、立花宗茂は微笑してこう続けた。

「今申したことはほんの入口の話で、実際に三倍の発砲を可能にするには、まだまだたくさんの秘事、口伝があります。しかしそのすべてを申し上げるわけにいかないのは、甲斐の守ならば了解してくださることと存じます」

長政は頷いた。何があるか分からないこの戦国の世の中、宗茂と長政が敵味方に分かれて戦うことがないとは言えない。自軍の強みを得々として披露してしまうようなお人よしが、生き残れるような甘い世界ではないのである。

「いやこの早合を見せていただいただけでも、目が洗われる思いだ。それでこの早合は、家中のどなたが考案されたのか」

「私でございます。もっとも広い世間には私と同じ着想に至った者もあるやもしれませぬが、私は誰かに教えられて早合に到達したわけではありませぬ」

立花宗茂はいささかはにかんでそう答えたが、その場にいる家臣達が力を込めて頷いたところを見ても、早合がこの若者の独創であるのは明らかであった。

宗茂は先刻の射撃の腕前から見ても、立花の家中でも随一の射撃手なのであろう。これほどの名手が、今より少しでも早く次弾を放つにはどうしたらいいかと必死に知恵を絞る、それがこの若者の凄いところだ。互いに五千の兵を率いるいくさならば、この男は間違いなく天下無敵であろう。

長政は感心しつつ、次の質問を放った。

「鉄砲衆、弓衆、騎馬衆が水も洩らさぬ連携を保ちつつ、常に先手を交代する戦法はまことに見事であった。あれは、立花勢のいつもの戦法なのか」

「いや、昨日は相手があまりの大軍であったために、やむを得ずに採用したいくさだて（作戦）であります。鉄砲というものは撃ち続けると銃身が熱くなり、手を触れるともできなくなってしまいます。まして我が軍の鉄砲衆は発射の間隔が短いために、四、五十発も撃つとそれ以上射撃を続けることができませぬ。そこで弓衆、騎馬衆が次々と前線に出て時間を稼ぐのです。

その間に鉄砲衆は銃身に水を掛けて冷やし、また戦線に復帰するというわけです。昨日の場合は本陣の前に川が流れておりましたために、銃の冷却にはまことに好都合でありました」

そこまで考えて本陣の場所を選んだのに違いないが、宗茂という男はあくまでも自分の功を誇らないところが、長政は大いに気に入った。

「お主の生き方には、学ぶところが多い。これからも、懇意にしてくれぬか」

宗茂はその言葉を聞いて、初めて満面の笑みを浮かべた。

「宇喜多様が全軍の突撃を命じられてからの戦いでは、甲斐の守の働きが際立っておりましたな。今日早合をお見せしたのも、このお方ならば安心と思ったからでござる。今後ともよしなに」

六

「いや、世の中にはいくさの申し子のような凄腕の男がいるものだな。その立花宗茂とやらに、是非とも会ってみたいものだ」

長政は興味津々の秀康の表情を眺めやって、さらに続けた。

「どうやら、気に入っていただけたようですな。それではもう一つだけ、宗茂の手柄を紹介してみましょうか。

先ほども申したように、朝鮮でのいくさは初めは連戦連勝で、四月の上陸以来一ヶ月も掛からずに首都の漢城を落として、朝鮮国王を平壌まで追いやりました。それからは諸将は朝鮮八道に分かれて半島全土の平定に当たりましたが、各方面の状況は奉行衆の手で全員に伝えられておりました。それはむろん他の武将の働きぶりを知らせることで、互いに戦功を競わせるためでございます。

私は摂津の守（小西行長）とともに平壌に向かう途上で、立花宗茂の戦勝の報告を受けました。それは、こんな話でございます」

総大将の宇喜多秀家は漢城に留まって全体の指揮に当たっていたが、漢城の西北五里のところに敵の砦があり、そこに六、七千の軍勢が籠って街道の往来を妨害していた。秀家はまず蜂須賀《はちすか》家政《いえまさ》、次いで有馬《ありま》晴信《はるのぶ》を召して掃討に向かわせたが、相手は要害の地形を利してよく戦い、二将は相次いで敗退してしまった。

「柳川侍従《やながわじじゅう》（宗茂）、ここはお主の出番であろう。討伐してまいれ」

立花宗茂は拝命して三千の兵を率いて出陣したが、やがて先行していた物見の者が引き返してきた。

「もう三町ほどで、砦が見えてまいります」

宗茂は全軍をその場に留めて、物見の者に案内させ、わずか数騎を率いて自分の目で状況を探ろうとした。成る程、左手の高台に小さな砦が見える。距離は一里あるかないかであろう。

街道の左手は草原になっており、それが尽きるところからは人の背ほどの茅や葦が茂っている。馬を下りてそこに踏み込んでみると、足の裏が濡れるほどに水気が多い湿地帯で、あちらこちらに古沼が点在しているではないか。

固い地盤の所もあるにはあるが、そこには高さ一間《けん》を超える岩石が林立しており、また平地には空堀や落とし穴が仕掛けられていて、うっかり砦に向かって進めば必ず障害にぶつかってしまう。まさに難攻不落の構えである。

「しかし、街道の往来を妨害するからには、どこかに砦から森を抜けて街道に出る道があるはずでありましょう」

出陣の前に蜂須賀家政に尋ねてみたが、家政は忌々《いまいま》しげにこう答えるばかりであった。

「俺もそれを考えた。だが、それが見つからぬのよ。何か目印があればこそ敵は無事に森を抜けて出てこられるのであろうが、いくら調べてもその目印が見つからないのだ」

宗茂はその言葉を思い出しながら、眼前の地形を観察しているうちに、たちまちある一計が閃いた。帰陣したこの若者は、家臣に命じて近所の百姓達を二百人ほど駆り集め、日が落ちてから草原で月の光を頼りに秣《まぐさ》（馬の飼料にする草）を刈らせた。

翌朝になって砦の兵が草原を見ると、大量の草が消えているではないか。自分達が秣を調達する貴重な草原なだけに、敵は歯嚙みをして悔しがった。

西空を真っ赤に染めて太陽が沈むのを見届けてから、宗茂は二千の兵を三手に分けて迂回させ、草原を囲む三方に埋伏させた。

「昨日の今日だ。敵は心を研ぎ澄まして、草原を見張っているであろう。草刈りを始めれば、敵はおっとり刀で出撃してくるに違いない。草原まで引っ張り出しておいて、三方から群がり起こって攻め立てるのだ。敵は驚いて兵を退くだろうが、一気に追ってはならぬ。敵の退却路をよく見極めて、敵より広がらずに柔々《やわやわ》とあとに従え」

出陣に当たって、宗茂は家臣達にそう指示しておいた。

はたして秣を刈り始めると、砦から湿地帯を抜けて二千ばかりの敵兵が押し寄せてきた。百姓達が蜘蛛の子を散らすように逃げ去ると同時に、草原の三方から立花勢がどっと気勢を上げて鉄砲を撃ちかけた。敵兵はこの急襲を受けて、ばたばたと倒れて足並が乱れた。そこを弓衆が散々に猛射し、次いで騎馬武者が突撃すると敵の軍勢は色めき立って後退を始めた。

「敵より広がるな。見失わないように即《つ》かず離れず、ひたひたと追え」

道を知っている敵のあとをぴったりと追尾していくだけだから、古沼に落ちる者も落とし穴にはまる者もなく、半里ほどの湿地帯も難なく通り過ぎることができた。その先は砦に至る坂道が続いている。

こんな小さな砦に六、七千の兵力を収容することはできないので、道の両側の坂を階段状に平らに均《なら》して急造の木造兵舎がびっしりと並んでいた。立花勢が近くの篝火から燃え盛る木材を引っこ抜いてそれらの兵舎群に火を付けて回ると、あたりは昼を欺《あざむ》くほどに明るくなった。

驚いて飛び出してくる敵兵を、立花勢は切って切って切りまくった。砦に籠る兵達もこの惨状を見ては闘志を失い、戦うことなく門を開けて逃げ去ってしまった。

夜が明けてみれば、敵を討ち取ること七百余名、自軍の被害は数名という快勝であった。立花宗茂は勝鬨を挙げ、その日のうちに漢城に戻って宇喜多秀家に戦勝を報告した。出陣の命を受けてわずか三日後のことであった。

「どんなに複雑な迷路でも、道筋を知っている者のあとについて行けば楽に抜けられると言えば、そんなことは当たり前だと誰もが思うでありましょう。しかし蜂須賀家政も有馬晴信も抜け道の目印を見つけることに夢中で、まったくそのことに思い至らなかったのであります」

「何事も、そうであろうよ。何だそんなことかと馬鹿にしていては、最初に気が付いた者の知恵の深さは分からぬ」

「仰せのとおりでございます。立花宗茂は現地の地形を観察して、これは相手のあとを追う以外にてっとり早く砦に至る方法はあるまいと思ったのでしょう。だが敵兵に道案内をさせるには、草原まで敵を誘い出さなければなりませぬ。そこで近隣の百姓どもを動員して秣を刈らせれば、翌日それに気が付いた敵兵は、その晩こちらがまた同じことをしたら必ず草原まで追い払いにやってくると読んだのであります。

あの男にとっては相手の心の内などすべてお見通しで、掌の上で敵を踊らせているに過ぎませぬ。万事が目的に向かって一直線で、無駄なところがどこにもない。実に驚くべき男でございます」

長政はそう言ってから、秀康に笑いかけた。

「実は私も感服のあまり、平壌攻めに当たって同じことをやってみたのです。平壌の手前に大同江《だいどうこう》という大河があり、川幅も広ければ水深もかなりあって、軍馬の脚がたつ場所が見つかりませぬ。そこで空しく数日を過ごすうちに、明軍から小西の陣に川を渡って夜襲を仕掛けてきたではありませぬか。

　幸い我が手の者がそれに気が付いたために、私が小西、宗軍が陣していた東大院に駆け付けて、明軍を撃退することに成功しました。夜明けの薄明かりの中を明軍が大河を渡って引き上げていく様子を見て、私はふと閃いたのです。

『敵の者達がどんな経路をたどって帰陣するのか、それを見届けておけばこの川は渡れるぞ』

　その直感通り、徒渉路が見つかったことで平壌城は簡単に落とすことができました。すべては宗茂のお陰でございます」

「それは違うぞ。立花宗茂の戦功は、全軍に伝わっているのであろう。しかしそこから貴重な教訓を汲み取ったのは、筑前の守ただ一人ではないか。それは長政の優れた才覚であろうよ」

　長政は首を振ったが、内心では秀康の器量に満足していた。部下の功名を見逃すことなく評価することこそ、大将たる者に必須の才能であろう。

「だが、あの男にもたった一つの弱点があります。それは無類のいくさ上手でありながら、自分の将来はいかにあるべきかという構想を持っておらぬことであります。宗茂は殿下に気に入られて十二万石の大名に取り立てられましたが、殿下亡き今となってはあの男が忠誠を尽くすべき相手はおりませぬ。言い換えれば、あれほどの男でありながら、やつの才能を目一杯に引き出してくれる主君がいないのでございます」

秀康は長政が宗茂の名前を持ち出した意図を察知して、磊落《らいらく》に笑ってみせた。

「そこで、私の出番というわけだな」

「宗茂は互いに五千の兵を率いて戦えば、日本では無敵の武将でありましょう。宰相様がこの男と五千丁の鉄砲を手中に収めれば、結城勢はまさに天下無敵でありますぞ」

「長政の話を聞いて、私はその男を是非とも召し抱えたいと思う。幸いなことに、立花宗茂はいま秀忠の相伴衆《しょうばんしゅう》を務めておる。だがあの秀忠の器量では、立花の将才は本当には分かっておるまい。何とか宗茂に連絡をつけて、我が陣営に引き入れたいものだ」

「立花宗茂を北ノ庄の城（現在の福井市に所在）に呼び寄せるのは、我らの大坂城乗り込みまでに済ませておくのがよろしゅうございましょう。乗り込み以後では徳川方の警戒が厳重になって、江戸にいる宗茂を引き抜くのは容易なことではありませぬぞ」

「それはそうだ。乗り込み以前ならば、筑前の守も私ももっともらしい口実さえ設ければ、江戸城に入るのは造作もないことだからな。立花宗茂に話を持ちかける機会は、いくらでもあろうよ」

「私の家老の栗山善助も母里太兵衛も、唐入りの頃から宗茂とは言葉を交わした仲であります。使者に立てれば、腹を割った話ができましょうぞ」

七

十一月の初旬、日が落ちてから長政の伏見屋敷の門を叩いた十人ばかりの武士の一団があった。

「高橋道雪の一行でござる。黒田筑前の守様にはすでによしみを通じてござれば、よろしくお取次ぎくだされ」

しばらくののちに門に設けられた扉が開かれ、筆頭家老の栗山善助が恰幅のよい体を現した。善助は江戸の立花宗茂の屋敷で久しぶりに再会を果たし、長政が宗茂でなければできぬ大仕事がある、是非来てくれと願っているとだけ伝えてきたのだ。

「お待ちしておりましたぞ、高橋殿」

栗山善助は一行を案内して、書院で待ち受けている長政に引き合わせた。

「筑前の守様、お久しぶりでございます。この度はお声を掛けていただき、まことに有り難うございまする」

「江戸城の中で二、三度見かけたことはあるが、言葉を交わすのは久しぶりだな。江戸を離れるには支障はなかったのか」

「何ということはございませぬ。私の菩提寺は筑後柳川にございますが、江戸の暮らしも長くなり、実父、義父の墓参りも長らく行っておりませぬ。一度柳川に戻って法事を行い、これを機に墓を江戸に移したいと考えているので、しばらく休みをいただきたいと上様にお願いして出てきただけのことでございます」

「何をいたしておる。我らはお主と俺で行こうと誓い合った仲ではないか。他人行儀はやめてくれ」

長政は何年振りかで会う立花宗茂に対して、少しも構えたところがなく砕けた調子で呼びかけた。以前より体軀の幅が大きくなった宗茂は、いつに変わらぬ穏やかな微笑を浮かべた。

「それは互いに十二万石の大名同士であった頃の話、今では筑前の守は五十二万石の大大名、私は陸奥棚倉一万石の身の上でござる。とても対等な立場ではありませぬ」

長政は宗茂の背後の家臣達の顔に江戸からの長旅の疲労の色が濃いのを見て取ると、小姓に用意してある夕餉《ゆうげ》を運ぶように申し付けてから、宗茂に声を潜めて言った。

「お主に、内密の話がある。別室で二人だけになりたい」

長政は先に立って長い廊下を渡り、宗茂を無人の白書院に導いた。

「世間に洩れてはならぬ話ゆえ、栗山善助からは詳しく伝えることができなかった。これは天下の大事なのだ。ある貴人とお主と私の三人の力で、天下分け目の大《おお》いくさを起こすことを本気で考えている」

天下分け目と聞いて、宗茂の顔に凄みのある生気が宿った。

「話を聞かせていただきましょう。筑前の守様のご発案ならば、万に一つも疎漏はございますまいが、乗るかどうかは企ての内容を伺ったうえで返答いたしとうございます。それではまず、その貴人の御名を教えていただけますか」

長政は強い光のこもった目で、宗茂を正面から見据えた。

「越前宰相の結城秀康様だ」

「やはり、左様でありましたか。天下分け目の大いくさとあれば、担ぐべきはあのお方しかおりますまいな」

秀忠の相伴衆を勤めてはいても、やはり宗茂は天下の動きに絶えず気を配っているのであろう。この男には天下の風雲を望む覇気がまだ充分に残っているとみて、長政は心強く頷いて見せた。

そこへ二人の小姓が、宗茂の夕餉を運んできた。

「お主の到着の報告を受けてすぐ、宰相様にはすでに一報を入れてある。長旅のあとにまた移動では申し訳ないが、宰相様は昨日あたりからまだかまだかと首を長くして待っておられる。とりあえず手早く食事を済ませてもらって、そのあとすぐに結城屋敷に向かうとしよう」

「宰相様はすでにお待ちでありますか。私のような者には、まことに恐れ多いことでございますな」

長政は宗茂を大名駕籠に乗せ、家臣がかざす松明《たいまつ》の光の中を自分は騎乗して結城屋敷へと急いだ。この屋敷の周りにも、徳川家の監視の目が光っていると思わなくてはならない。大坂城乗り込み以前の今でも、用心するに越したことはない。由布惟信《ゆふこれのぶ》、十時連貞《ととどきつれさだ》、安東大膳《あんどうだいぜん》、小野鎮幸《おのしずゆき》などの立花家の重臣達も、無言のまま後に続いていた。

秀康は待ち焦がれていた立花宗茂の到着とあって、満面の笑みを浮かべて書院に待ち受けていた。互いの挨拶が済むと、秀康はすぐに言った。

「皆は別室で歓談してくれ。今は筑前、高橋殿と三人だけにしてほしい」

部屋の中が三人になるのを待って、秀康は小姓に酒の用意を申し付けてから、鷹揚な態度で二人に提案した。

「我ら三人に、上座も下座もあるまい。車座になって、ゆっくりと話し合おうぞ」

席が定まったところで、秀康は態度を改めて立花宗茂に向かい合った。

「江戸城では何度かお目にかかっているが、挨拶するのは今日が初めてであるな。結城秀康でござる。すでに筑前から聞いておろうが、私は近々反徳川の旗を揚げようと決心している。だが信じられぬかもしれぬが、私はこの年になるまで戦場に出たことは何度かあっても、実戦の経験が乏しい。

　そこで筑前に良き軍師はおらぬかと尋ねたところ、二つ返事で立花宗茂殿の名前を告げ、いくつかの逸話を話してくれた。私は目を洗われる思いでその話を聞き、何としても立花殿を我が側近に迎えねばならぬと思ったのだ」

「軍師を引き受ける前に、確かめておきたいことがございます。宰相様が数ヶ月後に徳川家に反旗を掲げるとして、豊臣家と徳川家とはどのような形で対決していくのか、その段取りを詳しく説明していただきとうございます。そしてその中で私が果たすべき役割はいかなるものか、それが私でなければできないと納得できるものでなければ、お受けするわけにはまいりませぬ」

「さもあろう。我らの策は、すでに細部に至るまで詰めておる。まずはそれを聞いてもらい、思うところがあれば遠慮なく指摘してもらいたい。

　では筑前、立花殿に詳細に説明してくれ」

　宗茂は長政を正面から見据えて、目で話を促した。

「これはまったく極秘で進めている策で、事前に徳川家に洩れれば結城家、黒田家は揃って取り潰されるのは必至だ。それを承知の上で聞いてもらいたい。

　計画は、三段からなる。一段目は、来年の二月に宰相様と私が秀頼様への挨拶との名目で大坂城に乗り込み、現在の大坂城を主宰している茶々を本丸表御殿から追い出すことから始まる。そして茶々を豊臣家の中枢から遠ざけ、一切の口出しを封じる体制を作るとともに、宰相様が秀頼様の後見役となって豊臣家の実権を握る。

こうした大坂城乗り込みに伴う波乱は、一ヶ月ほどで落ち着こう。そこでいよいよ、計画は第二段目にはいる。我々の意図に賛同して味方となるのが確実な者に絞り込んで、大坂城乗っ取りの具体的な段取りにかかる。

そしてその顔ぶれとしては、福島正則、加藤清正、加藤嘉明、前田利長、それに結城家、黒田家、豊臣家の七家としたい。来年の閏四月中旬にこの七家の軍勢が大坂城に結集するのを待って、いよいよ反徳川の旗揚げだ。大坂城から徳川家の家臣はすべて追放し、西国の大名達に檄を回して、秀頼様のもとに味方を募る活動を開始する。

その一方では、現在は徳川家の勢力下にある伏見城、長浜城、彦根城をできる限り短期間で攻め落としておかなければならない。加賀の前田家、越前の結城家の行軍路を確保しておかなければ、その後の作戦が円滑に進められないからな。

こうして近江以西を完全に抑えれば、あとは次々と参加を表明する諸大名を適材適所に配置して、豊臣家の体制づくりに邁進するばかりだ。

それがほぼ形がつけば、いよいよ総仕上げの第三段目だ。早ければ来年の秋にも、前哨戦として大垣、岐阜、名古屋などの諸城の攻略に取り掛かる。これはいかなる犠牲を払ってでも落とすという攻城戦ではなく、彼我の戦力の見極めと、関ヶ原以降七年も実戦から遠ざかっている豊臣方の諸将に、実戦の勘を取り戻してもらうという小手調べの意味合いを持っている。

そして来年の晩秋、遅くても再来年の春には最終決戦という段取りだ。豊臣家、徳川家双方とも兵力は十万を超え、関ヶ原以上の大合戦となろうぞ」

「面白そうな筋書きでございますな。それでは各段を詳しく聞かせていただきましょうか」

「それでは一段目から詳細を述べていこう。

お主も存じておろうが、宰相様は今は亡き太閤殿下の猶子で殿下から大変に可愛がっていただいておった。殿下の末期《まつご》には『秀頼はお前の弟である。面倒を見てやってくれ』と宰相様の手を取ってかき口説かれたことは、当時大坂城に詰めていた者達なら誰でも周知のことだ。

従って宰相様が秀頼様の後見役になることは、充分過ぎるほどの根拠がある。ただここで肝心なのは、この時点では我らは徳川家とことを構える姿勢はまったく見せてはならないことだ。

普通のお城乗っ取りならば、初めから軍勢を率いて大坂城に乗り込むであろう。だが今回は、そのやり方は使えない。越前北ノ庄を居城とする宰相様が大坂城に兵を入れるためには、長浜城、彦根城、伏見城などの徳川方の大名達の城下を次々と通行せざるを得ない。平時に大軍を動かすとなればその真意が疑われて、必ずどこかで阻止されてしまうに決まっている。

武力によらずに平和裡に茶々をまつりごとの表舞台から身を退かせるためには、何か万民が納得するような大義名分が必要となる。それがこれから説明する二重公儀体制（以下二重体制と略記）というものだ。

関ヶ原後の論功行賞で、大御所は徳川方の武将達を近江以東の地に綺羅星のように配置し、豊臣方の武将達には大坂以西の地に集中して領地を与えた。大御所は豊臣家は和泉、摂津、河内の六十五万石の大名として存続することを認め、豊臣系の武将達は従来通り豊臣家の傘下に入るという支配方式をとることにした。

つまり東国は徳川家が直接統治し、西国は徳川家と豊臣系の諸大名の間に豊臣家が入って統治の実務を行うという、公儀が二つある体制を採用したのだ。本来、公儀とは殿下がご健在の頃の豊臣家、現在の徳川家のように全国を支配する唯一の政権を差す言葉だが、この場合は西国に限っては徳川、豊臣の二つの公儀が重なっていることになる。むろん二つの公儀といっても、徳川家が上位、豊臣家が下位なのは言うまでもあるまい。

何やら回りくどい制度のようだが、これは徳川家、豊臣家の双方にとって極めて効率のよいやり方なのだ。徳川家から見れば、従来通り徳川方の諸大名達だけを統治していればよい。西国の諸大名については、豊臣家に方針を示しさえすれば実務は豊臣家がやってくれるので、西国の統治の手間は大幅に省ける。

たとえば、薩摩の島津義久と肥後の加藤清正の間で領地の争いが生じたとしよう。徳川家が直接仕置きをするとなると、遠い江戸では争いの実情も過去のいきさつもよく分からず、裁きの時間ばかりかかってはかばかしく進展しない。

それに対して豊臣家が取り扱うならば、九州征伐の頃から島津氏とは二十年以上の付き合いがあり、むろん加藤清正は豊臣家譜代の重鎮だから、話の落としどころも自然と見えてくるものなのだ。

従って豊臣家が自分の立場をよく理解し、徳川家の方針を遵守《じゅんしゅ》して西国の諸大名を統治していけば、天下に波風一つ立たない泰平の世が到来する。しかし万人がそれを理解して従おうとしているのに、茶々ただ一人は大御所が作ろうとしている新秩序を受け入れず、徳川家が豊臣の上に立つことを断じて認めない。

これではようやく落ち着いた世は再び乱れ、第二の関ヶ原が起こらないとは限るまい。

大御所を事実上の天下人として認め、秀頼様を豊臣系の結集の旗印として仕えてゆきたい西国の諸大名としては、茶々の存在は面倒を引き起こす厄介者でしかない。

二重体制を是とする立場に拠ってみれば、徳川家、豊臣家の双方にとって最善の策は、茶々を大坂城の政治権力から切り離すことなのだ。

我々が大坂城へ乗り込むのは、むろん大坂城を乗っ取って宰相様が秀頼様の後見人となり、反徳川の旗を揚げる第一歩とするためだ。しかし建前としては断じて政権奪取が目的ではなく、あくまでも茶々様を政権の中枢から隔離するための一時占拠に過ぎないとしなければならない。

『大坂城から茶々の支配力を払拭し、徳川、豊臣の関係を正常な状態に戻すことができれば、我らはただちに手を引く』、これを大坂城の乗り込みの大義名分として掲げれば、徳川・豊臣の二重体制の提案者である大御所としては、文句をつけようがあるまい」

これまで無言で長政の長広舌を聞いていた秀康は、この時初めて微笑とともに口を挟んだ。

「何だか話が難しくなって分かりにくいであろうな。実は我々も、当初は武力による決起を検討したのだ。しかし具体的に話を詰めていくと、そのためには豊臣家譜代の有力武将達、加賀の前田家のように豊臣家と縁が深く、動員能力の大きい武将達に前もって策を打ち明けて同志を募らなくてはならない。数万の兵力を大坂城に送り込む大がかりな策ともなれば、関係する人間も莫大な数になる。準備が動き出せば、必ずどこかで徳川家の警戒網に捕まってしまうだろう。

慶長八年（一六〇三年）の千姫の輿入れに際しても、徳川家からは百人を超す男女が付け人として大坂城に入っている。しかし実際に千姫の身辺に仕えているのはその半分ほどで、後の者達は大坂城の中の情報を集めて江戸に送る間者なのだ。

徳川方も、馬鹿ではない。公式、非公式に様々な組織を通じて、情報収集に努めておる。伊賀、甲賀の忍びの者なども、服部半蔵のもとに非公式ながら数百人の規模で集められている。策が動き出してまだ体制が整わないうちに、徳川方が素早く大坂城の守備を固めてしまえば、この目論見は破綻してしまうのだ。

そのために、第一段の大坂城乗り込みは筑前と私だけで、しかも手勢はわずか数十名、それも格別の武装もなしで茶々にまつりごと（政治）の表舞台から身を退かせるしかないのだ。しかし長政の苦心の知恵で、大御所の提案した二重体制を逆手にとって、徳川、豊臣両家のために茶々の発言を封ずる大義名分を考え出してくれた。

この策については今は詳しくは話せないが、茶々の人となりを利用して恐怖感を煽り、自分の意志でまつりごとの表舞台から消えるように仕向けるのだ。これは私の分担だが、年増を口説く腕前の見せ所だ。その時が来れば、立花殿もその手があったかと驚くであろうよ。

むろん、茶々が表舞台から身を退くことは大御所の本心では決して望ましいことではない。世間知らずの茶々に、豊臣家譜代の武将達も眉をひそめるような余計な波風を立てさせることで、豊臣家を滅亡の淵に追い詰めていく大御所の秘めた野望が、一歩一歩現実のものとなっていくのだからな。

しかし二重体制が大御所自身の創案である以上、正面切って反論することもできない。

私が大坂城に乗り込んで秀頼の後見役となり、茶々に表舞台から身を退かせる工作が成功すれば、筑前と私は腰を据えて第二段の計画に取り組む時間が稼げるわけだ」

「しかし大坂城乗り込みのためには、どうしても豊臣家内部に協力者が必要でございます。それは片桐且元でよろしゅうございますな」

長政の言葉に、秀康は頷いた。

「やはり片桐且元しかおるまい。且元は徳川家に対する豊臣家の窓口だから、私が秀頼に面会するために登城すると申し入れれば、当日は必ず面会の場に立ち会うことになる。何かと好都合ではないか」

「しかし、事前に茶々様をまつりごとから身を退かせる策を打ち明け、片桐且元に協力を求めておく必要はありませぬか」

「いや、茶々に関する計画を事前に知る者は、これ以上増やしたくない。それに片桐且元の心中には茶々に対する鬱屈した感情があるはずだ。

大御所の豊臣家の扱いは、まことに老獪《ろうかい》の一語に尽きる。片桐且元以下の男の家臣達には、謀臣の大久保忠隣や本多正信を通じて常に厳しい態度で過酷な要求を突き付ける。ところが茶々やその使者の大蔵卿の局などには自身で会い、手のひらを返したように優しい物腰で甘い言葉を掛けるのだ」

従って茶々の耳には片桐且元からは悲観的な情報ばかりが伝えられ、大御所本人や大蔵卿の局からは楽観的な情報だけが入ってくることになる。人間は誰しも自分にとってそうあってほしい情報に縋りたい。茶々にしてみれば、大御所様は豊臣家に好意的で悪いようにはしないはずだと思い込み、一方で片桐且元は大御所の機嫌を損ねるような下手な交渉ばかりをしているのではないかと疑ってしまう。

「そこが大御所様の狡猾なところでありますよ。お気をつけなされ」

と且元は口が酸っぱくなるほどに説得に努めるのだが、茶々は納得しない。敵である大御所の言葉ばかりを信じきって、忠実な家臣である自分の言うことには耳を貸さないというのでは、且元としても立場があるまい。日々悶々として過ごしているに決まっている。

「大坂城の乗り込みの日には、必ず片桐且元が応対に出てくる。あの男は二重体制をよく理解し、豊臣家のために許された権限のなかで真面目に精一杯の努力をしようとしている。

しかし豊臣家には許された権限しかないということが、茶々にはまったく理解できていない。太閤殿下が存命の頃と少しも変わらぬ、欲張った要求を突き付けてくる。もちろん徳川家が、そんな身勝手な要求を受け入れるはずがない。しかし且元がそれを言うと、茶々は片桐且元が独断で受けてくれないのだと思い込む。本来は一体であるべき豊臣の家中に、徳川家の巧みな分断策によって、茶々と家老達の間に大きな溝ができてしまっているのだ。

茶々を説得する場には片桐且元も立ち会わせるが、且元は傍観者で何の役割も与えない。しかしそこで我らが茶々に表舞台から身を退かせる同意を取り付けて見せれば、且元は大喜びで乗ってくるに決まっている。茶々が身を退くならば、あの男は誰に妨害されることもなく、自分の本来の業務である二重体制の推進に専念できる。協力をしなければ、茶々との軋轢《あつれき》は日を追って深まり、ついには豊臣家の崩壊に繋がっていくのだ。

あの男には、自力で茶々に身を退かせる勇気も才覚もあるまい。だが我々が豊臣家のために本気でやろうとする気迫を見せれば、我々に力を貸すだけの忠誠心は残っておろうよ。あれでも昔は、賤ヶ岳の七本槍として鳴らしたほどの男だからな」

「大坂城での年賀の折などに片桐且元と接する機会が幾度かありますが、たしかにこの二、三年、年を追って覇気を失いつつある印象があります。成る程そうした事情があるならば、且元が忘れかけていた勇気を奮い起こして、宰相の誘いに乗ってくる見込みは充分にありましょう」

長政は秀康が徳川家、豊臣家の内部情報に精通しているのに安心して、また立花宗茂に向かい合った。

「茶々の説得に成功すれば、茶々は大坂城本丸の表御殿（当主が政務をとる建物）を後見役である宰相様に譲り渡し、北にある奥御殿（大名の家族、この場合は茶々と秀頼が日常生活を営む建物）で暮らすことになる。宰相様と私は自分達の家臣から数十人ずつを大坂城に送り込むが、その中には家老級の者が何人か入っていて、早速手分けをして大坂城の現状について聞き込み調査を実施する。これは二重体制の実務がどのように行われているかについての調査という名目だが、実際には大坂城の中にどれだけの人材がいるのか、金蔵の中にどれだけの財宝があるのかなど、のちの反徳川の旗揚げのための大切な資料になる。

また宰相様が秀頼様の後見人として大坂城の実権を握ったことを、西国の諸大名に書状を送って通知すること、京都の朝廷には使者を送って従来通りの良好な関係を維持していきたいと申し入れる。

最も重要なことは、江戸の徳川幕府に使者を立て、この度の茶々様の表舞台から身を退いていただくのは、あくまでも二重体制の堅持を狙ったもので、断じて宰相様と私が大坂城を乗っ取って、徳川家に対する反旗を翻す挙に出たのではないと弁明しなければならない。この役目は、発案者の私でなければ務まりますまい」

「大任だが、よろしく頼む。徳川家としては、越前宰相と筑前の守が大坂城を占拠した以上は、反徳川の旗揚げだと受け取るのがごく自然な感情の流れなのだ。それを茶々に表舞台から身を退かせることこそ、豊臣家のためでもあれば徳川家のためでもあると強弁するのだから、会議の席は大荒れになろうぞ」

「その辺の駆け引きは、私にお任せくだされ」

長政は力強く頷いて、また立花宗茂に視線を戻した。

「そうこうして雑多な政務に追われているうちにも、秀頼様、宰相様連名の書状を受け取った諸大名は次々に大坂城に参上して、茶々が一線から退くことの背景を探りに来るに違いない。だがこの段階では、まだ反徳川の真意は誰にも洩らしてはならぬ。福島正則、加藤清正などは、二重体制の強化のためなどというお題目には耳も貸さずに、決起の時はいつかなどと迫ってくるであろうが、大坂城の中には徳川家の目が幾重にも光っている。

これはあの二人と宰相様の対面の前日にひそかに私が二人の屋敷に出向いて、そうしたきわどい質問はしないようにと念を押しておくことにしたい。いずれにしても宰相様の対応は、どこまでも二重体制の維持強化という建前で押し通していただかなければなりませぬ。それでも目が見える者には以心伝心で我らの本音は察しが付くでありましょうが、その辺の微妙な呼吸は宰相様の裁量一つにお任せいたしますぞ。

こうした大坂城乗り込みに伴う波乱は、一ヶ月ほどで落ち着こう。そこでいよいよ、計画は第二段に入る。我々の意図に賛同して味方となるのが確実な者に絞り込んで、大坂城乗っ取りの具体的な段取りにかかる。

そしてその顔ぶれとしては、先程も申したように福島正則、加藤清正、加藤嘉明、前田利長、それに結城家、黒田家、豊臣家の七家としたい。殿下が初めて国持ち大名となって長浜城の城主となった時、福島正則、加藤清正、加藤嘉明の三人と私はまだ十代の若者で、武芸の腕を競いあって育った仲だ。毛利征伐に始まって中国大返し、山崎の合戦、賤ヶ岳の合戦、九州征伐、小田原攻め、文禄・慶長の役、関ヶ原の合戦と、豊臣家の大きないくさはすべてともに戦ってきた。高台院様を『おかか様』と呼ぶこの四人こそは豊臣家譜代の代表格で、今度の企てでも中心となって働くことになるのは間違いない。

前田家の先代利家様は太閤殿下とは若年の頃からの盟友で、殿下は加賀大納言（利家）に秀頼の護人《もり》を任せるほどに信頼していた。大納言様はそのまれにみる誠実さ、信義の篤さによって、殿下から八十万石を超す大領を与えられ、死に至るまで豊臣家の忠実な柱石であり続けたのだ。

親同士の友誼の深さからいっても、前田家はこの決起から外すことはできない。結城家、豊臣家については説明の必要もあるまい。

わずか七家では少ないようだが、その領地の累計は三百六十万石を超える。動員能力は優に十万にも達しよう。

この軍勢が来年の閏四月中旬には、大坂城に結集する。それをもって、いよいよ反徳川の旗揚げだ。宰相様と秀頼様の連名で、豊臣政権の自立を天下に宣言し、大坂城から千姫とそのお付きの女官を除いた徳川家の家臣達をすべて追放する。

むろん全軍が揃うまで待ってのことではない。大坂に近い福島家、神屋宗湛の船団を使える黒田家の軍勢が一万も先着すれば、決起の号令は下せる。大坂城が宰相様の支配下にある以上、次々と到着する後発の軍勢は惣構堀《そうかまえぼり》、二の丸、本丸の城門に妨げられることなく自由に入城できるからだ。

この時期には、京の高台寺で暮らしている高台院様に使者を立て、茶々に代わって大坂城の奥の責任者として迎え入れなければならぬ。豊臣譜代の大名達にとっては、大坂城に高台院様あってこその豊臣家なのだからな。

そして体制が整い次第、京都の伏見城、琵琶湖東岸の彦根城、長浜城を攻略する。加賀の前田家、越前の結城家が京、大坂に入る経路を確保するためには、これらの城を豊臣方の手に納めておかなければならないからだ。この過程で、宗茂には是非とも宰相様に初陣を飾らせて上げてほしい。味方の士気は、いやがうえにも上がるであろう。この三城をいかに早く我らのものとできるかが、この企ての命運を握る」

「城攻めはとかく時間が掛かるものでありますが、三つの城を短期間にとなると、工夫が必要でございますな」

立花宗茂は秀康と長政の表情を鋭い目で眺めては、一語も聞き洩らさないように耳を傾けていたが、話が具体論に入るのにつれて、ようやく身を乗り出してきた。

「大方針としては、宰相様と加藤清正、加藤嘉明に長浜城、彦根城の二つを攻略していただき、福島正則に伏見城を担当させたい。私は大坂城に残って全般を見るが、劣勢のところがあれば臨機応変に応援に入る。伏見城は太閤殿下が築かれた名城だが、現在では家康、秀忠の在京時の居館としての使用が主で、平時には留守居番が管理しているに過ぎぬ。

福島正則の一万を超す兵力からすれば、ほんの二、三日の攻防戦で終わろう。

宰相様に北の二城を受け持っていただくのは、もちろん結城勢が北ノ庄から出陣すれば、まずぶつかるのが長浜城、次いで彦根城になるからだ。私の構想では、立花宗茂殿には宰相様を補佐してもらいたいと考えている。

攻城戦は難しいものだが、我らにとって有利な条件がある。まず長浜城から言えば、今年内藤信成《のぶなり》が城主として入ったが、その領地はわずかに四万石で、その兵力は千名強に過ぎぬ。長浜城は内政の拠点ではあっても、軍事の拠点ではない。二万の結城勢が城下を通過しても、内藤信成は首をすくめてやり過ごすばかりであろう。

問題は、徳川家の家中で最大の領地を与えられている彦根城の井伊家だが、現在の石高は十八万石、動員能力は五千名強に過ぎぬ。宰相様と加藤清正、加藤嘉明が手を組めばその兵力は四万に達する。また彦根城は今年になって第二期工事が完了して井伊直継が入城したばかりだが、城としてはまだ完成しておらず、防御力に多少弱いところがある。

しかし慎重になり過ぎて攻め倦《あぐ》んでいれば、岐阜城、大垣城、名古屋城などの周辺の諸城から続々と応援の兵力が送られてきて、戦線は膠着してしまう。何としても応援が到着する前に、短期決着を図らなければならない。

そこで宗茂、お主が関ヶ原の前哨戦として行った大津城攻め、あの時の攻め方を彦根城でも使えまいか」

「短期決戦ということであれば、私もあの手しかあるまいと思っておりました」

立花宗茂は秀康に向かい合って、静かな口調で説明した。

「大津城攻めでは、搦手《からめて》の浜町口が我々の持ち場でございました。幅二十間ほどの堀を挟んで、敵は城壁の鉄砲狭間から、こちらは堀際に弾除けの盾を塀のように巡らし、激しい銃撃戦を行いました。常識的には鉄砲狭間からの射撃と木の盾の陰からの射撃では、鉄砲狭間に分があるとされております。しかしあるいはお聞き及びかもしれませぬが、立花家の鉄砲衆は同じ時間内に他家の三倍の発砲が可能であります。しかも照準の精度も、他家を上回っております。二十間の距離なら、狭い鉄砲狭間の空間に九割以上の弾丸が飛び込んでいくでありましょう。

従って敵の鉄砲衆は味方に比較して、はるかに被害が大きくなります。鉄砲狭間から相手の顔が覗くのを待ち構えていて、次々と狙撃していくうちに相手の射撃は時を追って微弱になり、ついには銃眼を板で塞いで射撃をあきらめてしまいました。

そこで琵琶湖から調達してきた船を堀に浮かべて、堀を渡って向こうの石垣に取り付きます。もちろんこちらが堀を渡っているのに気が付いた敵は、あわてて狭間の板を外して鉄砲を打ちかけてきましたが、それを待っていた我々の鉄砲衆がすかさず攻撃を開始すると、相手の鉄砲はすぐに沈黙してしまいました。

攻城戦の難しさは堀を渡って石垣に取り付き、城壁を登って城内に入るまでに、相手の鉄砲や弓矢の攻撃で多大の犠牲が出てしまうところにあります。その攻撃を沈黙させてしまえれば、攻城戦は半ばはなったといってよろしいかと存じまする」

「彦根城攻めは、来年の閏四月末か五月の初めであろう。いまからざっと半年後だ。どうだ立花殿、結城家の鉄砲衆を今から鍛え上げれば、そちが期待する水準まで腕が上がるかな」

「現在の実力をこの目で見てみなければ何とも言えませぬが、私の期待の六、七割まで行けるようなら、城攻めには間に合いましょう」

宗茂は力強くそう言ってから、ふっと笑った。

「あくまでも最後まで今度の計画を聞かせていただいて、宰相様に同心できたらの話ですが」

「それでは、先を急ごう。伏見城、長浜城、彦根城までが豊臣方の勢力下に入れば、これで足場固めは終わって、豊臣方の体制作りへ移っていく。

ここまでがうまくいけば、それまでこちらから声を掛けていなかった西国の諸大名も、先を争って豊臣方に参加を表明してくるはずだ。それに関ヶ原後の論功行賞で、豊臣系の諸将は揃って大坂城以西の西国に領地を与えられている。周囲が次々と宰相様支持に回れば、一人流れに逆らっていては身の破滅に繋がる。必ずや、雪崩《なだれ》を打って宰相様のもとに馳せ参ずるに違いあるまい。

ここからは、第三段目の計画となる。

理想的な流れとしては、本来ならばここからは長期戦に持ち込みたい。何となれば、徳川家は大御所の存在が勢力を維持する唯一の原動力だ。その大御所はその時すでに六十六歳、その死はそれほど遠くはあるまい。一年たつごとに、徳川家の命運は滅亡に近づいていく。互角の体制を維持してさえいれば、やがて大御所の死をもって天下は定まる。

だが、残念ながら今はその策がとれぬ」

「その理由は、私に唐瘡という持病があるからだ。今はまだ元気だが、多分あと二、三年の寿命であろう。まことに迷惑な条件を付けて申し訳ないが、長政も宗茂も、ここは何としても短期の決戦で決着をつけてもらいたい」

秀康は力のこもった言葉を吐いて、二人に深々と頭を下げた。

「双方に長期戦を避けたい事情がある以上、早ければ来年の後半、遅くても再来年の春には決戦の時が来るでありましょう。それまでは大垣城、岐阜城、名古屋城などの攻防戦を繰り返すうちに、やがて戦機が熟するのを待って最終決戦を迎えます。

互いに十万を超す大軍を率いての短期決戦となれば、短時間の間に刻々と変化する状況の中で、莫大な量の決断をせまられることになります。徳川家は調略、政略、戦略、戦術のすべての面で六十六歳の大御所が先頭に立たねばなりませぬ。しかしこちらは、味方内の士気高揚と全体の統制は宰相様にお願いいたし、戦略、調略の全般はこの長政が受け持ち、戦術は立花宗茂が臨機応変に対応していけば、利は完全に我らにあります。実戦の場は常に思いもかけない錯誤の連続でありますが、体力、気力ではるかに勝る我ら三人が一枚岩になって事に当たれば、想定外の見落とし、誤った思い込みなどは最小に抑えられましょうぞ」

「それでは聞くが、長政は最終決戦の場はどこにしたいと思っておる」

秀康の問いに、長政は凄味のある微笑を浮かべた。

「大御所に人生最後の大敗を喫していただくのなら、それにふさわしい戦場は関ヶ原の他にはないかと」

「関ヶ原で勝って豊臣から天下を奪った大御所に、関ヶ原で負けて天下を豊臣に返してもらうのか。それは皮肉が利いていて面白いな」

長政は微笑しただけで、何も言わなかった。秀康は表情を改めて、言葉を続けた。

「夢が夢で終わらぬように、互いに気を引き締めていこうぞ。ところで立花殿、ここまでの話を聞いて得心がいったか」

ほとんど無言で耳を傾けていた宗茂は、この時ようやく唇を綻ばせて言った。

「私は、かつて太閤殿下から西国に並ぶ者もないいくさ巧者と過褒の言葉こそいただきましたが、その実はたった十二万石の小大名で、戦場に出れば常に有力大名の与力でありました。そうした年月が長くなるのにつれ、私の胸の中にはせめて一万の兵を率いて思う存分のいくさをしてみたいという切望が溢れて、眠れなかった夜も数えきれませぬ。

宰相様にお聞きいたしたい、私に思う存分のいくさをさせていただけるのでしょうか」

「私の現在の動員能力は二万二千五百、そのすべてを宗茂に任せる。西軍の勢力が五万、十万となっても、その中心には宗茂を据える。むろん勝てばすべて宗茂の功績、負ければ私がすべての責任を負う覚悟は固めておるぞ。安心して力の限り戦ってくれ」

「有り難きお言葉、痛み入ります。もちろん私も、加藤肥後の守様や福島安芸の守様のように実力、実績の伴った方々には、それにふさわしい持ち場を提案いたしますし、個々の采配にも口は挟みませぬ。結城家の二万を自由に扱えるならば、それで充分でございます。

しかしご安心あれ、私は今まで数えきれないほどのいくさを体験してまいりましたが、私の責任で負けたいくさは一つもございませぬ」

普段から大言壮語をしない立花宗茂だけに、その言葉には千鈞の重みがあった。宗茂は秀康に向かって座り直し、きっぱりとした口調で言った。

「生涯にこのような機会が巡ってくるとは、夢のようでございます。漢と生まれて才能の限りに働く場を与えられるとは、これほど幸せなことはございませぬ。微才ながらこの立花宗茂、誓って宰相様にこの身を預けますぞ」

「私も、すべてが順風満帆にうまくことが運ぶとは思っておらぬ。これほどの大事であれば、目が眩むような逆境に立ちすくむことも一再ならずあろう。それでも私は勇気を奮って立ち直り、必ず初志を貫徹する。それでなければ私の気持ちを理解して立ち上がってくれた筑前や宗茂の俠気《おとこぎ》に対して、申し訳が立たぬではないか。よろしく頼む」

秀康は面《おもて》に真情を表して、深々と頭を下げた。宗茂はようやく微笑を浮かべて、穏やかな言葉の調子で言った。

「宰相様は今、『俠気』という言葉をお使いになりましたな。筑前の守や私が宰相様に寄せる思いを『俠気』と理解されているならば、もう何もあれこれ申し上げることはござりませぬ」

（宗茂は、若い頃と少しも変わらぬ見事な男だな。我々が宰相様に肩入れする動機は、損得でもなければ利害でもない。今ここにいる三人は目的を同じくする同志であり、いわば戦友ともいうべき熱い朋輩だと言っていい。いや、宗茂を一味に引き込んだのはまさに正鵠《せいこく》を射たものであったな）

「では私も、少しお役に立てれば。徳川家の中に潜む兵力の弱体化について、思うところを話してみましょう。私はここ何年か徳川家の中におりましたので、感じるところが多々ございます」

宗茂は、落ち着いた口調で話し始めた。

「徳川家が大きないくさを経験したのは、天正十八年（一五九〇年）の小田原攻めが最後でございます。その後の文禄・慶長の役では、徳川家は太閤殿下の優遇をうけて兵役は免除されておりました。そしてその次の関ヶ原では、秀忠の率いる三万八千の徳川家の精鋭達が、上田城にこもる真田昌幸、信繁（幸村）親子の子供騙《だま》しの時間稼ぎに引っかかって、戦場に三日も遅れて参着するという醜態をさらしてしまいました。

また宇都宮城では宰相様が二万五千の兵を預かって上杉景勝を迎え撃つ態勢をとっていましたが、結局上杉勢の来襲がないうちに、関ヶ原の合戦は決着してしまいました。つまりこの時も、徳川勢の主力は西でも東でも実戦の機会を逸してしまったのでございます。

こうして見ますと、徳川家の軍勢は天正十八年から現在に至るまで、実に十六年間にわたって実際のいくさを経験しておりませぬ。

武士は普通十五、六歳で初陣し、四十歳を過ぎれば嫡男が成人するのを待って家督を譲り、隠居生活に入ります。従って武士が戦場に出るのは精々三十年前後でありまず。それなのに、十六年も実戦の機会がなければ、現在の徳川勢の実に半分以上は、実際の戦場がいかなるものかを知りませぬ。

一方の豊臣方は、文禄・慶長の役ではほとんどが朝鮮半島に渡り、強大な明の軍勢を相手に、悪戦苦闘を重ねてまいりました。異国で生き延びるためには明の集団戦法を学び、寡兵をもって大軍を討ついくさを繰り返すなかで、個人も集団も鍛え上げられて筋金入りの精鋭になっております。

豊臣方は関ヶ原でも福島安芸の守、黒田筑前の守を筆頭に、加藤肥後の守、池田播磨の守（輝政）などが大大名にのし上がり、その活躍は目覚ましいものがございます。また豊臣軍団は、太閤殿下が天正元年（一五七三年）に北近江三郡を封ぜられて城持ち大名になってから結成されたものです。桶狭間の合戦（一五六〇年）で今川義元が戦死した時に自立した家康の軍団とは、編成時期に十年以上も差があります。従って構成する諸将の年齢はその分若く、関ヶ原後の六年間で代替わりした者は数えるほどしかおりませぬ。

大御所を戦場に引っ張り出すことさえできれば、勝敗はおのずと明らかでありましょうぞ」

「そこで問題は、どうやって家康を引っ張り出すかだな。いや、こういう話をしていると胸が躍るわ」

「今からあまり気負い過ぎては、身が持ちませんぞ。まずは足元を固めて、一歩一歩と登っていくことが肝要でございます」

長政がそう釘を刺すと、宗茂もそれに同調して言った。

「差し迫った問題から、一つずつ片づけていかねばなりませぬ。さしあたって、私はどこで何をすればよろしいのでしょうか」

「宗茂は家老の本多富正と同道して、すぐにも北ノ庄の城へ参ってくれ。越前は雪国で、もう少しで根雪が積もってしまうからな。そこで、まずは結城家の鉄砲衆に射撃の訓練をさせてほしい。

結城家には、実戦の経験者がまことに少ない。他家から来た者の中にはいくさ自慢の連中も多いが、なに、まことか嘘かは分からぬ。宗茂がいちいち面談して、力量を見極めてほしい。あと、本多富正と相談して、やっておいた方がいいことは何でも実施してくれ。金が掛かるようなら、富正にそう言っていくらでも使ってよいぞ」

「それでは、拙者の名乗りはいかがいたしましょうか。本名か、この旅の間使っておりました高橋道雪の方がよろしゅうございますか」

「高橋道雪とは、何かゆかりのある名前なのか」

「私はもともと大友宗麟の家臣・高橋紹運の長男でありましたが、十三歳の時に同じく大友宗麟の家臣・立花道雪の養子となりました。高橋道雪とは、実父の姓と養父の名をとったものであります」

「私は太閤殿下の九州征伐に参加しましたのでよく存じておりますが、高橋紹運も立花道雪も、北九州では知らぬ者もないいくさ上手の名将でございました」

長政の言葉に、秀康は頷いて言った。

「二人のいくさ上手に厳しく鍛えあげられたからこそ、このようないくさの名人ができ上がったのだな。さもあろう。ところで名乗りだが、用心のために当分の間は高橋道雪の名で通してくれ。北国では、これからは雪が積もって人の行き来も途絶える。立花宗茂の本名でも、北ノ庄の城にいるという噂が他国に伝わることはあるまいが、念には念を入れるに越したことはない」

それからも三人は夜が更けるまで大いに語り、大いに飲んで、しっかりと意気投合した。

その中で、立花宗茂が彦根城の攻略に先立って、是非とも近くにある国友村の占拠を任せてくれと主張したのを、長政は後々までも忘れなかった。

「国友村は鉄砲の産地として有名で、今では徳川家の支配下にあり、今年からはその生産量のすべてを徳川家が買い上げる仕組みができております。これを接収して徳川家に代わって豊臣家が全量を買い上げることにすれば、結城家ばかりではなく、豊臣側の諸大名も今後は鉄砲の不足に悩むことはありませぬぞ」

第四章

大坂城乗り込み

一

慶長十二年（一六〇七年）二月一日の巳《み》の刻（午前十時）、秀康は秀頼への挨拶という名目で、十人の伴連《ともづれ》（伴の者）を連れて大坂城へ参上した。淡い水色の空に白い雲が浮かび、わずかな南風に乗って梅の香りがあたり一面に漂う暖かい日であった。

大手口の前に『下馬』と大書された高札が立っており、その近くに黒田長政が同じく十人の伴連を率いて先着していて、秀康と長政は互いを認めると軽く目礼を交わした。

登城にあたっては乗輿《じょうよ》以上の格を与えられた者（大名や大身の役人など）以外は、ここで馬や駕籠を降りなければならないし、また伴の者の人数も身分によって制限が定められている。

秀康と長政の一行は特に警備の番衆にとがめられることもなく、問題なく大手門、桜門を通って本丸に入り、表御殿の玄関脇の控えの間でしばらく待たされた。やがて係りの者が現れて、秀康と長政はそれぞれ二人の重臣を連れて白書院に通された。左手には豊臣家、徳川家の家臣が十人ずつ、右手には茶々の女官が二十人ほども着座していた。

待つほどもなく、

「秀頼様のお成り」

の掛け声とともに、大柄で涼やかな目鼻立ちの少年が姿を現した。そのすぐ後ろに四十歳に近くなっても少しも美貌の衰えない茶々が続いていて、上座に秀頼と並んで席を占めた。

（あれが茶々様の身の程知らずの証拠だ。秀頼ももう十五歳なのだから、挨拶に参上した大名達を一人で捌けないようではどうする）

長政は舌打ちしたい気持ちだったが、もちろんおとなしく平伏しているしかない。

型通りの挨拶が終わってようやく体を起こすと、不意に秀康が朗々とした声を張り上げた。

「本日こうして伺いましたのは、実は江戸の大御所からある相談ごとを申し付かってきたからであります。せっかく皆様にご参集いただきながら、これはごく内々の話なので、この場には、茶々様、大蔵卿の局、片桐且元、黒田長政と私だけを残して、お人払いを願いまする」

書院の中は騒然となった。豊臣家へは事前の申し入れはなく、大坂城に詰めている徳川家の武士達にも、そんな話は流されていない。しかし結城秀康が家康の実子である以上、親子の間で内命があったと言われれば、その言葉に従うほかはない。人々が不審げな表情で退席しようとするのを、茶々は甲高い声で遮った。

「それはなりませぬ。少なくとも、秀頼はここに同席させます」

「これは大人の話でござる。秀頼様には退屈なばかりでありましょうぞ」

秀康がそう言っても、茶々はまったく耳を貸さなかった。

「秀頼は豊臣家の当主でありますよ。豊臣家と徳川家の話し合いは、秀頼抜きにはできませぬ」

男児は十五歳にもなれば自立心が芽生えて親の干渉を嫌うようになるものだが、秀頼は落ち着きなく体を揺らしながら、その目は絶えず母親の姿を追っているばかりではないか。

（過度の甘やかしでまったく自立できておらんが……根っからの馬鹿ではないようだな）

それが分かっただけでも収穫は充分と、秀康はそれ以上の深入りは避けた。

「ならば、秀頼様にもご同席願いまする」

白書院は三百畳近い広さがあるが、その上座の前端近くに秀頼と茶々が席を占め、下座の前側に秀康、長政が並び、片桐且元と大蔵卿の局は一段下がって控えていた。

大蔵卿の局はもともとは茶々の乳母で、秀頼の養育係も務めている。秀吉の没後、正室の北の政所（寧々）、女官長の孝蔵主《こうぞうす》が大坂城を去ると、大奥の実権を握って権勢を振るっていた。上背のある恰幅のよい初老の女性である。

茶々と秀康の距離はわずか二間足らずで、これほどの至近距離で顔を合わせるのは初めてであった。

秀康は穏やかな調子で話し出した。

「関ヶ原以後は、新年になると大御所は伏見城に入り、この大坂城に参って年賀の挨拶をいたします。その翌日からは諸大名が大坂城、伏見城を巡って両家に賀詞を述べるというのが、恒例になっております。

しかし慶長八年（一六〇三年）に大御所が将軍職に就かれてより、翌年から大坂城へ年賀に来ることは途絶え、代わって秀頼様に伏見城に参ってほしいとのご内意が洩らされたことは、茶々様もご記憶に新しいことと存じます。

この時は茶々様が強硬に拒絶されたために、応急の処置として片桐且元が秀頼様の代理として伏見城に参上するということで決着いたしました。それが三年続いてまいりましたが、来年からは秀頼様ご本人が伏見まで参っていただけまいかというのが、大御所の強いご希望であります。

こうした話は初めから正式の使者を立てて申し入れを行ってしまうと、こじれた場合に収拾を図るのが大変でございます。それで私がまず大御所のお気持ちを非公式に伝え、豊臣家の感触を内々にお伝えいただくのが本日の会談の趣旨であります」

大坂城を武力で制圧することができるなら、茶々をどこかへ幽閉して秀康が秀頼の後見人に就任すればよい。しかしたとえ二千人、三千人の兵力を投入しても、三重の堀を巡らす大城郭の大手門、桜門を突破して本丸に突入するのは、まず不可能であろう。

武力で制圧できないとすれば、心理戦によるしかない。そこで長政が考えたのは、家康が秀頼の伏見城への参賀を切望していると、秀康に申し入れさせることだった。過去の経緯はすべて事実だが、来年の秀頼の年賀の挨拶を家康が強く望んでいるというのは、いかにもあって不思議はない作り話である。

しかしこれを聞いたら、茶々は震えあがるであろう。秀頼が伏見に参上するというのは、取りも直さず豊臣家が徳川家に臣下の礼を取るということなのだ。いまだに家康を豊臣家の筆頭大老と信じ込んでいる茶々にとっては、天地が引っくり返るような話で到底受け入れられるものではない。

だが、茶々が家康の提案を頭から拒否しているのは、それだけが理由ではない。茶々は秀頼を溺愛していて、いまだに朝から晩まで自分の手元に置いておかなければ気が済まないのだ。たしかに秀頼は豊臣家の唯一の相続人で、この少年を握っていることがこの中年婦人の権力の根源なのは間違いない。しかし茶々の行き過ぎた庇護は、世間の常識から見ても異常であった。

何しろ秀頼は、幼少の頃に住吉の海岸に貝拾いに行ったほかには、十五歳の現在まで一度もこの大坂城から外出したことがないのだ。外の風に当たっては、どんな病を背負い込むかもしれないと、茶々は本気で心配している。武門に生まれながら、怪我をしてはいけないという理由で、武芸の鍛錬も禁止されているというではないか。

「あなたは先々は関白になられるのですよ。関白は公家の最上位なのです、武張った真似をしてはなりませぬ」

それがこの母親の口癖なのだが、秀頼可愛さのあまり自分の論理が破綻していることには、茶々はまったく気が付いていない。秀頼本人が伏見に行くのも、片桐且元が代理で行くのも、豊臣家が徳川家に服従するという点では変わりがないではないか。要するに茶々は秀頼が目の届く範囲に無事でさえいれば、あとの理屈などどうでもいいのだ。

はたして家康の要求を知った茶々は、苦りきって吐き捨てた。

「何を申されます。挨拶とは目下が目上のところに伺うものではありませんか」

「目上と目下とは、何でございましょう」

「知れたことを。家康殿は、豊臣家の筆頭大老ではありませぬか。我らは主筋なのですよ」

予想通りの茶々の反応に、秀康はわざと驚いて見せた。

「五大老の制度は、関ヶ原までのこと。五大老などは、とっくの昔に霧消して影も形もございませぬ。今では豊臣家は豊臣家、徳川家は徳川家でそれぞれが独立した大名家でございます」

「豊臣家と徳川家が対等と申しますのか」

秀康は座り直して、満面を怒りで朱に染めた茶々の顔をまっすぐに見据えた。

「今日参上したのは、大御所からの要望を受けたのがきっかけでありますが、これをいい機会として茶々様に私から申し上げたき儀がございます。ご存知のように私は十一歳の時に徳川家から太閤殿下の猶子として豊臣家に入り、この大坂城で十数年を過ごしております。その間太閤殿下には大変に可愛がっていただき、越前の守になった今でも、豊臣家には人一倍の愛着を覚えております。

そうした立場の私の目から見ると、このままでは豊臣家と徳川家の関係が危機に瀕してしまう恐れがあるように思えてなりませぬ。それと申すも、茶々様にはいまだに太閤様ご存命の頃の栄光に酔っておられて、豊臣家の現状についての認識が欠けているように思われるからであります」

「越前宰相様、何を申しておられるのです」

茶々は機嫌を損じながらも、相手が従三位の身分である秀康とあってかろうじて冷静を保とうとしていた。ちなみに茶々の官位は、側室であるために従五位下に過ぎない。

「たとえば昨年秀忠様が征夷大将軍に就任したことを聞いて、茶々様は厳しく抗議されたと伺っております」

「当然ではありませぬか。徳川殿は将軍職は一代限りで、秀頼の成人後は天下は豊臣家にお返ししますと固く約束していたのですよ」

「大御所は今川家の人質から始まって、五十年近くの艱難辛苦を経てようやく征夷大将軍になられたのです。生命の危機を何回も凌いでやっと手に入れた天下人の座を、何の苦労もしていない秀頼様にお譲りする馬鹿がどこにおりましょう。

　考えてもみてくだされ、徳川家の直轄地は四百万石なのに対して、豊臣家はわずか六十五万石に過ぎませぬ。それは加賀前田家の百二十万石の半分、いやこの秀康の七十五万石ですら下回っております。六十五万石の身上でありながら、天下人の座を望むなど沙汰の限りでございます」

「では、どうして家康殿は豊臣家に天下を譲ると申されたのです」

「それがお分かりにならないとは、茶々様はまことに極楽人でございますな」

　秀康はここで一呼吸おいて、さらに続けた。

「大御所が将軍職に就かれたのは、我こそが天下人であるぞという宣言でございます。大御所としては、これで豊臣家の置かれた立場が、茶々様にも分かったであろうと思われたのでありましょう。天下人の座は、天下人にふさわしい器量と実力を持った人間が、死力を尽くしてようやく獲得できるものでございます。

太閤殿下は、山崎の合戦、賤ヶ岳の合戦、九州征伐、小田原征伐など、席の温まる暇もないほどにいくさに明け暮れ、体力、知力の限りを尽くして天下人の座を得られたのでございますぞ。江戸の大御所も、天下人の座に上り詰めるまでは、何度命の危機にさらされたことでありましょうか。この大坂城で暖衣飽食しながら、豊臣家に天下を戻せなどと太平楽を並べられても、みんなあきれ返って誰一人耳を貸してはくれませぬ。雛鳥が口を開けて待ってさえいれば、親鳥が餌を運んできてくれるのとは、わけが違うのですぞ」

相手が家康の内意を伝える使者とあって、茶々は怒りに身を震わせながらもぎりぎりのところで踏み留まり、秀康の次の言葉を待った。秀康は茶々の興奮しきった空気には少しも染まらずに、淡々とした口調で諭《さと》すように問いかけた。

「茶々様は、秀頼様が伏見に参って大御所に挨拶されることに、どのような懸念を抱いておられるのですか」

「知れたことではありませぬか。秀頼は伏見城に入れば、すぐに命を奪われてしまうやもしれませせぬ」

秀康は茶々があまりにも見当違いな危機感を持っているのに、呆然たる思いがした。

「大御所が、どうして秀頼様を手に掛けましょう。大御所にしてみれば、秀頼様が伏見城に足を運んでくれてこそ、豊臣家と徳川家の関係が良好なことを天下に喧伝する絶好の機会になるのです」

「それでは宰相様は、豊臣家に臣下の礼をとれと言われるのですか」

「その通りでございます。まことにお耳に痛い言葉でしょうが、関ヶ原以降は豊臣家は徳川家の下位にあるというのが天下に共通の認識であります。もう七年にもなろうというのに、その明白な事実を茶々様がいまだにお認めになっていないとは、かえって不思議なほどでございます。繰り返しますが、徳川家は四百万石、豊臣家は六十五万石、これを見ただけでもどちらが主でどちらが従かは誰の目にも明らかではありませぬか」

茶々は怒りのあまりに言葉が出ずに体を震わせていたが、秀康は落ち着き払ってさらに続けた。

「私は、今でも豊臣家に肩入れする気持ちがあります。それだからこそ、あえて申し上げているのです。もし茶々様が本気で天下が欲しいとお考えならば、豊臣恩顧の大名達に檄を回して兵を集めてみなされ。断言してもよろしいが、ただの一人もやってまいりませんぞ」

「そんなばかな。それでは、太閤殿下への恩義はどうなるのですか」

「茶々様と秀頼様の指揮のもとでは、百戦錬磨の大御所に勝てるとは夢にも思えませぬ。どんなに太閤殿下に恩義を感じていても、負けるに決まっている側には誰も乗ってはくれませせぬぞ」

相手が片桐且元ならばとうに茶々の激怒が爆発しているところだが、貫禄充分の秀康を目の前にしては、茶々もかろうじて自制心を保っていた。その様子を見て、秀康はがらりと調子を変えた。

「伏見城の年賀の件は来年の話ですから、ほぼ一年の余裕があります。ゆっくりと時間をかけて詰めていけばよろしいのですが、交渉が始まるまでにこれだけは確認しておきましょう。今までにも豊臣家、徳川家の間でいくつも交渉ごとが行われましたが、その席には毎回ではないにしても、茶々様が出席されております。しかし大名家同士の交渉ごとに、当主の生母が出席して発言するというのはまことに異例であります。当主が幼少で交渉能力がないという場合には、一族の中から識見、力量の備わった人物を選んで後見人とし、その後見人を立てて交渉に臨むのが通例でありましょう」

「それは、分かっております。しかし今の豊臣家には、安心して徳川家との交渉ごとを任せられる人材がおりませぬ」

茶々の言葉にも一理があった。関ヶ原で西軍が敗れてからは、五大老、五奉行の制度は崩壊して、豊臣家に残っている家臣の中でめぼしいのは、片桐且元と大野治長《はるなが》だけであった。

片桐且元は賤ヶ岳の七本槍の一人として勇名を馳せているが、七本槍のうちの福島正則、加藤清正、加藤嘉明がのちに国持ち大名に出世しているのに対して、今でもわずか一万八千石の石高に留まっている。しょせんは武者働きが精々の男で、武将としての器ではないのであろう。

大野治長は茶々の乳母である大蔵卿の局の息子で、一万石の扶持を与えられているが、これも豊臣家の家老が務まるほどの才覚はない。

これも家康の策謀なのかもしれないが、六十五万石の大名家にしてはまことにお寒い陣容であった。気位の高い茶々にしてみれば、自分が前に出て万事を取り仕切っていかなければ、豊臣家は崩壊してしまうという思いなのであろう。

ここで、それまで沈黙したまま二人のやり取りに耳を傾けていた長政が、初めて口を挟んだ。

「それでは私から提案がございます。越前宰相様こそ、秀頼様の後見人に最適任ではありませぬか。宰相様は太閤殿下の数ある御養子達の中でもとりわけ目をかけられ、最期の時には宰相様の手を取って『秀頼はそちの弟である。これからも面倒を見てやってくれ』とかき口説いたのは、茶々様もご記憶でございましょう。豊臣家の方々にもお顔が広く、徳川家でも別格の待遇を受けている宰相様こそ、後見人にふさわしいとは思召《おぼしめ》されぬか」

茶々は、家康の実子である秀康を後見人にしようとは夢にも思ったことはない。だがそう言われてみると、秀康は豊臣家に人質として送られてきた頃からの顔馴染みであり、その堂々とした風貌も明晰な口調も、片桐且元などと比べると段違いに頼りがいがあるように思われた。徳川家の一族にも家臣達にも、茶々は思い出しただけでも鳥肌が立つほどに嫌悪感をおぼえている。だがこうして話をしていても、秀康のみは豊臣家の将来を親身になって考えてくれている印象が強い。

「私が大御所の実子であることに、不安がございましょうな。しかし私は徳川家より豊臣家で育った期間が長く、とりわけ太閤殿下から可愛がられたことは、生涯忘れられませぬ。私にお任せあれば、けっして豊臣家のために不利になるような処置はいたしませぬ。

もちろん大御所からの申し入れに対して、茶々様に自分ではねつけていけるとのご自信がおありならば、私などの出る幕はございませぬ。しかし少しでも不安がおありならば、ここは私にお任せある方がよろしいかと存じます。大御所の実子であるということは、大御所に対しても遠慮なくものが言えるということでもあります。

もっとも、私も後見役というものをやったことはありませぬ。そこで私に期限を切って後見役をお任せいただき、茶々様のお眼鏡にかなわぬようならば、お役御免というのではいかがでございましょうか」

「期限というのは、どれほどの期間でございますか」

「とりあえず、四ヶ月ほどでいかがでございましょう。その間は茶々様にまつりごとの表舞台から身を退いていただき、私が前面に出てすべてを捌くという体制を取らせていただきたい。言うまでもないことですが、交渉の山場ではその都度報告を入れますので、私の独断でことを行うことはございませぬ」

茶々も自分が交渉の矢面に立つと、ついつい感情が先走って話がこじれてしまうというのは痛感している。来年こそは秀頼本人が伏見に挨拶に来いという家康の要望は、例年よりもずっと強硬なようではないか。自分が取り仕切ったところで、果たして秀頼が伏見に出向かなくて済むという方向でまとめられるかどうか、我ながら心もとない。

期限を切っての後見人ならば、秀康の力量を試してみたいという誘惑に茶々は駆られた。豊臣家には徳川家に対抗できる人材がいない以上、秀忠より五歳も年長でありながら、どういうわけか征夷大将軍になれない秀康ならば、頼み込めば豊臣家のために一肌脱いでくれるかもしれない。

茶々はようやく気持ちが落ち着いて、いつになく親しみのこもった調子で秀康に話しかけた。

「宰相様には、もっともっと話が聞きたいと思います。明日にでも、また来ていただけませぬか」

「私も、茶々様とは本音の話がしてみとうございます」

秀康は茶々の気持ちが落ち着いたところで、長政に合図して今日の会見を打ち切った。


秀康は、大坂城の惣構堀を出てから、並んで馬を進めている長政に話しかけた。

「どうやら片桐且元などは茶々の逆鱗に触れるのが怖くてたまらず、嘘とまではいかないにしても、できるだけ話を丸く収めて真相に触れないでいるのではあるまいか」

「さようでございますな。何しろ茶々様は感情の起伏が尋常ではありませんから、無理もありませぬが」

「大御所は、関ヶ原以降は機会あるごとに、徳川家は豊臣家の上位にあることを行動でも言葉でも示してきているではないか。それが茶々様だけには通じていないのは、今まで不思議でならなかった。あれは周囲の者が表面だけでも取り繕って、機嫌を損なわないように仕向けているのであろうかな」

「本当は、何度機嫌を損ねようとも繰り返して実情を述べて、実態を理解していただくのが本筋でありましょう。しかしそんな勇気を持った者は、今の豊臣家にはおりますまい。

今日の会見でも、茶々様の自分の家臣達に対するいら立ちが感じられましたな。この調子ならあと数回の話し合いを重ねれば、自分では判断が難しい政治的な交渉ごとは宰相様を後見人として臨むということで、まとまりそうな気配が見て取れましたぞ」

「徳川家と豊臣家の間で私の立ち位置は難しいが、少なくとも当面は両家の間に波風が立たないように取り仕切って、旗揚げまでの準備をじっくりと仕上げておかねばなるまいよ」

そう言いながらも、秀康の表情は力強く引き締まって意欲に満ち溢れているのが、言葉の端々にも溢れていた。

「そうだ、帰り際に片桐且元に『どうだ、安心したか』と声を掛けたら、『かたじけのうござる』と喜んでおったぞ。あの男にとっては願ってもない展開で、やつはもう完全に我らの陣営の者であろうよ」

長政も、今日の交渉に手ごたえを感じていた。茶々が四ヶ月の間まつりごとから身を退き、宰相を秀頼の後見役に立てると確約してくれさえすれば、あとはすべてが順調にゆくに違いない。徳川家との交渉など、実はどうでもいいのだ。三ヶ月後に反徳川の旗揚げが成功すれば、来年の秀頼の伏見行きなど自然になくなってしまうではないか。

あと三ヶ月徳川家と茶々を騙し通せれば、今回の企ては当初の予定に沿ってすらすらと進行していくに違いない。長政は順調な成り行きに、我ながら満足していた。

（家康の意志が固いことを強調して茶々の恐怖心を煽っておき、自分で対応するのは難しいと悩み込ませる。そこで宰相様が秀頼の後見人として最適だと持ち掛ければ、地獄で仏に会ったように、茶々がほっとして乗ってくると読んだのは大正解であったな）

二

二月十八日、黒田長政は栗山善助と母里太兵衛の二重臣を引き連れ、小姓の案内のもとに江戸城本丸の表御殿の大広間に入った。そこには徳川家の重臣五十人ほどが、下座の左右に居並んでいて三人を迎えた。

秀康と長政が手を携えて茶々を追放したという噂を聞いて、大坂城を乗っ取った二人が豊臣恩顧の武将達を結集し、徳川家に反旗を翻すに違いないと思い込んでいる固い空気が、広い部屋一杯に充満していた。

（大勢で取り囲んで俺を緊張させて失言を引き出し、窮地に追い込もうとする腹か。

そんな手に乗る俺かよ)

長政は、下腹に力を入れて歩を進めた。指定された席に着くと間もなく、

「大御所様のお成り」

「上様のお成り」

の声とともに家康、秀忠がゆったりとした歩調で上座に席を占めて、いよいよ対面が始まった。

「大御所様、上様、今日は徳川、豊臣のご両家にとって大変めでたいご報告にあがりました。それは両家の融和にとって最大の障害となっておりました茶々様に、まつりごとの表舞台から身を退いていただき、代わって越前宰相様が秀頼様の後見人となって大坂城本丸表御殿に入られたことであります」

思いもかけない長政の口上に、両側の重臣達からざわめきが起きた。茶々をまつりごとの表舞台から身を退かせるとは、とりもなおさず秀康と長政が豊臣家の実権を掌握するということではないか。秀康が誕生以来、家康からいかに過酷な扱いを受けてきたかは、古くからの家臣ならば誰でも知っている。当然秀康の胸中には、長い間の鬱懐《うつかい》が溢れ返っているであろう。その秀康が満を持して立ち上がった以上は、反徳川の狼煙《のろし》を上げたとしか考えられないではないか。

長政は一座の空気が鎮まるのを待って、穏やかな口調で続けた。

「話は、関ヶ原の合戦にまで遡《さかのぼ》ります。皆様ご存知の通り、いくさは東軍の大勝利で決着いたしましたが、我々豊臣恩顧の武将達は大御所様の戦後処理がどうなるのか、固唾を呑んで見守っておりました。

負けた西軍の旗頭は豊臣秀頼様でありますが、秀頼様は当時わずか八歳で実戦の指揮が取れるはずもございませぬ。実際に西軍の采配を振るったのは、石田三成でございます。そしてその采配の下で働いたのは、宇喜多秀家、小西行長、大谷吉継などの三成派の大名であり、大御所を支持して東軍に参加したのは福島正則、池田輝政、加藤嘉明、細川忠興、藤堂高虎、不肖黒田長政らの反三成派の大名達でありました。

関ヶ原の合戦とは、実に三成派の豊臣大名と反三成派の豊臣大名の戦いであったのでございます。

むろん合戦の指揮を執ったのが大御所である以上、次の天下人は大御所様と定まったわけでございますが、それでは豊臣家の処分はどうなるのでありましょうか。

我ら豊臣家恩顧の大名達は、豊臣家に巣食って害をなす三成派を退治して豊臣家を安泰にすべく、豊臣家筆頭大老である大御所様が率いる東軍に身を投じたのであります。もし大御所様が豊臣家を滅ぼすようなことがあれば、我らは主家を滅亡させるために全力を尽くして戦ったことになってしまいます。

それが家臣として耐え難いことであるのは、徳川様の重臣である皆様方も、我が身に置き換えてみれば容易に理解できることでありましょう。

しかし実際の大御所様のご処置は、豊臣家にとってまことに寛大なものでありました。豊臣家は摂津、和泉、河内六十五万石の大大名として存続が認められたのであります。我々は大御所様を天下人として仰ぎながら、豊臣秀頼様を主家として仕えてゆくこととなりました。

つまり豊臣家は大御所様の大方針に従っている限りは、豊臣恩顧の大名達を支配していくことが許されたのでございます。そのために大御所は関ヶ原の合戦後の論功行賞で、すべての豊臣恩顧の大名達を大坂城以西に配置してくださいました。

こうして皆様がご存知のように東国は大御所様自身が直接統治され、西国は豊臣家を通して統治するという二重体制が確立されたのでございます」

家康は分厚い頰の垂れた福相に何の表情も浮かべずにいたが、腹の中は煮えくり返るばかりの思いで一杯であった。

思えば、関ヶ原のように奇妙な戦いは後にも先にもないのではあるまいか。東軍は十万を超す大軍であったために、道中の混乱を避けて徳川家の本隊三万八千の軍勢は秀忠に預けて中山道を進軍させ、その他の諸大名の軍勢は東海道を西に向かわせた。

ところが秀忠は、肝心の関ヶ原の合戦に三日も遅参するという醜態を演じてしまったのだ。

むろん家康も秀忠が率いる軍勢の到着を待ちたい思いはやまやまだったが、いくさには戦機というものがある。東軍はすでに前哨戦である岐阜城、大垣城攻略を成し遂げており、まして関ヶ原に西軍が着々と陣を張っているのを目前にしては、諸将がはやり立って決戦を切望するのを、家康ももう留めることはできなかった。

こうして九月十五日に関ヶ原の合戦が行われたのだが、本来ならばあのいくさは徳川家と豊臣家の天下分け目の戦いであるべきだったのだ。ところが、肝心の東軍の主将の家康の軍勢が本陣を守る旗本だけしかいない（それでも三万近い大軍ではあったが）ために、いくさは豊臣家の中の三成派対反三成派の争いという、いわば内輪の揉めごととなってしまったではないか。

家康の当初の構想では、福島正則や黒田長政といった豊臣恩顧の者達には緒戦で働かせるだけで、頃合いを見て秀忠の三万八千が敵陣に殺到して東軍の大勝利となるはずだったのだ。西軍を倒す最大の功績が徳川家のものであってこそ、戦後の処理は家康の思うがままになろうというものだ。豊臣家から徳川家へと天下人の座が移るのも、万人が認める自然な流れに持っていけよう。

しかし関ヶ原での徳川家の軍勢の功績がわずかであり、しかも東軍の勝利のほとんどが豊臣恩顧の大名達の働きによるものとあっては、すべてを一から考え直さなければならない。

もちろん小早川秀秋の裏切りや、吉川広家の内通によって毛利勢が南宮山から動けなかったことなど、事前の家康の水面下の活動が関ヶ原の勝利の最大の要因であったのは間違いない。しかしそうした舞台裏での謀略は、関係した者以外の目には触れない。

あの戦場に居合わせた東軍の諸将が目にしたのは、豊臣系の諸大名（福島正則、黒田長政、加藤嘉明、細川忠興、藤堂高虎、田中吉政など）の開戦から終了まで最前線に踏み留まっての大奮戦であり、その背後にいた徳川家の旗本などは、いくさの終盤になっての掃討戦に参加した程度の印象しかない。

これでは、とても徳川家の大勝利という実感は湧かないに決まっている。現にこのいくさに参加した豊臣方の諸将の大半は、三成一派の失脚によって豊臣家を覆っていた暗雲が一掃され、豊臣家に、ひいては天下に泰平が戻ってくると素直に喜んでいるばかりであろう。

それを徳川家の天下を待望する世論に誘導していくためには、気が遠くなるほどの長い時間と、膨大な駆け引きが必要になる。六十歳を間近に控えた家康にとっては、体を動かすのも物憂いような難行苦行の連続となろう。

（だが、それでもわしはやらねばならぬ）

あの一日の激闘に心身ともに疲れきっていたが、家康はきっと眉を上げて空を仰いだ。先ほどから本陣の周りがざわめいており、戦勝を祝う言葉を述べるために、諸将が集まり始めているらしい。朝の濃い霧が嘘のように、鮮やかな夕焼けが空を覆っていた。

「皆を入れてやれ」

家康の言葉によって、待ち構えていた武将達が幕の中にぞろぞろと入ってきた。甲冑のあちこちが破れ、血しぶきを全身に散らした凄惨な姿であったが、空前の大会戦に勝利した歓喜と興奮が誰の顔にも溢れていた。

「厳しい戦いであったが、皆の奮闘によって大勝利を勝ち得た。まずは、めでたい」

今までの家康ならば、この後に『大坂城の秀頼様も、さぞお喜びであろう』と続けたはずだ。だが、今日は意識してそれを省いた。勝ったのはここに居る諸将と自分だけで、大坂城の豊臣家には厳しい将来が待っているのだ。

頬が垂れるほどに豊かな家康は、どっと歓声が飛び交う諸将の顔をにこやかな笑顔で眺め渡していたが、黒田長政の姿に目を留めると床几から腰を上げて呼んだ。

「甲州殿（長政）、こちらへ参られよ」

片膝をついて拝礼した長政に顔を寄せた家康は、諸将の前で長政の右手を取ってゆっくりと三度まで額に押しいただいた。

「この度の勝利は、ひとえに甲州殿のお働きによる。我が徳川家のある限り、黒田の家を粗略に扱うことはない」

　長政の功績は福島正則と並んで一、二を争うほどであったのは事実だが、家康の感謝の度合いは態度といい、言葉といい、周囲の武将達の目にも丁重過ぎるほどであった。

　だが家康には、したたかな計算があった。

（わしは徳川家の当主で、長政は豊臣恩顧の武将ではないか。長政をどう処遇するかは、本来ならば秀頼の権限であろうよ。だがわしは豊臣家を無視して、まるで長政が徳川家の家臣のように言葉を発している。わしがかように喜んでいるのは、関ヶ原という一つのいくさに勝ったからではない。念願かなって、天下人の座に登る第一歩を踏み出せたからだ。

　今は戦勝の興奮にまぎれてそのことに誰も気が付いておらぬだろうが、時間がたって気持ちが落ち着けば、ここに居並ぶ諸将も今日のこの場面の意味を嚙みしめるに違いあるまいよ）

「豊臣家に対する大御所様の格別のご配慮は、昨年（慶長十一年）の江戸城の天下普請の際にも誰の目にも明らかでありました。全国の大名がこぞって動員されたなかにあって、豊臣家だけが普請役を免じられたのであります。

いや、それどころではありませぬ。天下普請には八名の作事奉行が任命されましたが、大御所様のご要請により、豊臣家も水原吉勝、伏屋貞元の二名を差し出したのでございます。つまりあの天下普請は、徳川・豊臣両家の監督のもとに行われたものなのであります。

我々としては何か不審の点があれば、豊臣家の作事奉行に問い質し、そこで両家の奉行同士の話し合いを通して問題を解決することで、混乱なく作事を進めることができました。すべては、豊臣家に対する大御所様の温かい思し召しでございます」

長政は落ち着き払って一座を見渡しながら、よく通る声で続けた。

「こうして天下の泰平がもたらされたと、我らも安心いたしておりました。しかし新たな問題が浮上してきたのであります。それは茶々様が徳川上位の二重体制を認めず、何かにつけて豊臣上位の立場を主張してきたことでありました。その根拠は、大御所様は豊臣家の五大老の筆頭ではないかという、まことに笑止千万なものでございます。

五大老の制度が生きていたのは関ヶ原までのこと、それ以降は自然消滅して影も形もありませぬ。しかし茶々様の頭の中ではいまだに豊臣家の筆頭大老の大御所様は豊臣家の最上位の家来、従って大御所が関ヶ原のいくさのあとに勝手に論功行賞を行って領地の再配分を行うなどというのは、越権の沙汰としか思えなかったのでありましょう」

徳川家康は、無言のまま深く頷いていた。まったくあの時の論功行賞ほど、奇妙なものはなかった。そもそも論功行賞とは、いくさに勝利した武将が行うものだ。しかし関ヶ原の戦いにおいては、いくさの采配を振るったのはたしかに家康だが、徳川家の主力の武将達は戦場に到着していなかったのだから、戦功などあろうはずがない。

ましてあの時の家康の公式の立場は、あくまでも豊臣家の筆頭家老なのだ。小山の軍議で豊臣恩顧の大名達がほとんど例外なく東軍に参加を表明したのは、家康に対する忠誠心からではない。豊臣家筆頭大老の家康の旗のもとに結集して、豊臣家にあって権勢を振るう石田三成の一派を倒すことに賛同しただけのことではないか。

家康としてはあの評定が豊臣家対徳川家の天下の争奪戦であることを表明し、味方を募る場とすることができたならば、どんなに気が楽だったことだろう。だがもしこの男があの時そんな発言をしたならば、豊臣家への忠義の念が強い豊臣恩顧の大名達はその大半が驚き恐れて、陣を払って西に向かってしまったに違いない。

小山にいた武将達は、そのほとんどが大坂城周辺のそれぞれの屋敷に妻子を置いてきているのだ。あの悪賢い石田三成が、挙兵の第一歩として城下にいる諸大名の妻子達を人質として押さえないわけはあるまい。

家康としては豊臣方の諸将を味方につけるためには、豊臣家の筆頭家老という肩書をめくらましの種として最大限に利用するほかはなかった。現に関ヶ原で東軍が勝利した時にも、豊臣恩顧の大名達の大半はこれで豊臣家の三成派は壊滅して、豊臣家の政権は安定すると安心していたはずだ。この戦いは家康を天下人の座に押し上げる第一歩なのだと認識していた者は、今家康の目の前で巧弁を振るっている黒田長政のほかには、目先が利く藤堂高虎しかいなかったのではあるまいか。

家康は勝利の将の特権として、井伊直政、本多忠勝などと相談しながら論功行賞を行ったのだが、そこでも豊臣家の筆頭家老という建前と、自分が天下人となるための基礎固めという本音との間に大きな矛盾が生じた。

家康は関ヶ原後の徳川優位の統治体制をはっきりさせるためにも、関ヶ原前には豊臣家の直轄領は二百二十万石であったのを、わずか三割の六十五万石に削減しなければならなかった。

だが家康は立場上はあくまでも幼少の豊臣秀頼の代理として、論功行賞を行っているのではないか。豊臣家筆頭大老の自分が、主家の豊臣家の所領を三割に減らすことなど、到底許されるべきことではあるまい。

もともと領地の配分とは、使者の口上と領地宛行《あておこない》状（どの国を与えるとの公式文書で、発行者の名前と花押《かおう》がある書類）と領地目録（一国の一部を与える場合、どの郡とどの郡が該当するかという明細書）の三つが一体となって伝達されるべき性質のものだ。使者の口上だけでは、たとえば『越前を与える』を『筑前を与える』と言い間違えたり聞き間違えたりしたら、要らぬ混乱を招きかねない。

だが家康は散々苦慮した挙句に、こう宣言するほかはなかった。

「今回に限って、宛行状も領地目録も発行しないことにしよう」

「なんと、使者の口上のみでございますか」

井伊直政は驚いたが、家康の決意は固かった。

「領地宛行状を発行するとすれば、その名義はわしでなければ意味がない。しかしわしは建前としては豊臣家の筆頭大老として、秀頼の命を受けて軍勢を預かり、関ヶ原で勝利したのだぞ。とすれば、宛行状の発行人は豊臣秀頼ということになってしまうではないか。わしの名前で宛行状を発行できぬくらいなら、そんなものは要らぬわ」

徳川家の家臣による口上が伝えられれば、論功行賞が豊臣家の判断ではなく徳川家の評価によるということが、誰の目にも明らかであろう。口上を聞いた諸将は、天下の実権は豊臣家から徳川家に移ったと実感するに違いあるまい。

徳川・豊臣の二重体制を安定したものとするには、あくまでも徳川家が豊臣家の上位に立つことを、ことあるごとに諸大名に認識させる必要があった。

そこで家康は朝廷に申請して慶長八年（一六〇三年）二月に征夷大将軍に就任し、自分が武家の棟梁であることを世間に印象付けた。さらに慶長十年正月には秀忠が二代将軍を踏襲することから、徳川家の支配が将来にわたって完璧なものとなろうと、その時は思っていた。

つまりは時間をかけて実績を積み上げていけば、征夷大将軍という肩書とそれを代々継承する徳川家の権威によって、自然と豊臣系の諸大名の足場を豊臣家から徳川家へと移させることができようと楽観していたのだ。

しかし、実行してみるとその読みは完全に外れた。一つには茶々の抵抗で世間が鎮まらないこと、一つには征夷大将軍になっても秀忠の声望が一向に高くならないことであった。

秀忠には、武将として致命的な失敗があった。それは関ヶ原の合戦の際に、三日も遅参する醜態をさらしたことだ。このことで、諸将の間での秀忠の評価は暴落したままであったのだ。

秀忠が征夷大将軍に就任した時、諸将が年賀の挨拶を兼ねて祝意を述べに伏見城に集まってきたが、その態度を見ていて家康は愕然とした。諸将は最初の挨拶の時こそ秀忠を正視しているが、すぐに視線は家康の発言、動作に注がれて、秀忠には時折ちらちらと横目を投げるに過ぎないのだ。

つまりは人々が恐れ敬っているのは、徳川家の権威でもなければ征夷大将軍の肩書でもないではないか。諸将を平伏させているのは、家康個人の武将としての長い経歴と実績に裏打ちされた圧倒的な重量感なのだ。敵の十数倍の兵力を持ちながら、城一つ落とすことのできなかった秀忠など、誰の眼中にもありはしない。

家康はふと、秀吉の末期の頃を思い出した。秀吉の枕頭《ちんとう》に詰めていた時の諸将の心中は、どうであったか。秀吉は自分の老い先が短いことを悟って、五大老、五奉行の制度を作り、組織の力で豊臣家が天下を仕切っていくことを切望していた。

しかし肝心の諸将は誰も皆、そんな組織の面々が一致協力して幼い秀頼を支えていくとは夢にも思っておらず、秀吉の亡き後の天下は誰がとるのかだけを思って、息を殺して顔を見合わせていたではないか。

家康は医者顔負けの医学の心得があり、常に摂生に努めていたから自分の健康には自信があった。しかし気が付けば家康はこの時六十四歳、すでに秀吉の没年（六十三歳）を超えてしまっている。

秀吉の没後から九年の今、秀頼はいまだ十五歳、秀忠は頼むに足らずとあっては、人々は家康没後の天下の趨勢を固唾を呑んで見守っているのではあるまいか。

ここに至って家康は自分の目の黒いうちに、無理にも豊臣家にいくさを仕掛けて自分の手で滅ぼしてしまうしかないと覚悟を固めて、すでに動き出しているのだ。

（二重体制など、今となっては夢のまた夢よ。しょせんはわしの力で豊臣家を叩き潰しておかなければ、徳川家の天下は安泰にならぬ。だが世の中の趨勢が平和裡に徳川家中心に固まるには、残念ながらまだまだ時間を要する。短くて五年、長ければ十年はかかるだろう。それまでわしの命が持てばよいが、最後は武力に訴えてでも解決する覚悟をするしかあるまいよ）

昨年に全国の諸大名に呼びかけて、江戸城の大改築を天下普請として実施したのは、徳川家が天下人であることを世間に知らしめる方策の一つである。だが特に、豊臣家譜代の大名たちの間から、ひそかに怨嗟《えんさ》の声がささやかれていたことは、家康の耳にも入っていた。

無理もなかった。当時の習慣として、いくさにかかる費用は参加する諸将が自分で負担する、いわゆる手弁当なのである。西国の諸将は、文禄・慶長の役で多大の出費を強いられ、しかも一坪の領地も得られなかったとあっては、まったくの持ち出しとなってどの大名家も家計は疲弊しきっていた。幸い西国の諸将は関ヶ原の合戦で大領を獲得した者が多く、ようやく一息つける状態となり、最近ではやっと自分の城を築けるところまできていたのだ。

ところが、そこへ降って湧いた天下普請である。徳川家から一方的に分担を割り当てられて、費用はもちろんこれも参加する諸将が自己負担せざるを得ない。それも天下普請が江戸城だけならばまだいい。しかし徳川一族が持つ城は清洲城、名古屋城、北ノ庄城など数多く存在するのだ。それまでが天下普請の対象となるならば、その負担は豊臣政権の時の比ではあるまい。

だがそれが不満ならば、天下人である徳川幕府に謀反するしかないぞと諸大名に思い知らせるのが、天下普請の目的なのである。


「関ヶ原後に大御所様が構築した徳川・豊臣の二重体制こそは、戦国時代を終焉させ万民が泰平の世を迎えられる最良の方策なのであります。しかしながら大坂城に拠る茶々様だけが太閤健在の頃の関白政権の夢から覚められず、大御所様と対等以上の立場を取ろうとして無用の混乱を招いております。大御所様を天下人と仰ぐ平和の世を誰もが望んでいるのに、茶々様一人が波風を立ててそれを受け入れませぬ。このような事態が続けば、徳川・豊臣両家の間に再び戦火が起こる恐れもありましょう。

そもそも、茶々様とは秀頼様の生母というだけの存在ではありませぬか。それが何でまつりごとにまで口を出し、徳川家、豊臣家の間に無用の波風を立てるのが、許されているのでありましょうか。秀頼様も十五歳、もう母親の庇護の手から離れて自立すべきでありましょう。そのために取るべき手段は、茶々様を大坂城の本丸表御殿から立ち退かせて、禍根をもとから絶つほかはありますまい。

むろん、初めから秀頼様に完全な自立を望むのは無理がございます。しばらくの間はしかるべき後見人がついて、厳しく指導していく必要がございましょう。徳川、豊臣両家の内情に精通していて両家に睨《にら》みがきく越前宰相様こそ、後見人として最適任かと考えます。秀頼様が徳川家と豊臣家のあるべき関係を充分に納得した上で、西国に集中している豊臣系の大名を統括していくならば、徳川家にとっても豊臣家にとっても最善の時代が来るに違いありませぬ。越前宰相様とこの長政はそのために立って、茶々様をまつりごとの表舞台から身を退かせたのでございます」

長政の言葉に、周囲からまたざわめきが起こった。どうも話の筋道がおかしいではないか。秀康と長政が手を取り合って茶々を表御殿から追い払ったとなれば、二人の真意は豊臣家を乗っ取って実権を握り、反徳川の旗を揚げるところにあるとしか、徳川家の家臣には考えられない。

だが長政は、関ヶ原後の家康が実施した徳川、豊臣両家による二重体制に深く賛同し、それを円滑に運営していくために、障害となる茶々を政治の表舞台から身を退かせたと主張しているのだ。二重体制を是とする点で両家の立場が一致しているとするならば、たしかに今回の秀康、長政の動きは、両家にとってもっとも望ましいものとなってしまう。

徳川家の重臣達、特に武官達は事態が呑み込めずに混乱していた。それは一つには当時の武士の間では、論理には論理をぶつけ合って議論するという習慣がないからであった。

もちろん、いくさに当たっては必ず軍議が行われて、主力の武将達はそれに参加して意見を述べる。だが軍議とは敵が誰か、戦場はどこか、敵味方の兵力はどれほどかといった具体的な大前提の確認が冒頭にあり、そこからの諸将の意見具申はそれぞれの経歴の中から身に付いたものを互いに提示し合う場なのである。

そして皆の意見をずっと聞いていた家康が最後に決断を下すと、それが徳川家の戦術、戦略となり、諸将はそれに従って動き出す。議論はあくまでも具体的で、抽象的な論理は存在しない。

また徳川家と豊臣家の関係はいかにあるべきかなどという政治的な課題は、家康とその側近のほんの数人の意見交換によって決まるもので、一般の家臣にとってはあとから結論のみが簡潔に伝えられるだけである。従って上級武士でも政治的な判断の場には参加することはなく、頭を悩ますこともない。

しかし今日のこの場は、まるで勝手が違う。長政はあくまでも家康の提唱する二重体制を肯定し、それを確実に実行するために、妨げとなる茶々を秀康と組んで政治の表舞台から排除しただけだと主張しているのだ。そこには正面切った反徳川の主張などは、匂いすらない。

何か出来事が起きた場合、それが大きなことであればあるほど、その全貌は白日の下に見えてこない。あるのはただいくつかの事実が、それぞれ独立して現れているだけだ。

そうした時、人は自分の体験、見聞、書物から得た知識などを総動員して、ばらばらの事実をうまくまとめて、一つの整合性のある筋書きを作ろうとする。見直してみてそれがどこにも矛盾がなく成立しているようなら、それこそが真実だと思い込んでしまう。

しかし事実と事実を結び付けているものが推測、憶測に過ぎない以上、何か一つ違う事実が示されると、全体がばらばらと崩壊してしまうこともあり得るのだ。

徳川家の重臣達の共通認識は、秀康は幼少の頃からなぜかは知らぬが父の家康からうとまれ、最長子でありながら豊臣家に猶子として出され、しかも抜群の器量を持ちながらも征夷大将軍の地位も弟の秀忠に継承されてしまうなど、常に冷や飯を食わされている。表には出さないが、内心ではさぞ不満が渦巻いているに違いあるまい。

そうした思いが先に立てばこそ、秀康の大坂城乗り込みと聞いただけで（すわこそ、宰相様の反徳川の旗揚げだ）との判断に直結してしまうのだ。

ところが長政は、重臣達の前にもう一つの事実を示してみせた。それは関ヶ原の合戦の論功行賞に際して、家康が打ち出した徳川・豊臣両家による二重体制であった。これは徳川家の重臣達にとっては、主君の提唱したものだけに無視することはもちろん、反論することも許されない絶対的なものなのだ。

長政の主張によれば、秀康と家康との過去の軋轢などは大坂城乗り込みには何の関係もなくなってしまい、徳川・豊臣両家による二重体制を円滑に維持発展させていくために、障害となる茶々を政治の表舞台から追放したのだということになる。

長政は、自分達の行動を巧みに論理的に正当化している。そんなわけはないと誰もが直感的に思っているのだが、徳川家の重臣達は論理には論理で反論しようとする思考方法を誰も身に付けていない。長政にいいように言いくるめられて、しかも抗議する手がかりが思い当たらないのだ。

同じ思いに沈みながらそれでもようやく気を取り直した家康は、穏やかな表情で訊ねた。

「それで、茶々様はどこに押し込めておる」

「どこにも押し込めてなどおりませぬ。茶々様は従来通り本丸の奥御殿に居住し、普段通りの日常を送っております。茶々様は徳川家に縁の深いお方でございますから、決して粗略に扱ってはおりませぬ。もしご希望があれば、この江戸城にお移りいただいてもよろしゅうございますが」

茶々は織田信長の妹のお市の方と浅井長政の間に生まれた三人の娘の長女で、秀忠の正室のお江《ごう》の方は三女に当たる。秀忠とお江の方の長女が千姫で、慶長八年にわずか七歳で豊臣秀頼に嫁いでいる。千姫は秀忠の娘であると同時に茶々の姪でもあるわけで、今の時点では徳川家と敵対するわけにはいかない長政としては、茶々は丁重に扱わざるを得ない。

　家康は皮肉な微笑を、その肉の厚い頰に浮かべた。

「それには及ばぬ。しかしあの世間知らずの女狐が、よくも越前宰相の説得に応じたものだな」

「それがどこで習得されたものか、宰相様は中年のご婦人を口説くのにはなかなか見事な腕を持っておられます」

　長政が澄ました顔でそう言うと、大広間には場に似合わない笑いが広がった。それが静まるのを待って、長政はさらに続けた。

「宰相様は大坂城に五日続けて参上して、長時間にわたって徳川家と豊臣家の関係を根気よく説明されたのであります。それでようやく茶々様も、もはや豊臣家に天下が回ってくることはないと了解されました。しかしだからといって、短兵急に豊臣家を一般大名並みに扱うのは禁物でございますぞ。

　あの気位の高い茶々様でございます。徳川家の下ではあっても、ほかの大名家よりは上でなければ、気持ちが収まりませぬ。当分の間は、あのお方が機嫌よく過ごされますよう、皆様も格別のご配慮いただきたいと思います」

「やれやれ、面倒なことだ。しかし、越前宰相がそこまで茶々様を手なずけたならば、今後は宰相を通せば話はぎくしゃくせずに済むのであろうな」

家康は微笑を浮かべながら、ふっと話頭を転じた。

「それにしても筑前の守殿、茶々様を豊臣家の中枢から放逐するという大事を行うにあたって、どうして事前にわしの了解を得なかったのだ」

家康の問いに対して、長政は大仰に驚いて見せた。

「大きな組織を維持していくためには、誰かが表に出ない汚れ仕事を引き受けて処理していかねばなりませぬ。茶々様の発言力を封じるというのは、徳川家にとっては誰かがやらねばならない汚れ仕事であります。将軍家は一切あずかり知らぬという態度を貫き通すべきで、間違っても自らが出馬などしてはなりませぬ。徳川家が表に出てしまえば、世間はいよいよ大御所様が豊臣家を滅ぼす気になったのだなどと、痛くもない腹を探られることにもなりかねませぬぞ。

大御所様の徳川・豊臣二重体制こそが、天下に平和をもたらす唯一の策と、宰相様もこの長政も肝に銘じております。そのためにも、ここは大御所様の御実子の越前宰相様が徳川家を代表して、また不肖長政が豊臣家を代表して、徳川家、豊臣家の良好な関係を一層強固なものとするために、手を携えて茶々様の説得に踏みきったという形を取るのが最も穏当な策でありましょう。

それに茶々様追放といわれましても、ただまつりごとの表舞台から身を退いてもらうだけのことであります。当主の生母が何事にも口を出すという今までの状態が異常なので、我々のしようとしていることは、どこの大名家でも当たり前に行われているあり方に戻すだけのことでございます。追放といっても、牢屋に入れるとか罪人扱いをしているわけではありませぬ。

茶々様は今でも贅《ぜい》を凝らした奥御殿に住み、衣食住は従来と変わらず、十五人ほどの侍女もついて、何一つ不自由のない暮らしでございます。

実のところ、私としては気楽な報告に参ったつもりでありましたのに、皆様方の気色ばんだ仰々しいお出迎えには、いささか驚いておりまする」

家康は平静な表情を作ってはいたが、その実は無性に腹が立って仕方がなかった。

（茶々の追放だけのために、何で秀康、長政ほどの大物二人が乗り出すものか。あの二人が動くからには、その心底には打倒徳川の決意が潜んでいるに決まっている）

だがその本音を長政はおくびにも出さずに、ひたすら徳川・豊臣の二重体制をより確固としたものにするために、今回の挙に及んだと主張するばかりなのだ。二重体制そのものが家康の提唱によるものだけに、そう言い張られてしまえば家康としては反論する根拠がない。

かといって家康は、いずれは豊臣家を滅ぼすつもりだという自分の本音をここで表に出すわけにもいかない。関ヶ原からは七年が経過したに過ぎず、今の時点では豊臣系の武将達は豊臣家に対する忠誠心を濃厚に持ち合わせている。豊臣家を見限って徳川家に軸足を移す機運がまだ熟していない現在では、徳川家と豊臣家が波風立てずに並立していってほしいというのが、彼らの切なる願いであろう。

豊臣家を滅ぼすという家康の真意を知れば、豊臣系の大名達は大いに驚き、秀康を担いで反徳川の旗のもとに勢力を結集する恐れが充分にある。今の時点では根が臆病な家康としては、本音を押し隠して建前である二重体制を推進する立場に立たざるを得ない。

（長政の狡知は恐るべきものよ）

大坂城には、千姫の嫁入りの時に随身として百名以上もの人間を送り込んでいる。しかし実際に姫の身辺にあって世話をしているのはその半数もいない。残る連中が実際にしていることは、大坂城内にあって豊臣家の中で起きている様々な動きの情報を集めて江戸に送ること、つまり間者の役割を果たしているのだ。

しかしその者達からも、秀康、長政の不穏な動きは一切伝わってこない。また秀康の大坂邸、伏見邸、北ノ庄城にも服部半蔵の手の者を何人も撒いているが、その者達からも豊臣系の大名達との不審な接触の動きはまったく見えてこない。

謀反を起こすからには前もって同志を募るのが常道だが、秀康、長政はあえてそれをせずにまず茶々をまつりごとの表舞台から外す挙に出たのであろう。大坂城に乗り込んで秀康が秀頼の後見人にさえなれれば、秀康、長政の行動の意図を察した豊臣系の大名達は、放っておいてもこぞって協力を願い出ると読んでいるに違いない。

秀忠と秀康を比較すれば、器量はまるで比較にならない。また家康は今年六十六歳であと何年の寿命があるか分からないのに対して、秀康は三十四歳、長政は四十歳といずれも働き盛り、体力・気力とも充実しきっている年齢だ。

秀康が大坂城を乗っ取って自立したとなれば、豊臣恩顧の大名達が徳川家につくか豊臣家につくか、結果は考えるまでもあるまい。

家康は驚くべき智謀を持つ強敵の出現に、背筋が寒くなる思いであった。

「それで、いま秀頼殿はどうしておられる」

気持ちをとり直した家康の言葉に、長政はあくまでも穏やかな口調で続けた。

「越前宰相様と不肖黒田長政が大坂城に入って痛感したことは、茶々様の秀頼様への教育方針が根底から間違っているということでございました。茶々様は将来は秀頼様を関白の地位に押し上げ、徳川家の征夷大将軍に対して関白の肩書で対抗しようというのであります。

征夷大将軍は武家の最高位、関白は公家の最高位でありますから、そのことで徳川家、豊臣家は対等の立場となるとのお考えでありましょう。

そのために、秀頼様は徹底して公家として教育されておりました。学問といえば、古事記、日本書紀といった歴史書、万葉集、古今和歌集、新古今和歌集のような和歌集の学習、さらには和歌を詠むこと、文字の手習いなどで、体を動かすことといえば蹴鞠の稽古しかございませぬ。

しかし宰相様も私も、豊臣家はあくまでも武家でなければならぬと考えております。そうでなければ、どうして武家集団である豊臣系の大名達を統率する、武家の棟梁の役目が務まりましょうか。

そこで宰相様は秀頼様の側近をすべて入れ替え、黒田家の家老の栗山善助を護役（教育担当）に据え、武将としての心得を叩き込むことにいたしました。また武芸の鍛錬も早急に始めなければならぬゆえ、馬術、剣術、槍術、弓術などの師範の選定にかかっております。

これらのことは大御所様のご意見を伺うまでもない当然のことでありましょうが、大御所様に何かご所存がおありならば、お聞かせ願いとう存じます」

「秀頼は、さぞ戸惑っておるであろうな」

そう言いながらも、家康は苦々しい思いをかみ殺していた。いずれは豊臣家を滅ぼす狙いからすれば、秀頼が青っ白《ちろ》い公家として成長し、武将としての力量をまったく身に付けていないままに成人することの方が、はるかに望ましい。

（長政は二重体制を建前として押し立てながら、その実徳川家のためにならぬことを

真面目くさって推し進める腹なのだ）

「秀頼様はまだ十五歳、武将としての訓練は充分に間に合うでありましょう。また秀頼様は生まれつき聡明で、体格もすでに私をわずかながら凌いでおります。鍛え方次第では、将来は大御所様の頼もしい片腕になるに違いありませぬ」

長政は意識して、刺激的な表現で家康の神経を逆撫でしていた。徳川家と豊臣家の公然とした対立は、家康の方からこそ火蓋を切らせたい。そうすれば、徳川家が豊臣家を滅ぼして天下を我がものにしようとする本心を、誰の目にも明らかにできるではないか。

その時こそ秀康が豊臣系の大名達に檄を飛ばして、家康に対抗する勢力をまとめ上げる大義名分が整うというものだ。

「宰相様の決起の真意をお分かりいただいた以上は、本日の対面の目的は達成できたと考えております。これにより、徳川、豊臣両家による二重体制の強化確立が図られるでありましょう。今後とも連絡を密にとりまして、万事疎漏なく進めていきたいと存じております」

長政はそう言って家康、秀忠に深々と一礼して、落ち着き払った態度で大広間を退出した。その姿が消えると、本多平八郎忠勝が吼えるように叫んだ。

「このまま帰してしまってよろしいのですか。宰相様、筑前の守の真意を質すことこそ、今日の会議の眼目ではござりませぬか」

「真意とは何か」

　家康は苦々しい表情のまま、不満が一杯の忠勝の髭面に目をやった。

「知れたことでござる。茶々様を大坂城の本丸の表御殿から追いやって秀頼様を手中に収めたことこそ、あのお二人が秀頼様を担いで反徳川の旗を揚げる第一歩としか考えられませぬぞ」

「だが、その証拠はどこにある。筑前の守は、茶々様の表御殿からの追放は徳川、豊臣の二重体制を確立するための最善の策だと繰り返して申すばかりではないか」

「あれが筑前の守の腹黒いところでござります。しかしあんな見え透いた詭弁に騙される馬鹿が、どこにおりましょうか」

「そんなことは分かっておる。しかし今までにわしの手元に集まっている情報から見る限りでは、宰相と筑前の守が事前に豊臣家の主力大名に対して同志を募る動きはまったくなく、あの二人が密議をこらしていた痕跡すらない。今の段階で二人を詰問しても、二人はあくまでもしらを切り続けるばかりであろう。

　いかに彼らの心底は明白でも、憶測、推測だけで処分に踏み切ることはできぬぞ。

　それにわれらが武力に訴える動きを見せれば、二人はそれをいいきっかけとして初めて公然と反徳川の旗を揚げるであろうよ」

「それでは、このまま見逃すしかないのでござりますか」

家康は、凄味のある微笑をその頬に浮かべた。

「そう焦るな。秀康と長政はこうやって時間を稼ぐ腹だろうが、やがては西方諸将に檄文を送って挙兵に踏み切るに違いない。だがその間に、打つ手はいくらでもある」

その落ち着き払った口調とは裏腹に、家康は深く慨嘆していた。

(どうやら長政を見くびっていたようだ。あやつは筑前領主で満足しているとばかり思っていたが、長政は猫をかぶっておとなしくしていながら、その実天下に乱を起こす野心を抱き続けていたのだ。そういう点では、やつは親父の如水に瓜二つではないか。

いや、二重体制などというとっくにカビが生えた古証文を逆手にとって、茶々追放を公然と正当化する手腕は、あるいは如水すら凌いでいるやもしれぬぞ)

三

江戸からの使者が大坂城に到着したのは、城下に桜の花が咲きこぼれる三月の初めであった。

使者は二人で、正使が渥美治長《あつみはるなが》、副使は池谷主馬《いけやしゆめ》と名乗った。豊臣側からは秀康、長政、豊臣家の家老の片桐且元の三人が出席して、本丸御殿の白書院で対面した。渥美治長は、眉が濃く眼裂が大きい威圧感のある顔立ちで普段は豊臣家を見下す風があったが、今日ばかりは大御所の実子で征夷大将軍の兄の秀康が臨席しているとあって、丁重な言葉遣いであった。用件は二つあった。

「徳川家の都合によって、本年の天下普請は見送りすることに決定いたしました」

（やはりそうか）

長政は無言のうちに頷いた。秀康と長政の大坂城乗り込みによって、家康は天下に騒乱が起こることを恐れ、情勢の推移を見極めるまでは、江戸城の普請どころではないと憂慮したのであろう。

「そこで豊臣家にお願いがござる。戦乱によって消滅した寺社仏閣の中には、まだまだ再建されていないものが数多くござる。天下万民のために、まずは京都の福智院、東寺の二つを豊臣家の手で建立《こんりゆう》していただきたい」

「天下万民のためとあれば、喜んで建立いたそう」

長政が目くばせする暇もなく、秀康は二つ返事で引き受けてしまった。まずいことになった、長政は思わず目をつぶった。

「そこで聞きたいのだが、豊臣家が二寺を再建するとなれば、徳川家はいくつの社寺仏閣を手掛けられるのかな」

秀康の言葉に意表を突かれて、治長は絶句してしまった。それまで穏やかな声音が一変して、秀康の表情は険しい怒りを帯びた。

「どうした、今天下万民のためと申したばかりではないか。それならばまず徳川家が率先垂範して手本を示し、諸大名に石高に応じて割り当てるのが筋であろう。徳川家の直轄領は四百万石で、豊臣家の六十五万石に比較すればざっと六倍にあたる。豊臣家が二寺を受け持つとすれば、徳川家は十二寺を担当しなければ辻褄が合わぬわ。その十二寺をすべて申してみよ」

治長は顔面蒼白となって、言葉がなかった。徳川家が豊臣家に社寺の復興を命じるのは、慶長十年に始まってこれが三年目であった。今までは豊臣家に何を申し付けても、唯々諾々として受け入れるだけであったから、正面切って反論されるとは思いもかけないことだった。

「なんだ、天下万民のためだと言っておきながら、寺を作るのは豊臣家だけで徳川家は何もしないのだな」

秀康は一語一語に強い力をこめて、治長に説き聞かせた。

「一口に寺の建立というが、東寺ほどの大寺ともなれば金堂《こんどう》、講堂、食堂《じきどう》、五重塔、宝蔵、大門、いくつかの塔頭《たっちゅう》などの大建築が立ち並び、さらにそれらにふさわしい数多くの庭園が整えられてようやく完成するのだ。むろん莫大な費用が掛かる。法隆寺や東大寺の大伽藍は、皇室に力が漲っていた時代に国家事業として取り組んだものだ。それを二つも同時に抱えてしまえば、豊臣家のわずか六十五万石の身上《しんしょう》では破綻するやもしれぬな。

読めたぞ、これは豊臣家の財政を危機に陥れようとする腹黒い奸計であろう。こんな悪だくみを考えたのは、一体誰だ。大御所様か」

「滅相もない」

渥美治長はがたがた震えながら、泣くような声で叫んだ。

「それでは、上様か」

「滅相もない」

「井伊直政か」

「滅相もない」

「本多正信か」

「滅相もない」

「本多正純か」

「滅相もない」

「それでは誰だ、お前か」

「どうして私に、そんな大それたことができましょう。私はたかが二百石の知行取りでございます。上役に口上を教えられて、こうして参っているだけが私のお役目ではありませぬか」

「ならば、その上役から与えられた書面を出してみよ。その書面には、決断した者の名前と花押が載っているであろう」

「書面などありませぬ」

「それでは、誰が決断したのか分からぬと申すのだな」

秀康は大きな溜め息をついて、言葉を続けた。

「私は年に何回かは大御所様にお会いして、天下の仕置きについて詳細を伺っておる。大御所様の大方針は、徳川家と豊臣家が水も洩らさぬ緊密な関係を保つことが、天下泰平の世を招来する唯一の策だということだ。その大御所様の口から、豊臣家だけを疲弊させる先ほどの案が出てくるとは、到底信じられぬ。

とすれば、誰かが大御所様の意に背いて、勝手に豊臣家に過酷な命令を出しているとしか思えぬ。私は忘れない、太閤殿下の晩年には、申すも恐れ多いことながら頭が呆《ぼ》けておられた。それに付け込んだのが、あの石田三成だ。

やつは太閤様が筋道の通った話ができないのを奇貨として、

『これが殿下の思し召しでござる』

『これが殿下のご指示でござる』

と勝手なことを申して、豊臣家の家政を取り仕切った。家中の武将達はそれに猛反発して、その結果が関ヶ原の戦いに至ったのよ。

私は徳川家の家中には、そんな内紛が生じるとは思ってもみなかった。だが、大御所様の胸中にあるはずもない二寺建立の指示が豊臣家に下ったことから察すると、どうやら徳川家の中にも石田三成が生まれたのやもしれぬ。自分ではこれが忠義と信じきって、その実主家に災いをなす逆臣がな」

(何という宰相様の喧嘩の売り方のうまさよ)

長政は驚嘆した。実のところこの豊臣、徳川両家の会談の前には、長政はこの会談は自分が取り仕切って、秀康には傍聴者であってほしいと思っていた。何しろ秀康には、こうした交渉の修羅場をくぐった経験があるまい。

だが秀康は、思いもかけないほどに喧嘩上手であった。『天下万民のために』という治長の言葉は、本人にとっては二寺建立の話に入るための単なる枕詞《まくらことば》に過ぎなかったに違いない。

しかし秀康は巧みにその言葉に食らいついて、豊臣家に二寺を立ち上げさせる以上は、征夷大将軍を二代にわたって踏襲して武家の棟梁であることを天下に誇示した徳川家が、それこそ天下万民のためにまず率先垂範して十二寺の建立を引き受けなければおかしい、と主張したのだ。

秀康の声はよく通る音質で、口調は柔らかいながらも相手の腹にびんびんと突き刺さるような迫力がある。しかも厳しく問い詰めたかと思うと、一転して諭すような穏やかな言い回しに変わる。

渥美治長にしろ池谷主馬にしろ、家康と直接顔を合わせて腹を割った話ができる立場ではないのだ。大御所のお考えはかくかくしかじかであると秀康に断言されてしまえば、渥美にしろ池谷にしろ、その圧倒的な迫力に呑まれて反論のしようがない。

とすればその論理の筋道のいきつく先は、秀忠か井伊直政か本多正信か本多正純かのいずれかが、家康の意に背いて豊臣家に二寺建立の指示を出したというところまで至ってしまうではないか。徳川家の中に石田三成がいるのではないかとまで言う以上は、徳川家の今回の指示を豊臣家が受け入れることは到底あり得ないであろう。

しかも秀康の主張の巧妙なところは、あくまでも家康が提唱している徳川、豊臣両家による二重体制を堅持する立場を貫いていることだ。

（家康は相当に焦っている。今度の二寺再建の指示は、かつての表看板であった二重体制を見限って、いよいよ本腰を入れて豊臣家の弱体化、衰退化に踏みきろうという決意の表れであろう。そして宰相様は、徳川方がさぐりを入れてきたのに乗じて、一気に正面から反論する策をとろうとしておられるのだ。家康が豊臣家の体力を消耗させる策を続けて、いずれは武力で制圧するという姿勢が公然としたものになれば、それが反徳川の旗揚げの立派な大義名分になろうぞ）

「ここでこうして睨み合っていても、決着はつくまい。今日はここで散会といたそう。我らの要望は、今後の徳川家からのご指示は必ず文書で、それも署名、花押つきのものとしてくれ。また次回までに、徳川家が本年建立する十二寺の名前と日程を明示してほしい」

渥美治長と池谷主馬がほうほうの体で退出したあとには、大坂方の三人の爆笑が湧いた。

「いや、お見事でござった。宰相様の啖呵には、江戸からの使者がきりきり舞いをしておりましたな。久方ぶりに、胸がすく思いでありましたわ」

片桐且元は日頃徳川家の使者に威圧されている鬱憤が晴れて、満面の笑みであった。

「宰相様の喧嘩ぶりは、まことに堂に入っておられますな。私が口を挟む暇《いとま》もありませなんだ」

長政の賞賛にも、秀康は落ち着いて答えた。

「使者を仰せつかったからには、こちらの言い分に対して相手がどう出てくるか、それに対してどう答えるかは事前に準備しておかねばならぬものだ。何の用意もなしにやってきたのでは、私に反論できぬのは無理もないわ」

「しかし今日の交渉の結果を受けて、徳川家はどう出るでありましょうか」

「今日の申し入れは、我々の出方を探る一手であろうよ。十二寺の詳細などあるわけもないし、豊臣家への指示を明文化することもできまい。家康としては黙殺しかあるまいよ」

秀康の判断は、的確に長政のそれと一致していた。

（これでは、旗頭として祭り上げるどころではないわ。宰相様は立派に独り立ちした器の大きい武将ではないか）

それは、長政にとってもうれしい誤算であった。これならば決起が引き起こす様々な事態にも、鮮やかに対処していけるであろう。あとは行動あるのみだ。

「それにしても、大坂城乗り込み以来の宰相様のお元気なことは、まことに重畳《ちょうじょう》至極でございますな」

「病は気からと申すが、こうしてやりたい放題に振る舞っておれば、病などどこかへ吹き飛んでしまったわ。今では心気爽快、体中に精気が漲っておるぞ」

七日ののち、早馬によって江戸城に届けられた秀康の書状と渥美治長の報告書を前にして、家康と井伊直政は苦虫を嚙み潰したような渋い表情で相対していた。

「秀康は我らの使者である渥美治長と池谷主馬を、赤子の手をひねるように軽々とあしらってみせたわ。いや、どんな重臣を送り込んだところで、秀康の弁舌の前にはとうてい歯が立たないであろうよ」

「これも黒田筑前が知恵をつけたのでありましょうな」

「それはどうかな。むろん二人で事前に話し合って方針は決めていただろうが、秀康は決して操り人形ではないぞ。やつは頭がいいし、弁も立つ。今こそ己の真価を見せてやると意気込んで、会談に臨んだのであろう。

それもわしの二重体制を盾にとって、あの大御所様が豊臣家の財政を破綻させるような策を申し付けられるわけがないと主張し、されば徳川家の中に石田三成が現れたのかと論じるあたりは、敵ながらまことに鮮やかな手並みだ」

困った時の癖で家康はしばらく右手の小指の爪を噛んでいたが、しばらくしてようやく口を開いた。

「秀康と筑前の出方を見ようと探りを入れてみたのだが、こうして慇懃《いんぎん》無礼に切り口上を返してくるあたりは、やつらも相当に覚悟を固めているのであろう。事態は思ったより切迫しているぞ。これはもう正攻法では間に合わないかもしれぬな……」

四

大坂城内の体制整備に追われていた秀康と長政は、いよいよ三月にはいると反徳川の旗揚げに向け、ひそかに水面下の工作に取り掛かった。反旗を翻す時期を閏四月中旬とすれば、それまでに加藤清正、福島正則、加藤嘉明、前田利長を味方に引き込んでおかなければならない。

加藤清正、福島正則、加藤嘉明は秀吉の子飼いの者達で、長政とは十代の頃には長浜城の台所で一つ釜の飯を食って育った仲だ。この四人は高台院を今でも私的な場ではおかか様と呼ぶほどで、豊臣系大名の中核をなしている。茶々を西の丸に追いやって高台院を大坂城の奥御殿に迎え入れていると聞けば、勇んではせ参じる者達である。

これは長政の担当と決まっており、三月の十日に神屋宗湛に用意させた船に乗って、瀬戸内海を西に向かった。陸路を行ったのでは、徳川家の隠密に追尾される恐れがある。長政が福島正則の広島城、加藤嘉明の松山城、加藤清正の熊本城を巡ったことが知られれば、その意図を読み取られる可能性は高いと思わなければならない。

船路ならば、まっすぐに居城である福岡城に帰ったと思わせることもできよう。

「安芸の守に、宰相様と私の真意を隠していたことは謝らねばならぬ」

広島城の書院で福島正則と二人だけで相対した長政は、まずそう言って詫びた。

「しかし大坂城乗り込みと反徳川の旗揚げとの間に、時間を置かなければならなかったわけも察してくれ。乗り込みと旗揚げを同時に行うためには、お主のような豊臣家譜代の大名達を、事前に同志として引き入れておかなければならぬ。

しかしそうした動きは、たちまち徳川家に知られてしまうであろう。安芸の守も存じておろうが、大坂城の中には徳川の間者が溢れておるでな。

そこで宰相様と俺は、まず茶々をまつりごとの表舞台から追放して豊臣家の実権を握り、大坂城内から徳川家の張り巡らした網を可能な限り切り捨てて、秀頼様を中心として我々が動きやすい環境を作ることに努めたのだ。

ようやくそれも形がついて、いよいよ同志を募る活動に入る時期が来た。そこで俺がこうしてこの広島城に参ったというわけだ」

「やはりそうか。宰相様と筑前の役者が揃ったからには、そうでなければならぬわ」

福島正則は期待に胸を膨らませた表情で、髭だらけの頰を緩めて尋ねた。

「それで、決起の時はいつだ」

「閏四月の半ばと考えておる。最終的な日程は決まり次第連絡するが、まずはそのつもりで準備を進めてくれ」

「あと一ヶ月だな。いや、いくさなど久し振りだ。胸が躍るな」

正則は乱こそ生き甲斐と勇む武将なだけに、反徳川の旗を揚げると聞いただけで顔に血を巡らせて、体を揺すって喜んだ。

「ただ、家中への展開は慎重にしてくれ。安芸の守に不穏な動きありと噂が立てば、せっかくの旗揚げが潰されてしまう恐れは充分にあるのだぞ」

とかく酒に呑まれて大言壮語する正則の性格から大事が破綻するのを、長政は何よりも恐れていた。

「分かっておる。それで仲間に引き入れる武将は、誰と誰だ」

「俺はこれから伊予の守（加藤嘉明）と肥後の守（加藤清正）を説いて回る。そして俺が目的を果たして大坂城に戻るのと入れ替わりに、宰相様に加賀の守（前田利長）のところに出向いて説得してもらう予定だ」

「すると俺達三人と宰相様、筑前、豊臣家、加賀の守まで合わせて七人か。もう少し手を広げておいた方がよくはないかな」

「いや、当初は絶対確実な範囲に留めておいた方が、たくらみが徳川家に洩れなくてよい。今は俺も宰相様もわずかな兵力を大坂屋敷、伏見屋敷に置いているだけだ。不穏な動きありと事前に徳川方に察知されてしまえば、一たまりもあるまいよ。

それに今の七人でも、領国の総計は三百六十万石を超す。動員兵力は十万以上だ、決起の時点ではそれだけあれば充分だろう。

言うまでもないが、決起を表明すればその日から双方の陣営が味方を募る激烈な争いが始まる。それが一応の決着を見るのには、二、三ヶ月はかかろう。それも今年は前哨戦に終始して、本格的な決戦は来年春か秋であろうよ」

当時は兵農分離が完成していて年間を通じていくさが可能なのは、織田家に臣属していた武将だけであった。東西両軍とも、春秋の農繁期を外さなければ全軍を召集することができない。

「そういえば、関ヶ原の合戦も九月十五日であったな」

「またまた東軍と西軍の争いになるが、今度は西軍が勝つに決まっている。関ヶ原の時に東軍でもっともよく働いたのは、安芸の守と俺の二人ではないか。この二人が次のいくさでは揃って西軍に身を投じるのだ、これで勝てなくてなんとする」

「その通りだ。いや、今から腕が鳴るな」

福島正則は天を仰いで胸を張ったが、不意に表情を曇らせて言った。

「伊予と肥後は心配ないが、加賀の守は大丈夫か」

前田家が芳春院《ほうしゅんいん》（利家の正室である松は、利家没後は剃髪して芳春院と名乗っていた）を江戸に人質として差し出していることに、正則も不安を感じているのであろう。

長政はゆったりと微笑して見せた。

「心配は無用だ。俺にとっておきの秘策がある。今は詳しくは言えぬが、あとは宰相様の説得がうまく決まるのを待つだけだ」

「そうだ、最初にこれを訊いておかなければならなかった。宰相様は、仕えるに足るお方か」

「それどころか。俺はこの二ヶ月の間そばで接していて、このお方こそが天下を取るにふさわしいお方だと痛感している。大坂城の中には、豊臣家の家臣と徳川家から送り込まれてきた監視役がいるが、宰相様はその双方に分け隔てなく接して、褒めるべきことがあれば直ちにその場で褒め、叱るべきことがあれば誰でも遠慮なく叱る。特に監視役が徳川家の権威を笠に着て、豊臣家の家臣に無理難題を吹っ掛けたりすれば、声を荒らげて怒る。私がそばで聞いていてもその言葉はすべて正論で、身びいきや偏見がまったくない。

驚くべきことに、茶々をまつりごとの表舞台から身を退かせて宰相様が秀頼様の後見役になられてから、大坂城の中の空気は目に見えて明るくなったと誰もが申しておるぞ」

「それはよかった。あのお方は態度風采に自然な威厳が備わっているが、それでいてもったいぶったところがまったくない。城中が明るいというのは、家臣から慕われているということだ。そういう人徳がある方を担ぎ出したのは、筑前の目の付け所が正しかったということだな。まずはめでたい」

「宰相様は若い頃から様々な苦難を乗り越えてきた苦労人なだけに、人情の機微に通じておられる。豊臣家の大奥では若侍と女中との付き合いは厳禁となっておるが、ある若侍と奥女中が深い仲になってしまうという事件が起きた。その噂を役人が聞きつけ、処分が避けられない事態となったのだ。

その話を聞きつけた宰相様は、若侍と奥女中を呼びつけて事情を訊いた。そのうえで役人を召して、こう仰せられた。

『あの若侍の罪が士道不覚悟というのであれば、処分は当然だ。しかしあの者は槍や剣の腕前は衆に優れ、秀頼様への忠誠心は疑う余地もない。若い男が若い娘に心を奪われるのは、天然自然の人の情ではないか。私にも覚えがある。周囲の者が温かく見守ってやってこそ、あの若侍も感奮して豊臣家のために忠誠を尽くすであろうよ』

宰相様の裁断で二人は夫婦となることが認められ、大坂城の中は二人を祝う歓喜の言葉に満ち溢れたのよ」

「宰相様が大坂城内をそのように取り仕切ってくださるならば、我らの将来はまことに明るいというものだ」

福島正則はすっかり気持ちが高揚して、大きく手を鳴らして小姓を呼び酒宴の支度を申し付けた。

「こんなに気分がいいのは久しぶりだ。筑前、前祝をしようぞ」

「安芸の守と酒の付き合いをするのは、手に余るな。そうだ、今度の船旅には母里太兵衛を連れてきておる。呼び寄せるか」

正則は大きく首をすくめてみせた。

「あの男は苦手だ。この城の天守閣など呑み取られたりすれば、新しい黒田節ができてしまうわ。今日は筑前と二人で、程々のところまで飲むとしよう」

「その程々が怖いのだ」

長政はそう言いながら、正則の大ぶりの盃に酒を満たした。

五

爽やかな風を受けて、船は松山の港に入ろうとしていた。瀬戸内の海を見下ろす山々は、匂うばかりの新緑に輝いている。勝山（城山ともいう）の山頂には五層の天守閣が足場に包まれて見えているが、一年前に比べても工事は遅々として進捗していない。

（無理もない。伊予の守も昨年動員がかかった江戸城の天下普請に金と時間を食われて、自分の城どころではなかったのだろう）

長政は六年前から福岡城の築城に着手しており、今年の江戸城の天下普請が延期となったのを幸い、本年中には完成させるつもりである。福岡城は大坂城以西では最大の規模があるだけに、徳川家の疑惑を招かないためにあえて天守閣は建設しないと決めていた。

（しかしこうして見ると、城には天守があった方がおさまりがよいな）

むろん反徳川の旗揚げの進展次第では、自分の城の普請などは繰り延べになってしまうことも充分に考えられるが。どうしたものかと思案しているうちに、黒田の家紋である藤巴の旗を掲げずに航行してきた船は、岩壁に着岸した。そこにはすでに十人ばかりの加藤（嘉明）家の家臣が出迎えていた。

彼らに導かれて勝山の斜面を登っていったが、本丸に至るまでは結構な時間を要した。

海面からの比高は、おそらく七十間（約百三十メートル）を超えているだろう。

（時代の趨勢は、統治のための城は平城に移行しつつある。この城は山城と呼ぶにはいささか高さが足りないので平山城と呼ぶべきだろうが、それでも家臣の日常の生活は坂道の上り下りで大変であろう。伊予の守の存念はいずこにあるのか）

加藤嘉明は長政より五歳年上だが、目尻が上がり鼻梁が尖った精悍な目鼻立ちが渋紙色に焼けて、いかにも精気に満ちた面構えであった。

本丸の広間の中央に長政と二人だけで対座すると、嘉明は声を潜めて尋ねた。

「いよいよ決行の時期が決まったのか」

「誰もが最初にそれを訊くな」

長政は頷いた。

「来月の中旬だ。一応は閏四月の十五日と思っていてくれ。むろん状況によっては多少の前後はあろうが、閏四月の五日までにはいつでも出立できる準備をしておいてほしい」

「これまでに、誰々に確約を取り付けてきた」

「まずここへ来る前に安芸の守のところに立ち寄ったが、もちろん諸手《もろて》を挙げて賛成であったわ。ここで伊予の守の同意がもらえれば、次は肥後の守のところへ回るつもりだ。私は三人に参加の確約を取れれば急いで大坂城に戻り、今度は入れ替わりに宰相様に加賀の守のところへ行っていただく。決起の前の同志集めは、これで終わりだ」

「すると同志は宰相様を旗頭に、豊臣家、前田家、福島家、加藤家、黒田家、俺の七人か。

筑前に聞いておきたいが、成算はあるのだろうな」

「むろんのことだ。計画の当初から自信はあったが、大坂城乗り込み以後の宰相様の働きは、まさに水を得た魚のように眩しいまでに輝いておられる。伊予の守も存じておられるだろうが、宰相様は今まで一度も戦場で手柄を立てたことがない。この二ヶ月あまり宰相様のおそばに仕えてみて、その理由が俺には痛いほどに分かったぞ。あのお方が秀忠と同じ戦場に立てば、宰相様ばかりが一人でいくさをしているように光り輝き、秀忠などはどこにいるのか霞んでしまう。江戸の大御所は、宰相様のそうしたまれにみる器量を恐れて、決して戦場に出そうとはしなかったのだ。その宰相様が三十四歳になった今、ようやく時と舞台を得て大輪の花を咲かそうとしている。

俺はそのお姿をそばで見ていて、中国大返しの時の太閤殿下が思い出されてならない。あの時の殿下は、眩いばかりに輝いておられた。俺が思うに大望を抱いた男が絶好機に巡り合い、全力を尽くして自分の運命を切り開こうとする時、人は荘厳なまでの迫力を備えて周囲を圧倒するのではあるまいか。

宰相様に協力して企てを実行しつつある俺だが、その俺ですら宰相様が思いのままに剛腕を振るう今の姿を眺めていると、その器量に舌を巻く思いだ。伊予の守も、今度の大いくさに存分に功名を立てられるがよい」

「宰相様の人物が筑前の申す通りならば、もう何も躊躇することはない。たしかに、これほどの晴れ舞台は二度とあるまいよ」

嘉明は、にんまりと頰を緩めて言った。

「こんなことは今まで口にしたことはないが、安芸も肥後も筑前も五十万石前後の大身なのに、俺ばかりは二十万石の小身だ。だが俺達四人は若い頃、長浜城の台所で一つ釜の飯を食らった仲ではないか。それぞれの実力に、さほどの差があるとは思えぬ。今度のいくさでは大手柄を立てて、お前達に並ばないでおくものか」

「その意気だ。徳川家を倒せばその直轄領、親族、家臣、外様の領地を合わせれば、一千万石を超すだろう。長浜城以来の盟友四人は、揃って百万石の大大名を目指して頑張ろうぞ」

長政は大いに加藤嘉明の負けん気を煽って参戦の決意を固めさせたことに、内心ではほっと胸を撫で下ろしていた。

「ただ、家中への展開は慎重にしてくれ。伊予から大坂へは、移動に時間がかかる。どうしても早めの出立となろうが、準備の段階で情報が洩れては、大事を誤ることになるぞ」

六

「筑前、待ちかねておったぞ。いよいよ旗揚げの決行だな」

すべての家臣達が熊本城の本丸の書院を出ていくと、加藤清正は長政の顔を睨むように見据えて野太い声で尋ねた。長政は力強く頷いた。

「大坂城内の体制作りに二ヶ月ばかり掛かったが、ようやく準備完了だ。用意万端整って、こうして同志集めに奔走しておる」

長政は、ここで決起の概要を説明した。閏四月の中旬を目処に、結城家、豊臣家、前田家、加藤清正家、福島家、加藤嘉明家それに黒田家が、動員能力の半分を率いて大坂城に集結する。その日をもって徳川家との縁切りを宣言し、大坂城から徳川家の家臣達を追放してしまう。

むろん朝廷には片桐且元を使者として使わし、朝廷と豊臣家は従来通りの関係を保ちたいと申し入れる。

数日のうちには、我らの蜂起は江戸城にも伝わるだろう。それからは、両陣営が全力を傾けての味方集めを始めるに違いない。関ヶ原の時そのままのこの争いは、西軍が優位のまま推移すると長政は確信している。

「肥後の守も、大坂城に参って宰相様に拝謁してみれば分かる。宰相様は、今や野に放たれた虎だ。我らの才は兵に将たる才だが、宰相様のそれは将に将たるものだぞ。豊臣家の家中は生き返ったように、活気に満ちている。

それに反して徳川家から来ている家臣達は、牙を抜かれた獣となっておる。

『私が騒ぎを起こしたばかりに、皆には迷惑をかけて申し訳なく思っておる。だがこれも、徳川家、豊臣家の関係を正常に戻そうと思えばこそだ。しばらくは我慢してくれ』

と下手に出られては、誰も文句など言えるわけがない。しかも宰相様は、豪放磊落《らいらく》に見えて言動には常に細心の注意を払っておられる。大御所の建前に背くようなことは、絶対になさらない。

言うまでもないが、大御所の本心には背きっぱなしだがな」

「宰相様にそれだけの度量がおありならば、我らの勝利は間違いあるまい。いや、泉下の太閤殿下もさぞお喜びであろうよ」

感情の起伏が激しい加藤清正は、自分の言葉に酔って涙ぐんだ。文禄・慶長の役で見せた清正の秀吉に対する忠誠の念の強さは、豊臣家の譜代の武将達の中でも際立つものがあった。清正の覚悟に揺るぎがないと見極めた長政は、ここで話題を変えた。

「そうだ、いい話がある。宰相様に頼まれて結城家に実力抜群の軍師を召し抱えさせたが、誰だか分かるか」

「分からぬ」

「驚くなよ、立花宗茂だ」

「なに、あの立花宗茂が！」

立花の旧領の柳川藩は筑後の国の南端にあり、加藤清正の領国である肥後とは国境を接していたから、宗茂と清正とは親交があった。関ヶ原で西軍に属した鍋島家は、いくさののちに黒田長政と井伊直政の仲介で降伏を申し入れた。家康が受け入れにあたって付けた条件は、「隣国の立花宗茂を討って差し出せ」とあった。

鍋島家はいやも応もなく出兵したが、家康も鍋島家だけではいくさ上手の立花宗茂には歯が立つまいと思ったのであろう、領国が近接する筑前の黒田長政、肥後の加藤清正にも助勢を命じた。果たして鍋島家は簡単に打ち破られたが、宗茂の人物を惜しんだ清正と長政が家康に助命を嘆願した結果、領地を明け渡すだけの処分で済んだ。

あの立花宗茂が自分達の陣営に戻ってくると知れば、加藤清正の喜びはいかばかりであろうか。

「あの男は秀忠の相伴衆を務めていたのを引き抜いて、今では結城家の鉄砲指南役として北ノ庄の城にいる。宰相様とは初対面で互いに大いに気に入り、決起の後は晴れて結城家の一方の大将として名乗りを上げる段取りとなっておるのだ」

「関ヶ原の後、宗茂は柳川十二万石を改易になり、一時は俺のところに身を寄せていたことがある。俺は手を尽くして臣従させようとしたが、あの男は矜持《きようじ》が高くついに頷かないままに、俺のもとを去ってしまった」

清正は遠くを見る目で昔をしのんでいたが、すぐに長政の顔に視線を戻して言った。

「しかし宰相様なら、宗茂を充分に使いこなせるであろう。宗茂は百戦錬磨でどんな局面でもびくともしない。あの男が宰相様についておれば鬼に金棒で、このいくさは勝ったも同然だ。

いや筑前、これはこの度の企てでお主が打った最善の一手であるかもしれぬぞ」

「そうありたいものだ」

長政は頷きながら、話題を変えた。

「それにしても、関ヶ原で立花宗茂が戦場に姿を見せなかったのは、東軍にとっては幸運であったな」

あの年の九月七日、毛利元康は一万五千の軍勢を率いて大津城（現滋賀県大津市浜大津に所在）を囲んだ。立花宗茂は、元康の与力としてその攻城戦に参加していた。城には京極高次が三千の兵で守っていて、激しい攻防戦が繰り広げられたが、十四日にはついに高次も力尽きて講和が結ばれた。

「関ヶ原のあと前後の様子が明らかになってみると、もし大津城の講和が一日早く十三日であったらと思って、背筋が寒くなったわ」

長政は今更のように、首をすくめた。

「立花宗茂のことだ、講和が済めば城の戦後処理は毛利元康に任せて、十四日の日のあるうちには主戦場の関ヶ原に移動していたろう。

そしてその十四日には、東軍、西軍はともに関ヶ原の周囲の山々に陣を構え終わって、いよいよ明日は決戦と息詰まるような緊張の中で睨み合っていたのだ。

あとで知ったことだが、その日の夕刻に西軍を率いる石田三成の陣所に島津義弘と宇喜多秀家が相次いで訪れ、夜襲をかけることを献策したというではないか。さすがにあの二人はいくさの機微を心得ている」

東軍、西軍ともあの時の顔ぶれで、協力して戦ったことは一度もない。個々の面々はそうそうたるものだが、それぞれの思惑は輻輳《ふくそう》していて組織としては烏合の衆だ。双方の多数派工作が公然と行われたために、誰それが寝返りそうだという噂が乱れ飛んで、誰もが疑心暗鬼になっていて両軍とも気持ちが一枚岩にまとまっていない。

島津義弘も宇喜多秀家も、この夜襲でいくさの命運を一気に決しようなどと思っているわけではない。勝利の形さえ作れれば、戦果などわずかでもいいのだ。

大会戦の緒戦で味方が勝ったと触れ回れば、味方の結束を信じきれないでいた西軍の武将達も、不安に駆られていた気持ちが吹き飛んで意気が上がる。一方の東軍の武将達は夜襲の損害が軽微だったと知っても、多少なりとも沈んだ気分になるのは避けられない。

いくさには、そうした両軍の気合が影響する部分が決して少なくない。しかし石田三成は、この献策にまったく耳を貸さなかった。物馴れた武将ならば誰でも知っているこうしたいくさの微妙な綾《あや》に、三成はまったく気が回らなかったのだ。

「双方が十万の兵を結集して激突する、天下分け目の決戦である。夜襲などという奇策によらず、明日は白昼正々堂々のいくさで雌雄を決することとしたい」

それが、大義名分を重んじる三成なりの美学なのであろう。そんな自分の生き方に陶酔することがどんな重大な結果を呼ぶことになるかを、この男は知らない。

悪いことに、国元の事情があってこの時島津義弘が率いてきた戦力はわずか千名でしかなかった。計数に長けた石田三成にしてみれば、そんな小勢では何の働きもできるはずがないと馬鹿にしきっていたのであろう。

島津義弘は憤然として席を立ったが、もし立花宗茂がすでに関ヶ原に到着していると知っていたら、ただちに宗茂の陣に出向いたのに違いない。

「三成はいくさを知らぬ。ここは柳川侍従とわしが協力して、三成には内密のうちに夜襲を決行しようではないか」

立花勢と島津勢が手を組めば、兵力は四千に近い。奇襲を掛けるには充分である。この二人が指揮する夜襲ならば、失敗する方がおかしい。

むろん二人は、敵を追い散らして首を百ばかりも討ち取れば、それ以上深入りはせずにさっさと引き上げてくる。あとは西軍の諸将の陣に、島津義弘と立花宗茂が夜襲をかけて千を超す敵を討ち取ったと喧伝すればよい。

　それが味方に与える心理的な影響ははかり知れない。立花宗茂は、文禄の役の碧蹄館のたたかいで殊勲第一と称えられたいくさ名人である。また島津義弘は慶長の役の泗川《しせん》の合戦で、わずか五千の兵を率いて明の五万の軍勢を打ち破り、日本軍の撤退を無事に行わせしめた稀代の名将なのだ。

「あの島津義弘、立花宗茂の二人が揃って健在であると知れば、西軍の勝利は間違いないと誰もが改めて思うであろうよ。その効果に思い至らない三成は、しょせん西軍を統括する大将の器ではないわ」

　長政の言葉に、清正は身を震わせて頷いた。

「筑前の申す通りだ。三成は、算盤でいくさができると思い込んでいた阿呆だ。だが今度の西軍には、宰相様がおられて三成がいない。これならば、いくさは我らの大勝利に決まっている。泉下の太閤殿下に、晴れがましい報告ができようぞ」

　清正は、髭だらけの顔を紅潮させて涙声になった。長政は清正の言葉に頷きながら、今回の船旅の成果に満足していた。

（西軍に身を投ずる決意は同じながら、その動機は人それぞれだな。太閤殿下への忠誠心では加藤清正が群を抜いていて、ほとんどそれだけで力一杯に働くだろう。福島正則は殿下への忠誠心というよりは、誰が勝利者になるかという読みにすべてを懸けて、西軍に参加しようとしている。加藤嘉明は清正、正則、俺との対抗心に身を焦がして、何としても横一線に並ぶ意気込みだ。

だが、それでいいのだ。人を行動に駆り立てるのはしょせんは個人的な功名心で、その動機に優劣があるわけではない。宰相様や俺にしてもそうだ。宰相様は、これまで散々煮え湯を飲まされてきている大御所を見返してやるという反抗心が、行動の原動力だ。俺にしたところで、自分の力で次の天下人を作ってみせるという強い欲望が、この身を燃え上がらせている。それぞれの願望が火の玉のように燃え盛って宰相様のもとに結集してこそ、反徳川の大事はなるのだろうよ）

七

長政が福島正則の広島城、加藤嘉明の松山城、加藤清正の熊本城を巡って三将の同意を取り付け、福岡城に戻ったのは山野にちらほらと山桜が咲き始めた三月二十八日であった。

閏四月十五日の決起の件は、すでに栗山善助、母里太兵衛などの重臣達とは大坂の黒田屋敷で詳細に打ち合わせ済みで、城内ではその準備でごった返していた。

ただし三月と閏四月の間には、四月の三十日間が挟まっているから、日程的にはそれほど切迫しているわけではない。また黒田家では神屋宗湛をはじめとする博多の豪商達の船団が動員できるので、物資や兵員の移動は瀬戸内海の海運を使えるだけに、他家に比べて圧倒的に有利であった。

それでも、この時期には秀康も加賀の前田家に旗揚げへの協力を依頼に行く予定だから、長政としては四月十日までには大坂城に詰めている必要があった。それやこれやで長政は席が温まる暇がないほど雑事に追われていたが、四月にはいるとようやく余裕が出来て、ぽっかりと体が空いた。長政はそんな日の午後、本丸御殿の奥深くにある自室に、初音と珠を呼び寄せた。

初音と珠はこのところしばらくは大坂の黒田屋敷に居住していたが、今回は竣工間近の福岡城を見学すべく、長政に同道して瀬戸内海の船旅を楽しんできていた。

「完成時の威容を思うと思わず溜息が洩れるほどに、見事な大建築でございますね」

「この城は、西国では大坂城に次ぐ規模だからな。だがそれができるのも、博多の豪商達の運上金があればこそよ」

この当時はまだ鎖国の制度がなかったから、堺や博多の豪商達は自由に海外との交易ができていた。異国との商取引は危険も大きい代わりに、うまくいった時の利幅は国内での商取引とは比較にならないうまみがあったのだ。

「さて、こちらに参ってから、何か面白い話はあったたか」

「それでは、珠の武勇伝などいかがでございますか」

初音が言葉を続けようとするのを、珠は頬を膨らませて遮った。珠は十歳になって同年齢の男児をしのぐ体格になり、母の指導を受けている槍の技倆《ぎりよう》では二、三歳上の男児にも引けを取らない腕前になっていた。目鼻立ちは母親に似て整っているが、目元や口元にはいかにも利かん気が溢れていて、それがかえって気丈な美少女という好印象を周囲の人に与えていた。

「あれは武勇ではありませぬ。男の子が二人掛かりで子犬をいじめていたので、ちょっとたしなめただけでございます」

「たしなめただけにしては、一人は手首を痛め、もう一人はすっかり毒気を抜かれて、戦わずに逃げていきましたが」

初音が物語ったのは、次のような出来事であった。

本丸の中にも小さな道場はあったが、大手門の近くには上級武士用の数百人を収容できる大道場が完成していた。常に武芸を奨励している長政の肝いりとあって、槍術師範の出光弘勝《ひろかつ》(天正二十年の奉納槍試合の優勝者である出光三郎四郎は、元服後は弘勝と名乗っていた)、剣術師範の糸島信元《いとしまのぶもと》の二人を中心として若者を鍛錬する組織ができ上がっている。

上級武士の子弟を鍛え上げて一人前の戦士に育て上げるのが目的であったが、腕に覚えのある者は道場に顔を出して、自分の稽古を兼ねて若者を鍛えることが珍しくなかった。初音もその一人で、旧領の豊前中津城にいた頃は、体が空けば道場に通って若い武士たちを相手に汗を流していた。

福岡城の道場は初めてだったが、ここでも顔見知りが多く、初音の姿に気が付いて歓声を送ってくる若者が多かった。初音は晴れやかな笑顔でそれにこたえると、道場内の歓声は一層大きくなって建物にこだまするほどであった。

初音は顔なじみの糸島信元に挨拶して、珠の面倒見を頼んだ。珠は七歳から槍を学んでいたが、一応の水準に達すると、九歳からは剣道にも精進するようになっていた。親の欲目であろうか、珠は槍でも竹刀でも、三歳年上の男児に対しても優位に立っているように思われた。信元は微笑して初音に尋ねた。

「どの級に入れたらよろしいでしょうか」

「今までは十歳から十二歳の級でしたが、このところしばらく稽古を休んでおりましたので、そのあたりは含んでおいてくださいまし」

母親の心配をよそに、珠は少しも物怖じする様子もなく、信元の後について道場の隅の一角に移動していった。

珠が信元の選んでくれた相手と稽古を始めたのを見届けてから、初音も顔なじみの若侍とタンポ槍を合わせた。船旅の間は稽古ができなかったので体がなまってしまっていたが、しばらく打ち合っている間に徐々に感覚が戻ってきて、足の運びもいつもの軽やかさを取り戻してきた。

珠と初音の稽古は、一刻（二時間）程で終わった。二人のタンポ槍は初音付きの女中の梅に持たせ、肩を並べて道場を出た。表には大きな山桜があり、春の風に乗って薄紅色の花びらが盛んに二人の肩に降りかかった。

談笑しながら道を歩んでいくと、不意に左手から犬の鳴き声が聞こえた。それも悲鳴というべき切迫した声であった。

珠はそれを聞くと、初音が止める間もなく稽古着の袴の裾を翻して走り出した。そこに広い空き地があり、十二、三歳の少年が二人、竹の棒を振るって一匹の白い子犬をいじめているではないか。少年達は身なり、髪形から見て上級武士の子弟ではなく、中間か郎党あたりの者の子供であろう。

「おやめなさい」

珠は恐れる様子もなく二人に声を掛けると、おびえた表情の子犬を抱き上げた。

「もう分別がある年齢でしょう。二人掛かりでこんな小さな子犬をいじめるなんて、武士の子として恥ずかしくはないのですか」

二人の少年は自分より年下の少女にたしなめられて、ちょっと怯《ひる》んだ表情で顔を見合わせていたが、すぐに虚勢を張ってすごんできた。

「子犬よりは相手として面白そうだな」

初音は梅からタンポ槍を受け取り、珠に危害が及ぶようならいつでも割って入るつもりで少年達のすぐ後ろまできていたが、珠は落ち着き払った態度で初音を目で制した。

「お待ちなさい。棒を持った二人で、素手の私を叩こうというのですか。それなら私も準備をしましょう」

空地の道寄りに崩れかけた四ツ目垣があり、少年達が手にしている竹の棒も、そこから調達してきたものであろう。珠は竹垣の地面に刺さっている縦棒を三本引き抜いて、それぞれ手にして振ってみたが、手に合う一本を残すと、少年たちに向かい合った。

「さぁ、どこからでも掛かってきなさい」

少年達は珠を挟むように左右に分かれたが、まず右の大柄な方が気合を入れて打ち込んできた。珠は余裕をもって体を開いてかわすと、たたらを踏む少年の小手を厳しく叩いた。

「いてぇ」

手首がしびれたのであろう、少年はうめき声をあげて竹の棒を取り落とした。それを見た左の少年は、早くも戦う気力を無くして、怖気をふるって逃げ腰になった。

「覚えておけよ」

捨て台詞をはいて逃げていく二人を見送って、珠は空地の隅で震えている子犬を抱き上げると、初音を振り返って訊いた。

「可哀そうに、あちこちに怪我をしております。治るまでは、本丸御殿で飼ってもよろしゅうございますか」

「犬の件は飼ってもいいが、今日の立ち回りはよろしくないな。珠は女の子だぞ、乱暴者に顔でも怪我をさせられたら、どうするのだ」

長政が苦り切った表情でそう言うと、珠はぷっと頬を膨らませた。

「二人掛かりで、小さな子犬をいじめるような男の子ですよ。実際に立ち合ってみても、構えも足の運びもめちゃくちゃで、きちんと修行している身とはとても思えませんでした」

「私も珠に危害が及ぶようならすぐに飛び込めるように、タンポ槍を抱えてそばに控えておりましたが、珠は余裕しゃくしゃくで、二人の男の子は手も足も出ませんでしたよ。

しかし珠、これからは道場以外では戦ってはなりません。路上で男二人を手玉に取ったという噂が流れたりしたら、嫁の貰い手がなくなってしまいますよ」

「でもお母上は、鷹神社の奉納槍試合で男を三人も手玉に取り、それが縁でお父上に見初められたと聞いておりますが。相手が三人なら殿様に目を掛けられるのに、二人では嫁の貰い手がないとはどういうことでしょうか」

珠は澄ました顔で、両親を見比べた。長政と初音は、顔を見合わせて吹き出してしまった。

「減らず口では、珠にかなわんな。だが、母の言葉を肝に銘じて、道場以外では戦ってはならぬぞ」

「それでは珠は、子犬を相手に遊んできましょう。あの子犬なら、私に小言は言いませんから」

珠が部屋から出て行った後、初音は長政に甘えるような調子で語りかけた。

「実は今日の道場での稽古では、珠とは比較にならない私の武勇伝があったのですよ」

珠を糸島信元に預けてから、初音は相手を変えつつ半刻（一時間）程気持ちよく汗をかいたところで一息入れていると、いつの間にか出光弘勝が腕を組んですぐそばで初音の稽古を眺めているではないか。

「初音様の稽古を見るのは久しぶりですが、相変わらず体の動きも槍のさばきも、燕が翼を翻すように鮮やかでございますな」

「お戯れを。とても十五の頃のようにはいきませぬ」

「いやいや、お顔も体つきも十五の頃と少しも変わっておられませぬぞ」

弘勝はそう言ってから、急に真剣な表情になって尋ねた。

「初音様の稽古を見ておりますと、相手の技量とは関係なく、三本に一本は相手に取らせるご様子が見受けられます。違っておりますか」

初音の頰に穏やかな微笑が浮かんだ。

「私が槍を学んだのは、豊前の京都郡行事村で父の秋満九郎衛門が開きました道場です。私がタンポ槍を初めて手にしたのは七歳の時ですが、小さな田舎道場のこと、十四歳になるかならずの頃には、道場の若手の中でも私が一番の腕前になりました。当時の私は生意気盛り、仲間同士で稽古をするにも、大きな態度で遠慮なく片端から叩きのめして快を貪るようになってしまいました。はたから見れば、態度の大きい鼻持ちならない少女であったことでしょう。

見かねた父は私を一室に招き、こう諭しました。

『誰彼となく叩きつけていれば、お前はさぞ気持ちがいいだろう。だがそんなことばかり続けていれば、相手はいつ強くなれるのか。

よいか、稽古というものは自分が強くなるのはもちろんのこと、相手も強くならなければならないのだぞ。お前のように相手を打ちのめすだけでは、相手は防御が固くなるばかりで、いつになっても攻撃力が身につかない。

攻撃力は、相手を攻めることで初めてその感覚が自分の体に染み込むものだ。そのためには、三本に一本は相手に打たせてやれ。むろん露骨に手を抜いて一本を取らせたのでは、相手も敏感に察してしまうぞ。そんな一本では、相手の自信にも何にもならない。

（双方が全力で勝負して、最後に紙一重の差で勝敗が決まった）

相手にそう思わせるところまでもっていくのは、並みの実力では足らんぞ。六の力の者には七の力で戦い、九の力の者には十の力で戦えなければ、相手を真の実力者に育てあげることはできないのだ。

お前の稽古相手は、全員が将来の黒田軍団の中核になるべき人材なのだぞ。あの連中が見違えるほど強くならなければ、黒田家の未来は先が見えている。

お前は娘だから、戦場で真槍を持って戦うことはあるまい。だが稽古仲間を槍を取れば戦場で無敵の勇者に鍛え上げることは、お前ならできるはずだ。そのことを夢寐《むび》にも忘れずに、稽古に励んでくれ』

私は返す言葉もなく、今でも父のその言葉を胸に刻んで道場に足を運んでおります」

「さすがに秋満九郎衛門様は、立派な教育者でございますね。いや私などもついつい稽古に身が入ると千切っては投げ、千切っては投げになりがちで、反省しきりであります。今年から槍術指南の大役を仰せつかったからには、立派な武士を育てることに専念せねばなりませんな」

弘勝は笑いながら軽く頭を掻いて、すぐに真剣な表情になった。

「実は、奥方様に一つお願いがございます。私に稽古をつけてくださいませんか」

「何を申されます。出光様は、今や黒田藩の槍術師範ではありませんか。稽古をつけていただくのは、私の方ですよ」

弘勝は半歩足を進めて体を寄せると、声を潜めた。

「十六年前の奉納槍試合の決勝で、私が初音様に勝って優勝した時のことでございます。

もちろん私に直接面と向かってではありませんが、陰で『あの勝負は、初音様が勝ちを譲ったのだ』と噂する者が幾人《いくたり》もおりました。私としては、黒田藩の男子の面目にかけて必死に戦っておりましたので、勝ちを譲られたと言われるのはまことに心外でありました。

ただ後になって考えてみると、初音様がそれまでに相手にされた加来、角丸、直方とも各郡の予選を勝ち抜いてきた実力者で、私が戦っても簡単に勝てるような腕前ではありますまい。それではあの三人を軽く一蹴された初音様が、どうして私には打たれっぱなしであっけなく勝負がついてしまったのか。やはり初音様は、私に勝ちを譲られたのかも知れぬ。

いつか私はもう一度初音様に勝負を挑んで、決着をつけなければ気が晴れないと思うようになりました。しかし思いもかけないことに、奥方様は殿の側室にお入りになり、一介の元服前の平侍が勝負を申し入れることなど夢のまた夢となってしまいました。

けれど先程から昔と変わらぬ舞を舞うような鮮やかな身のこなしで、若手に稽古をつけている奥方様を見ていると、私の心にもう一度タンポ槍を交えてみたいという欲望が、むくむくと湧き上がってきたのです。

一本勝負でいい、本気で立ち合ってくださいませんか」

「何を申されます。出光様はこの十年以上も甲冑を身にまとって真槍を携え、戦場で命を張って敵と戦ってこられた、黒田家でも指折りの実力者ではありませぬか。兜首の数も三十一に達し、次の首塚供養をするのは弘勝様と世間の評判でありますよ」

この時代、獲得した兜首が三十三に達すると、首塚を築いて死者を供養するという風習があった。むろん武人にとってこの上ない武勇の証であり、武門の誉れ高い黒田家にあっても、この栄誉に浴しているのは母里太兵衛（生涯で百七十六級）、栗山善助（生涯で五十七級）のただ二人であった。

弘勝は関ヶ原の戦いで三十の大台に乗せていて、もう一回合戦の場に立てば、三十三の兜首は間違いなく達成できると誰もが思っていたが、その後は絶えていくさの機会がなく、むなしく髀肉《ひにく》の嘆を重ねているばかりなのだ。

「私などは、防具にタンポ槍の道場槍術ですよ。今の出光様に、対等の勝負ができるわけがありませぬ」

「いや、勝負はやってみなければわかりませぬぞ。私も奉納槍試合の時に比べれば、多少は腕を上げたつもりです。是非とも一手、お手合わせ願いませんか」

弘勝の言葉とは裏腹に、その微笑を含んだ態度にはどこか親しみがこもった余裕が感じられた。

（受けてくだされ。なに、悪いようには致しませぬ）

そんな思いを、初音は敏感に受け止めた。弘勝には何か思惑があるのかもしれないが、もともと初音が負けるに決まっている勝負なのだ。本気で立ち会って負けてしまっても、弘勝の長年の鬱憤が晴れるのならそれでいいではないか。

「それでは、お受けいたしましょう。どうかお手柔らかに」

初音は汗を拭くために外していた面鉄や籠手などの防具を改めて身に着けなおすと、

愛用のタンポ槍を携えて弘勝とともに道場の中央近くに歩み出た。

「みんな、これから奥方様と私で模範試合を演じて見せる。申すまでもないが、模範試合とは勝ち負けを争う勝負ではない。上級者が鍛え上げた技量を互いに駆使して、至芸の攻防を披露するものだ。心して見学せよ」

弘勝がそう言って周囲の者を眺め渡すと、どっと歓声が湧き上がった。若手随一の剛腕・出光弘勝と、今や伝説となっている美貌の女流の使い手・初音の一騎打ちなのである。こんな夢の対決は、もう二度と見学する機会はないかもしれないのだ。そう思えば、自分達の稽古どころではない。

みんなは歓声を上げて場所を開け、興味津々の面持ちで二人を取り囲んだ。しかもその場に飛び交う声援の八割方は、初音に寄せるものであった。

初音は苦笑しながら六間の間隔を取って、道場の中央で弘勝に向かい合った。

(こんな大騒ぎになっては、困りますね。負けるにしても、あまりに無様では明日から道場に顔を出せなくなってしまいますよ)

それにしても、一礼して向かい合った出光弘勝の見事な武者ぶりはどうであろう。奉納槍試合の頃でも目立った長身であったが、十六年の歳月はその体軀にずっしりと幅と厚みを加え、実戦で鍛え上げた体の動きにまったく無駄がなく、全身に溢れる威圧感はそれだけで敵を圧倒する迫力に満ち溢れているではないか。

二人は静かに呼吸を整えていたが、やがて弘勝は裂帛《れっぱく》の気合とともに激しい突きを送ってきた。初音が鮮やかな身のこなしでその突きをかわすと、弘勝は休まずに第二、第三の突きを重ねた。初音はその攻撃をかろうじて受け流しながら、弘勝のこの場の攻撃は勝負の決着をつけようとするものではなく、久しぶりに槍を交える好敵手の現在の実力を探るための手合わせだと判断していた。

果たして弘勝はそこで元の位置に戻って、改めて呼吸を整えた。

(次は本気の攻撃が来る)

そう直感した初音は、自分から動いて鋭い突きを入れた。弘勝は素早くその槍を跳ね上げたが、初音はそのまま足を送りつつ、宙に浮いたタンポ槍を弘勝の面鉄目がけて鋭く振り下ろした。ほとんど同時に、弘勝のタンポ槍が初音の胴に叩き込まれた。どちらが勝ったか、観衆が固唾を呑んだ瞬間に弘勝の槍が道場の板敷に落ちて転がった。

それに続いて、初音の体がゆっくりと崩れ落ちていった。

「私の負けです。奥方様の面は、私の胴より一瞬早かった」

弘勝は爽やかな声でそう言い、初音を助け起こした。初音は皆が心配した程の痛手を受けた様子はなく、いつもの明るい笑顔で立ち上がると、声を潜めて弘勝に耳打ちした。

「有り難うございました。私は十の力で立ち向かいましたが、出光様は十一の力で受けてくださいましたね」

この勝負で初音が痛感したのは、弘勝の底知れない強さであった。初音の面は打ちが浅くて面鉄に触れただけだったが、弘勝の胴は腰が充分に入った完璧なもので、竹胴の上から打たれても普通ならば悶絶してしまうほどの強烈な一撃だった。弘勝がタンポ槍を取り落としたのは、槍の先端が初音の防具に届いた瞬間に槍から手を離して、初音の腰に痛手を負わせない配慮をしたためであった。

だが二人の動きがどちらも目にもとまらぬ敏捷さであったために、観客には初音の面の衝撃で弘勝が槍を離したとも見えた。

「どっちが勝たれたのか。出光様か、奥方様か」

「奥方様の面の方が早かった。奥方様の勝ちだ」

「いや、奥方様の面は浅すぎた。あの程度の打ちでは、一本とは言えまい」

いろいろな声が湧き上がるのを、弘勝は苦笑しながら手を振って止めた。

「最初に申したではないか。模範試合とは、勝負を争うものではないのだぞ」

「それならば、引き分けでしょう。いや、こんなに緊迫した試合は見たことがない。柔と剛、まさに眼福でございましたぞ」

「引き分けか。そうだ、それが良い」

「そうだ、そうだ」

　誰も傷つかないこの結論に、その場にいた者はすべて納得して手を叩いた。初音は弘勝にじり寄って、そっとささやいた。

「三郎四郎がわざとタンポ槍から手を離したのは、打たれた瞬間に分かりましたよ。おかげで普通ならば二、三日は立ち上がれないところを、こうして何事もなく動けております。三郎四郎も、すっかり立派な槍術指南におなりですね」

「奥方様は今、私のことを三郎四郎と呼んでくださいましたな。願わくは、今後もそう呼んでいただければ有り難いのですが」

「それではこれからは、三郎四郎、初音と呼び合っていきましょう」

　まだどよめきが消えない観衆の中で、二人はすっかり十六年前の少年少女に戻ってしまって、爽やかな微笑を交わしていた。


「なんだ、珠だけではなく、初音はさらに激しい武勇伝ではないか」

　そこまで聞いて、長政は笑うどころではなかった。

「若者に稽古をつける程度ならまだしも、次のいくさがあれば首塚に手が届こうという黒田家でも屈指の荒武者に、衆人環視の中で立ち向かうとは無謀にも程があるではないか。怪我でもさせられたら、どうするつもりだ」

「いいえ、私はまだ大人になりきらないところがありますが、さすがに三郎四郎は立派な大人ですよ。序盤戦で私が舞うような足さばきで三郎四郎の突きを交わす技を観衆に見せてやり、最後は私が得意の連続攻撃で面を打ちに出たところを、見事に私に胴を打ち込んで見せました。それも槍が胴に決まる瞬間に槍を投げ出して、私に強い衝撃を与えないように気配りをしてくださったのですよ。

あれが真槍での勝負ならば、私の面は三郎四郎の兜の前立てに触れただけ、三郎四郎の胴は身動きもできないほどの打撃を私に与えたのに違いありません。私は息もつけずに悶絶しているところを、三郎四郎の手で首を取られたでありましょう。

人は互角の勝負と見たやもしれませぬが、実のところは私は三郎四郎の掌の上で、終始踊らされていただけでございました。もちろん怪我をする危険などは、これっぽっちもありませんでしたよ」

「やれやれ、三郎四郎といい初音といい、よくもそこまで役者が揃ったものだ。俺もその試合を見られなかったのが、残念でたまらぬわ」

「私は自分が完全に敗れたのを知った時は、嬉しくてたまりませんでしたよ。三郎四郎は今や心身ともに黒田家きっての槍の名手、あの三郎四郎があそこまで強くなって後輩を厳しく鍛えてゆくならば、黒田の家の将来は長きにわたって安泰でありましょうから」

「三郎四郎は出光家の三男だ。本家の跡は継げないので、俺は三百石を与えて分家を許したのだ。しかしこれ以上加増すると本家を凌いでしまうから、それはできない。そこで、槍術指南役の斎藤源吾が今年五十歳になったので退任させ、三郎四郎を後釜に据えたのだ。

指南役になれば、石高とは別に役料が付くので暮らしはずっと楽になろう。今後もあいつには手厚く報いてやるつもりだから、安心しておれ」

「宰相様と長政様の秘策がなれば、黒田家にも大きな春がやってきましょう。その日を楽しみに待ちながら、とりあえず今宵は二人だけでお楽しみ、お楽しみ」

初音は珍しく妖艶な笑みを浮かべて、長政の厚い胸に顔を埋めた。長政はにっと笑って言った。

「前祝いか、それもよかろう。今宵は、われらも模範試合とまいるか」

八

「加賀の守殿、まことにぶしつけなお願いながら、お人払いを願えないか」

秀康は加賀城本丸の書院に通されると、挨拶もそこそこに前田利長に微笑を含んで軽く頭を下げた。二日前に北ノ庄の城から使者を立てておいたが、用件の内容についいてはぼかしておいたので、利長は硬い表情のまま左右の者に下がるようにと命じた。

「ところで、芳春院はご息災であられるか」

こんな質問をする秀康の意図が分からずに、利長は曖昧に頷いた。

「江戸からの便りでは、息災で過ごしているようでございます」

前田利家の没後、家康は家督を継いだ利長に謀反の企てがあると言いがかりをつけ、所領を没収しようと謀《はか》ったことがある。その時に自ら志願して人質にたったのが、芳春院であった。芳春院はなんと単身江戸に赴き、利長が謀反するようなことがあれば、自分の命を召してくれと家康に申し入れた。

これにはさすがの家康も横車を押し通せずに不問に付していたが、その後も芳春院は江戸に留まって人質としての暮らしを続けている。

秀康と長政が行った、茶々にまつりごとの表舞台から身を退かせる一幕は、前田家にも大きな決断を迫るものであった。表面上は徳川家と豊臣家の間に何かと波風を立ててばかりいる茶々を追放して、両家の関係をより緊密なものにしていくという説明はなされたが、秀康と長政という大物が手に手を取って乗り出すからには、その裏にはもっと大きな企てがあるとしか思われない。

前田家としては利家と秀吉の深い友誼もあり、秀康が茶々に身を退かせて秀頼の後見人となると分かれば、直ちに秀康によしみを通じるべきであろう。だが利長が豊臣方に付くとなれば、徳川家は当然芳春院を殺すと通告してくるに違いない。

かといって利長が徳川方に付くと表明すれば、領地が東西に隣り合っている結城秀康は、まずは前田家を平定して足元を固めようとするであろう。関ヶ原後の前田家の領地は百二十万石を超えており、秀康の越前七十五万石を大きく凌駕している。しかし、秀康は今や豊臣家六十五万石、黒田家五十二万石をも思いのままに動員できる立場にあるとしか思えない。

戦えば、圧倒的な戦力差の前に前田家に前途はない。かといって豊臣方に付けば、実母が殺されてしまう。前田利家が八十万石を超す大領の主になれたのは、芳春院の内助の功が大きかったのは天下周知のことであり、今でも芳春院は前田家の結束の中心をなしている。その生母を見限るようでは、前田家の内部から反乱が起こるやもしれない。利長の苦悩はここに極まってしまったのだ。

これまで利長は態度を表明しないまま息を殺していたが、越前宰相が直々に談判にやってきたからには、今日こそ最後の決断を迫られるのではあるまいか。

しかし秀康の表情にはまったく険しい雰囲気はなく、穏やかな温かい微笑が浮かんでいた。

「加賀殿も、厳しい立場に置かれたものだな。しかし、思い悩むことはない。ここに、芳春院様が無傷で加賀の地に戻ってこられる秘策があるとしたら、何とする」

「そのような秘策がございますのか」

利長は、信じられずに顔を上げた。

「ある。それは、人質交換だ。幸い我らは格好の人質を抱えておる」

「それはどなたでございますか」

「千姫だ」

豊臣家が徳川家に反旗を翻す以上、徳川家から送り込まれている千姫と秀頼との結婚は、当然破棄することになろう。だが千姫は秀忠の実の娘であり、家康からすれば可愛い孫ではないか。

この千姫と芳春院の人質交換を申し入れれば、どうだろう。家康としてみれば、この提案を拒否すれば千姫は淀川の三条川原で磔にされ、報復として芳春院も磔にしなければなるまい。その結果として、利長は家康に深い恨みを抱いて豊臣方に身を投じるであろう。

提案を受け入れれば、どうなるか。孫の千姫は無事に戻ってくる。だが芳春院が加賀に戻れば、利長は何のためらいもなく豊臣側に参陣するに決まっている。

つまりは、どう転んでも前田家が豊臣家に付くことは避けられないのだ。だとすれば、せめて千姫だけでも取り戻す道を選ばざるを得まい。

「その手がありましたか」

利長は狂喜した。芳春院が帰ってくるならば、自分がどの道を選ぶかには何の迷いもない。家康は利長に謀反人の濡れ衣を着せて、前田家の廃絶を画策した大悪人なのである。

それに引き換え、目の前の秀康の明るく爽やかな印象はどうであろう。

(時代は変わる。もう家康の時代ではない。宰相様が作ろうとしている新しい秩序こそは、我らが主役なのだ)

「もっともこれは、私の考えた策ではないぞ。すべては、長政の知恵だ」

(家臣の手柄を自分のものとして独り占めしない、これこそが宰相様の最良の美点であろうよ)

利長は深く頭を下げて、こうした主君に巡り合えた自分の幸運を噛みしめていた。

「そこで物は相談だが――」

秀康は、声を潜めて顔を寄せた。

「最近の徳川家の振る舞いは、天下人然とした横暴な態度が目に余る。私は近いうちに徳川家に反旗を翻そうと考えているが、その時は加賀の守殿は私に力を貸してはくれまいか」

(やはりそうか)

利長は腹に力を入れて、ぐっと考え込んだ。回答次第で前田家の将来が決まってしまうのだから、ここは慎重にならざるを得ない。

(先年の天下普請を見ても、このところの大御所の振る舞いにはいつもの慎重さがなく、何か焦りがあるように思える。大御所はもう六十代の半ば、将軍秀忠は三十に手が届く年齢だが、父親の陰に隠れて影が薄い。それに比べると、宰相様は三十三、四であろうが、態度風采に落ち着いた貫禄があり、何よりもこうした企てにふさわしい堂々たる華やかさを備えておられる。

太閤殿下は、周囲の者の心を浮き立たせずにはおかない明るさに満ちておられた。人の上に立つお方には、あの真夏の太陽のような眩しさこそが望ましい。

こうして宰相様を身近で見ていると、大坂城に入られてからひとまわり迫力を増した印象が強い。まさに竜が時を得て天に昇ろうとする勢いが、身辺に溢れているではないか。これでは、すでに老境に入りつつある大御所のいらだつわけがよく分かるというものだ)

「それで、すでにお味方になられた方々は？」

「これは口外無用であるぞ」

秀康は強い力のこもった眼で、利長の顔を睨んだ。利長は無言のまま頷いた。

「加藤清正、福島正則、加藤嘉明、黒田長政、それに加賀の守だ」

「前田家もすでにお味方でありますか」

利長は秀康の自信に満ちた言葉に、思わず微笑してしまった。

「顔を見れば、本心が分かる。加賀の守のその笑みは、私に心を許した証《あかし》であろうよ」

「恐れ入りました。前田利長、誓って宰相様の旗揚げに加わらせていただきまする」

利長はきっぱりとそう言いきってから、さりげなく付け加えた。

「ただし芳春院が金沢に戻ってからでなければ、私が兵を率いて大坂城にはせ参じるわけにはまいりませぬぞ。江戸との手切れを宣告したらすぐに、人質交換の話に取り掛かってくだされ」

「前田家の立場は、よく分かっておる。私に任せてくれれば、必ず悪いようにはせぬわ」

秀康は磊落に笑ってから、ごく軽い調子で付け加えた。

「旗揚げは、閏四月の半ばを予定しておる。それまでには、いつでも出兵できる準備をしておいてほしい」

「心得てござる。ついては先程退席させた家臣達にも、今の話を伝えていただけませぬか。前田家は、徳川家に対抗する存在とすべく、太閤殿下によって引き立てられて現在の大領を与えられたのでございます。家臣達もそれはよく存じておりますので、宰相様の決意を知れば皆もさぞ喜ぶでありましょう」

「いや、それは待ってくれ。旗揚げが済むまでは、情報を洩らす範囲は最小限に留めてほしい。徳川方に洩れることを防ぐことが肝要だからな」

秀康はそう念を押しながら、あまりにも順調なこれまでの流れにひそかに心を引き締めていた。

第五章

夢の果て

一

閏四月五日、北国の遅い春もようやく長けて、北ノ庄城の馬場の周囲も新緑の緑が滴るばかりであった。大坂城での旗揚げももう間近に迫っていて、足の遅い荷駄の部隊、徒歩の者達はすでにいくつかに分かれて先発していた。

旗揚げは当初の計画通り閏四月十五日で、秀康の腹積もりは十三日までに伏見と大坂の結城邸にそれぞれ二千の兵力を到着させることであった。むろん甲冑や武器弾薬、兵糧から日用の消耗品まで、兵員に先んじてすでに送り込まれている。

秀康も明日には出立して九日までには大坂の結城邸に入る予定であったが、どうしてもそれまでに見ておきたいものがあった。それは十一月末から立花宗茂が鍛錬を重ねてきている鉄砲衆の上達ぶりであった。

「まだわずか四ヶ月の訓練でございますから、お目を汚すばかりでございます」

宗茂は謙遜して首を振ったが、秀康は笑って言った。

「いや宗茂の顔の色は、伏見の屋敷で会った時に比べると、別人のように日焼けしている。その顔色の違いほどに鍛え上げたとあれば、鉄砲衆の腕も格段に上達しているのに違いあるまい」

馬場の周辺には、在城している家老をはじめとする上級武士が百人ほども集まっていた。最近城内でも評判の高い鉄砲衆の射撃の凄まじさを、自分の目で見ておこうというのであろう。

馬場の南側に高さ三尺ばかりの木の台が組まれ、立花宗茂は秀康を案内して二段の階段を登った。そのお立ち台の前に、百人ばかりの火縄銃を抱えた集団が、一列十人ずつ十列にきびきびと整列した。観客の目を奪ったのは、それぞれの左肩から右脇にかけて、五十発の早合を装着した弾帯があることであった。

「まず左側の十人が、二十間（約三十六メートル）先に立てたそれぞれの的に向かって太鼓の合図までに五発の立ち撃ちを行います。太鼓の合図に対して発砲が遅れた場合は、的に当たっても外れとみなします。もちろん太鼓より早く撃つのは、むしろ褒めるべきことですが加点はありませぬ。

次に同じ距離に立てた的に向かってもう一度立ち撃ちを行います。これも太鼓の合図で五発発砲いたします。そのあと的を回収して、当たりの弾痕を確認します。現在では六発命中で合格としておりますが、実戦で通用するには八発以上は命中させなければなりませぬ」

背後の観客からざわめきが起きた。それというのも、的の板に書かれている黒丸は直径が四寸あるかないかで、二十間の距離から十発中八発以上当てるというのは、もはや神業の域ではあるまいか。むろん実戦では心臓を狙って二寸以内の命中精度ならば、撃たれた八人は確実に命があるまい。

そうした空気を感じ取った立花宗茂は、秀康に向かい合ってこう宣言した。

「それではまず私が、試技を行いましょう」

宗茂は自分の火縄銃を取り寄せ、馬場の所定の位置に立って銃を構えた。太鼓の合図をする者は等間隔に印をつけた火縄に火をつけて目の前に吊るし、最初の線まで燃焼したところではじめの一打を発した。

すでに待ち構えていた宗茂は、その合図に合わせて一発目を発射すると、弾帯を回して次の早合を取り、まったく無駄のない動作で装塡し、太鼓の合図より早く二発目の引き金を引いた。

こうして第三弾、第四弾、第五弾を発砲したが、第五弾が発射されたのは第四弾の太鼓の合図前であった。

宗茂の家臣の一人が的に駆け寄って柱ごと抜き去ると、駆け足で秀康に掲げてみせた。

驚くべきことに、五つの弾痕が黒丸の中に整然と収まっているではないか。

「皆の者、よく見よ」

秀康は、背後の家臣達にその的を放り投げた。それを受けた家臣は、両手で高く掲げてみせた。的の周りにはたちまち人垣ができ、嘆声が湧いた。的は次々と人々の手に渡り、その度に驚嘆の声が渦を巻いた。

観衆の全員が的を確認したのを見届けてから、秀康は穏やかな声で言った。

「ここで、皆に発表することがある。いままで高橋道雪として紹介してきたが、実はこの人物は立花宗茂が本名なのだ」

秀康の言葉に、どっとどよめきが起きた。立花宗茂ならば、秀吉から絶賛されたいくさ名人として、天下に鳴り響いている。この四ヶ月の間身近に接していた者達の間では、その鉄砲の腕前だけではなく、時折洩らす合戦の話でもその含蓄の深さに称賛の声が上がっていたのだ。

それもこれも高橋道雪が立花宗茂の仮の名ならば、誰にも納得がいく。

「あのお方が、立花宗茂様であったのか。さもあろうよ」

そんな声があちこちから沸き上がるのを見ながら、秀康はさらに続けた。

「こんなことは、立花宗茂にとってはほんの余技に過ぎぬ。宗茂の本領は、いくさ場における戦闘指揮にある。宗茂は太閤の九州征伐の前後に大功を立てて、柳川十二万石の大名に取りたてられていたが、それがまだ十九歳の時だ。

天正十八年の二月に、小田原の北条氏を征伐した時、太閤は参陣した大御所、家臣の本多平八郎とこの宗茂を呼び集め、東国一のいくさ上手は本多中書（平八郎）、西国一のいくさ上手はこの立花宗茂と激賞した。本多平八郎は壮年の盛りでその武名はすでに天下に鳴り響いていたが、その時立花宗茂はわずか二十二歳に過ぎぬ。その褒め言葉が嘘でない証拠に、文禄・慶長の役で、宗茂は華々しい戦功をあげておる。このような名将が我が陣営に加わってくれたことは、結城家にとってこの上ない慶事だ。皆の者も宗茂と親交を結び、皆で協力して今後一層結城家を守り立ててくれ」

ここに列席しているほどの武士ならば、立花宗茂の名声は誰もが耳にしている。驚くべきことに、九州征伐、小田原城攻め、文禄・慶長の役、関ヶ原の合戦を通じて、戦場を共にした数多くの武将の中に、宗茂を悪く言う者は一人もいなかった。

それどころか関ヶ原の合戦後に立花宗茂討伐を命じられた加藤清正などは、自分の命に代えても宗茂の助命を家康に嘆願したほどで、その清廉潔白な人柄、出処進退に一点の曇りもない鮮やかな振る舞いは、誰からも敬意を払われる存在であった。そうした過去の実績がなければ、秀忠がこの関ヶ原の敵将を是非とも相伴衆として召し抱えたいと家康に懇願した時に、家康が快諾したことの説明がつかない。

(立花宗茂は敵味方を超えて武将の鑑だ、秀忠もあの男の心掛けを見習って武将のあるべき姿を感得してほしい)

家康の思いは、そこにあったのであろう。敵将からもここまでの評価を受けた武将は、ほかにいない。もちろん宗茂が一切の政治的野心を持たない武将であったことも、家康を安心させた要因には違いないが。

秀康の賛辞に当惑の面持ちだった宗茂は、秀康に会釈すると馬場に向き直って命令を発した。

「それでは調練を開始する。一番組、準備にかかれ」

百人の射撃手は的から二十間ほど離れて整列し、一番組の十人が前に出て地面に引かれた線に沿って並んだ。そして銃を構えて射撃の体勢に入ったところで、大太鼓が鳴った。轟音とともにそれぞれの的が命中の衝撃で前後に揺れ、十人は硝煙のなかで早くも次弾の装填に掛かっていた。

大太鼓が鳴り響くのと同時に、第二弾が発射された。太鼓の音に遅れた者は一人もなかったが、第三弾では早くも二人がわずかに遅れた。こうして五発の射撃が終わると、それぞれの射撃手の後ろにいる審判役から制限時間に間に合わなかった回数が報告された。全弾が合格となったのは、四名であった。

十人はその間に火縄の銃口からかるかを挿入して清掃し、後半の射撃に備えていた。そして後半の五発が終わると的を回収し、審判役が各人の成績を発表した。

時間内に全弾を発射して満点だったものが二名おり、六点以上は五人であった。減点は時間の掛かり過ぎがほとんどで、的を外した減点は全員を合計してわずか七発に過ぎなかった。

この成績を聞いて、観衆の中からどよめきが起きた。射撃の間隔は皆の常識から見れば通常の半分以下であり、それでいて百発中九十三発が的に命中しているというのも驚異的な数字であったのだ。わずか四ヶ月の訓練でこの技量に到達できるならば、結城家の三千人の鉄砲衆が宗茂の求める水準に到達した時点での威力は、想像に絶するものがあろう。

(やはり、この訓練を公開してよかった)

秀康は満足して頷いた。

立花宗茂と顔を合わせて話を交わしたのは合わせて七日ほどに過ぎなかったが、秀康は初対面のやり取りで早くもこの男を結城勢の中核に据えようと決心していた。宗茂は自分の戦功を誇るところがまったくなく、むしろ態度は控えめだったが、その言葉は実戦の体験に裏打ちされた重厚な説得力に満ちていた。

秀康は自分の一番の弱みは実戦の経験が乏しいことだと常々痛感していたから、どの合戦に参加した時でも局面の変化に応じて自分ならどう対応するかという判断を、厳しく自分に課していた。だがそれはしょせん机上の空論に過ぎまい。宗茂の豊富な実戦で得た識見を、秀康は一語一語が胸に撃ち込まれるような鋭さで吸収していった。

(しかし今いきなり宗茂を結城勢の中枢に据えるといっても、家臣達は見ず知らずの他人の登用を素直には受け取るまい。自分はこの男には遠く及ばないと畏怖の念を抱いてこそ、初めて人は相手に命を預ける覚悟を決めるのだ。宗茂の射撃は決してこの男の表芸ではないが、その余技ですら誰もが想像もしていなかった入神の域に達している。今やこの場にいるすべての人間が宗茂の名声が虚構でないことを、肝に銘じていることだろうよ）

こうして二番組、三番組と射撃が続いた。その成績は一番組と優劣がなく、一番組の顔ぶれが、今日の調練公開に向けて鉄砲衆の中から特に精鋭ばかりを選りすぐったわけではないのは、明らかであった。

四番組の前半の射撃が終わり、後半の第二弾で思わぬ異変が起きた。射撃手の一人の銃口が素早くお立ち台に向けて動き、一発の銃声とともに秀康の大柄な体がぐらりと傾いたのである。次の瞬間、常に火縄に火が付いた状態を保っている宗茂の火縄銃が火を噴き、四番組の一人が後ろに吹っ飛んで崩れ落ちた。

審判役の小野鎮幸が倒れた男に駆け寄ったのを確認してから、宗茂は素早く秀康を振り返った。秀康の端整な顔が苦痛にゆがんでいた。宗茂は、手早く秀康の衣服の胸をはだけた。弾丸は心の臓をわずかに外れているが、血が激しく吹き出ていて致命傷を受けているのは明らかであった。

宗茂は駆け寄ってくる家来衆を制して、大声で叫んだ。

「大丈夫だ。急所は外れておる。だが至急宰相様の部屋へ運ばねばならぬ。誰か戸板に布団を敷いてここへ運べ。その間に医師を呼んでおいてくれ」

周りの者達を安心させるために宗茂はそう言ったが、秀康にはもうほとんど意識がなかった。

「宰相様、浅手でござるぞ。どうかお気をたしかに」

宗茂の声に励まされて、秀康はわずかに目を開くと吐息交じりにかすかに呟《つぶや》いた。

「こんなことで、死んでたまるか。これで死ぬくらいなら、俺は一体何のためにこの世に生まれてきたのだ」

二

反徳川の旗揚げを慶長十二年閏四月十五日と決めて準備を進めていた大坂の黒田邸に、七日の夜遅く秀康の腹心の本多富正と立花宗茂が忍んできて、結城秀康が二日前に国元の北ノ庄の城で崩じたと知らせてきた。

「なんと」

長政は息を呑んで、言葉を失った。決起までに八日しかなくなった今、参加する各大名家では、すでに準備もたけなわであろう。その大切な時期に肝心要の秀康を失ってしまっては、この企てはどうなるのか。

ようやく気力を取り戻した長政は、本多富正の緊迫した表情に向かい合った。

「それで死因は」

「種子島による暗殺でございます」

長政の頭は、鋭く回転した。秀康が生きていて困るのは、この世に徳川家康しかいない。これはまったくの偶然ではなく、どこからか策謀の噂が洩れたのかもしれない。

「それで犯人は捕えたのか」

長政の問いに対して、暗殺現場に立ち会っていた立花宗茂が、沈痛な面持ちで説明した。

「成る程、状況はよく分かった。すると犯人は即死で、暗殺を命じた者は誰かを問い質す暇もなかったのだな」

「今にして思えば、私はあの押谷源三郎《おしたにげんざぶろう》に深手を負わせて戦闘能力を失わせたうえで、背景を探ってみるべきでありました。しかしあの時のとっさの判断としては、命を奪わなければ犯人は第二弾を発射するやもしれぬ、それが宰相様の致命傷になってはならぬということばかりでございました」

初弾での秀康の負傷の程度が分からない以上、まず暗殺者の射殺を優先した宗茂の行動は誰もが非難できないであろう。

「犯人の行動の裏にあるものは、何か分かっているのか」

結城家の鉄砲衆に問い質しても、押谷源三郎が秀康に個人的な恨みを持っていた様子はない。また実行すれば必ず周囲から射殺されることが明らかな状況の中で、ためらいなく決行に踏み切ったあの行動は、密命を帯びた忍《しのび》のそれを思わせる。昨年に秀康を毒殺しようとした者も、犯行が露見すると、その動機も背景も一切洩らすことなく舌を嚙んで自決してしまったではないか。

本多富正は、秀康が秀吉のもとに猶子に出された時の従臣だったのだから、秀康の家来というより肉親に近い感情を持っている。このところの心労と二日で五十里の道《みち》程《のり》を馬を走らせてきた疲労とで、表情にもやつれの色が濃く漂っていたが、気丈に胸を張って答えた。

「いいえ、何も。関ヶ原の合戦後、宰相様の所領が結城十万石から越前七十五万石に大飛躍を遂げた時に、家臣を大幅に増やす必要があって大量の新参者を召し抱えました。あの押谷源三郎も、その一員であったそうであります。本人は、近江の国友村の出身と申しておった由でございます」

「国友村は、火縄銃の名産地として天下に名高い。押谷源三郎も、当初から鉄砲の心得はあったのか」

「初めから、鉄砲の腕を買われての採用であったと聞いております」

「それにしても、七年も前の登用か」

家康と秀康の仲が特に険悪になったのは、この半年ほど前からのことである。ことが起きる日に備えて、七年も前から間者を送り込んでおいたとはあまりにも遠大に過ぎて、通常では考えにくい。

(だが、大御所はいたって猜疑心が強いお方だ。関ヶ原の論功行賞を行った時に、対象者の中で将来の動向に一抹の不安があったのは、宰相様お一人であろう。その宰相様に徳川家の親族の中でも最大の領地を与えるにあたって、大御所が万一に備えて暗殺者を潜り込ませておいたというのは、あのお方ならばやりかねないことかもしれぬな)

思案にふけっている長政に、富正は静かに言葉を続けた。

「もはやすべては終わってござる。宰相様の死は、江戸には唐瘡の悪化による病死として届けるしかありますまい。さて宰相様が亡き後、筑前の守殿はどうなされますか」

「宰相様がおられなくては、反徳川の企ても大看板を失って、もはやなす術《すべ》がない。あとは一日も早く撤収を図ることが先決だ。最も遠い肥後の守が、まだ動き出していなければよいが」

一瞬の動揺から覚めると、長政の見切りは早かった。今回の旗揚げは秀康の存在があればこそのもので、宰相の死をもってすべての計画は砂上の楼閣のように崩壊するしかない。あとは秀康と長政が水面下で動いたすべての痕跡を消し去って、何事もなかったように繕《つくろ》わなければならない。

(旗揚げを十日後に控えて銃撃を受けた宰相様の無念は、察するに余りある。だが、今は感傷に浸っている時ではない。事後の処理を誤ると、黒田家もお取り潰しは免れぬぞ)

本多富正に至急前田利長へ旗揚げの中止を知らせる使者を立てるように命じ、その口上までも詳しく打ち合わせたうえで、立花宗茂を伴って結城邸に引き取らせた。

次いで長政は背後に控えている小姓に命じて、初音をこの書院に呼び寄せた。

秀康の暗殺のいきさつを聞かされた初音は、いつも浮かべている微笑もさすがに消えて、きりっとした真剣な表情であった。

「それで、これからどうなさるのですか」

「これは宰相様と俺の二人が、知恵を絞って作り上げた筋書きだ。その一方が暗殺されたのだから、誰が考えても次に処分が及ぶのは俺だと思うだろう。

しかし今回の謀は宰相様と俺を中心とするほんの少数の人間しか関与しておらず、文書も一切残していない。この黒田家にしたところで、俺、初音、井口平助の三人だけで構想を練り、栗山善助や母里太兵衛の二大重臣にも大坂城乗り込みの一ヶ月前に情報を伝え、その他の家老達には先月の福岡城帰国の機会に旗揚げの準備をせよと檄を飛ばしたばかりだ。他家を説いて回る時も、旗揚げのことはぎりぎりまで誰にも洩らすなと念を押してきている。

どこからでも大事が洩れれば、ただちに全面衝突に突入してしまうのは必定なのだから、機密保持はどこの家も細心の注意を払うはずだ。あと八日で旗揚げという今になっても、徳川方に何の動きもみられないのは、あちらもまだ確たる証を握っていないからではないか。

家康としては、宰相様さえ倒せばあとはすべてを闇から闇へと葬ってしまう腹やもしれぬ。暗殺が表沙汰になれば、誰が宰相様を暗殺したのかが大問題になるからな。

それに家康が確固たる証拠を押さえているならば、何も暗殺などという非常手段に出る必要はあるまい。公式の場で、正々堂々と糾弾すれば済むことではないか。謀反の匂いは嗅ぎ取ったかもしれぬが、今回の暗殺は疑心暗鬼に責め苛《さいな》まれて切羽詰まった挙句の暴挙だったと見るべきではなかろうか」

「それではこの事態に、長政様はどう対処しようと思っておられるのですか」

「旗揚げの中止の指示が事前に徹底できれば、何とかなる見込みが出てくる。俺は明日にも江戸に向かい、大御所と対面しようと思う。だが、それはむろん危険な賭けだ。

何しろいきり立ったふりをした暴漢が城内で抜刀して襲いかかってくれば、大刀を別室に預けなければならない俺は、なす術もなく討ち取られてしまうだろうからな。

しかし大御所との対面に持ち込めれば、もうこちらのものだ。大御所も宰相様さえ片付けてしまえば、あとの荒療治はもうやりたくないに違いない。俺は俺で宰相様を失った今は、幕を下ろす時期が来たと思っている。儀礼的なやりとりの中で、互いのそうした思いを確認さえできればもう戦いは終わりさ。二人は微笑を交わして舞台を降りるだけだ」

「そううまくいけば、よろしいのですけれど」

初音は心配を隠しきれずに、すがるような眼差しで長政を見た。しかし、長政の覚悟はとっくに決まっていた。

「俺は、やれるだけのことはやってみる。家康が俺の見込んだ通りの男ならば、そして家康も俺を同じように見込んでくれているならば、俺は無事に帰ってこられるであろうよ。

家康は何事もなかったかのようにまた元の筋書きに戻って、大蛇が獲物を絞め上げるように豊臣家をじわじわと痛めつけては、体力を奪っていくのさ。そして五年後、十年後には、大坂城を火の海として豊臣家を滅亡させるだろう。俺は一言も発せぬまま、それを傍観するだけだ。

だが俺が今大坂城に居竦《いすく》んでいれば、家康の俺に対する疑念は深まるやもしれぬ。ここは逆に自ら家康のもとを訪れて、徳川・豊臣の二重体制の確立に奔走しながら、中道に倒れた宰相の無念を嘆いてみせるべきであろうよ。

それでは初音、小姓に命じて栗山善助と母里太兵衛を呼んでくれ。今晩のうちにも、安芸の福島家、伊予の加藤家、肥後の加藤家に旗揚げ中止の急使を立てねばならぬ」

長政は大きな決断をした者のみが持つ力のこもった声で、初音にそう命じた。その態度は落ち着き払っていて、しかも全身に覇気が満ちて眩しいほどであった。

(殿方の値打ちは、絶体絶命の危機にぶつかった時に、腹を決めていかに堂々と対処するかにかかっているのではありますまいか。生死を度外視して己の道を貫く、これこそ殿方の最も美しいお姿でありましょう)

初音は涙がこみ上げるのを押さえて、感動に震える声で小姓を呼んだ。

三

「どうやら一件落着のようでござりますな」

徳川秀忠の居室で、秀忠と二人だけで対面していた服部半蔵正就《はっとりはんぞうまさなり》は声を潜めてそうささやいた。秀忠は無言のまま、渋い表情で頷いた。

半蔵は服部家当主の通り名だが、初代の半蔵保長《やすなが》は伊賀の国予野の千賀地《ちがち》氏の一族という以外、生年、没年はおろか経歴もはっきりしない。服部半蔵という名前が歴史上に登場するのは二代目半蔵正成《まさなり》（一五四二年～九六年）が徳川家（当時は松平家）に臣従してからで、掛川城攻略、姉川の戦い、三方ヶ原の戦いなどで戦功をあげ、徳川十六神将の一人に挙げられるなど武将としての働きには際立ったものがあった。

しかしこの二代目半蔵には伊賀衆、甲賀衆（ともに約百人の忍者を含む）を与力として与えられたことから、諸家の内部情報の収集や、手ごわい敵の暗殺といった徳川家の闇の仕事を、一手に引き受ける裏の顔もあった。

こうした闇の仕事はその性質上家康と数人の謀臣のみしか参画しておらず、組織としても他からは独立して家康に直属となっている。征夷大将軍の秀忠でさえ、その内容についてはほとんど知らされていない。

この二代目半蔵が慶長元年（一五九六年）十一月に没したのに伴い、長男正就が後を継いで三代目服部半蔵となった。その半蔵が真面目くさった表情で秀忠に思いもかけない情報を耳打ちしたのは、昨年の七月のことであった。

「越前宰相様は関ヶ原の論功行賞の結果、それまでの結城十万石から越前七十五万石に加増になりました。それに伴って大量の家臣を新たに召し抱えたのでありますが、その時に大御所様のご指示により、拙者は結城家の家臣の中に二人の伊賀衆を忍ばせております。一人は毒薬の扱いに優れ、もう一人は鉄砲の名手であります」

それは、秀忠が初めて聞く話であった。だが、大御所はなんのためにそんな手を打っておいたのか。

「むろん大御所様のご真意は分かりませぬ」

半蔵自身も人を忍ばせよという指示を与えられただけで、具体的な目的までは聞かされていないのであろう。家康という男には家臣に対しても自分を韜晦《とうかい》して本心を窺わせないところがあり、半蔵のように長く臣従している者でなければ以心伝心でその意中を把握することができない。その半蔵にしても推察で了解しているだけだから、それを他人に洩らすのは危険が大き過ぎる。

半蔵としてみれば、それが『ご真意は分かりませぬ』という微妙な言い回しになるのだ。その言葉の裏は、『むろん私には伝わってはおりますが、申し上げることはできませぬ。あとは察してくだされ』ということであろう。

（毒薬？　鉄砲？）

秀忠は小首をかしげたが、すぐにあっと声を上げた。どういう理由があるのか知らないが、昔から家康と秀康の間には親子の温かい情愛の交流というものがなく、家康にはあの自分の最長子を忌み嫌っている雰囲気がある。

（父上は兄に越前七十五万石を与えるにあたって、万が一にも兄がその大領を頼みと

して謀反することを恐れ、いつでも命を絶てるように手配りをしておいたのか）

父親が、本来ならばもっとも信頼すべき有能な最長子を暗殺しようとするとは、考えるだけでも空恐ろしいおぞましい限りの事態ではないか。むろん家康にしても、実行を前提としてそのような処置をしておいたのではあるまい。秀忠が知る限りでは、秀康が徳川家に反旗を翻す気配は今も昔もまったくないからだ。

（どんな小さな危険でも、いざとなれば芽を摘める準備をしておくというのが、父上の恐ろしいところだ）

秀忠は背筋が寒くなるような思いを嚙みしめながら、半蔵に尋ねた。

「何でそんな話を私に伝える」

半蔵はまったく感情を面に出さずに、じっと秀忠の顔を見詰めた。

「大御所様は大変にお元気であらせられますが、何といってもご高齢であります。いつ思いがけない事態が起こらぬとも限りませぬ。そのような措置が施してあると大御所様から上様にお伝えする間もなく、みまかることがないとは言えますまい。私の口から上様に耳打ちしておくのが、家臣としての務めであります」

（私が兄上を暗殺しなければならぬと決心した時は、この半蔵に命じてくだされということか）

秀忠は、そんなことは夢にも思ったことはなかった。だが半蔵の言葉に、不意に心中に黒雲が生じた。

（私はいつも兄に頭を押さえられているという圧迫感に、苛まれてきた。私はそのことで父上を恨んでさえいる。父上が長男の信康様を切腹させなければならない事態に追い込まれた時、世間の習わしに従って次男の兄を嫡子と定めておけば、何の問題もなかったのだ）

秀康（当時は於義丸）が嫡男であれば、当然三男の秀忠が豊臣家へ人質として差し出されたであろう。そうなれば秀康が今では征夷大将軍であり、秀忠が越前七十五万石の領主となっているはずだ。それならば、秀忠にとってどんなに気楽な境遇であることか。

秀忠は、あらゆる意味で秀康に劣等感を抱いている。秀康は体軀が衆に優れて大きく、風貌も威風堂々としていてしかも挙措動作に威厳がある。またあの秀康が秀忠の立場ならば、関ヶ原の戦いで大功を立て、家康の後継者としての存在感を天下に知らしめたに違いない。

そしてその秀康が征夷大将軍となれば、諸将は一も二もなく恐れ入ってその前にひれ伏すであろう。徳川家の将来は、まさに安泰である。家康も安心して楽隠居できるというものだ。

（しかし現実には、父上は隠居どころか徳川家の将来のために、今後も最前線に立ち

続けなければならない。まさに私の不徳のいたすところではないか）

秀忠には、大きな不安がある。今は家康の庇護があるからこそ、秀忠の地位は揺るがない。秀康も家康が健在の間は動きにくいであろう。だが、家康が没した後はどうなる。

家康という重しが取れた秀康が、もはや誰にはばかることもなく自信満々として秀忠に反旗を翻せば、天下の諸将は雪崩を打って秀康につくのではあるまいか。

何しろ徳川家の家臣の中にも、秀康を高く評価する声は大きい。また秀康は秀吉の猶子であり、天正十二年から慶長三年まで十四年間も大坂城に居住していたために、豊臣系の諸将にも面識が広く、秀忠とは段違いに親近感を持たれている。家康という後ろ盾を失った以後の展開は、秀忠にとってまことに暗いものと覚悟しなければなるまい。

（だがあの聡明な父上には、そんなことはとっくに分かりきっているに決まっている。何年も前に暗殺者を結城家に送り込んでおきながら、いまだに決行に踏み切れないのは何かほかに理由があるのか。父上の六十五歳という年齢を考えれば、もはや無為に時間を潰している余裕などあるはずもないのに）

「父上からは、何の指示もないのか」

秀忠はできるだけ平静を装って、そう尋ねた。

「ござりませぬ」

半蔵は表情を消して、それだけを言った。その態度が、秀忠にあることを思いつかせた。

（半蔵は、そろそろ父から指示があってしかるべきだと思っているのではないか。なのにいまだに何の音沙汰もない。父には何か心に引っ掛かるものがあって、ためらっているのだ）

しかし暗殺などというものは、いつでもできるものではあるまい。やるならやるで早く決断しないと、好機を逸することにもなりかねない。

半蔵はそれを恐れているのだ。だからと言って家康の指示なしに半蔵が独断で行うには、あまりにもことが大き過ぎる。

そこで半蔵は、秀忠に暗殺者の存在を教えたのではないか。秀忠は今や征夷大将軍であり、家康が命じかねているならば、秀忠が代わって半蔵に指示を与えてくればよいと言外に匂わせているのだ。

兄を抹殺する、それはあまりにも衝撃的な決断を迫るものだった。普段から優柔不断なところがある秀忠にとって、とても即断できる問題ではなかった。

秀忠は半蔵をさがらせ、青ざめた表情で考え込んだ。

（父母を殺すとなれば、私には絶対に受け入れられない。しかし兄を暗殺するという

なら、話は別だ）

そもそも秀忠は生まれてから今まで、秀康と一緒に暮らした体験がない。秀康が秀吉のところに人質として出されたのは秀忠が六歳の時で、それまでは同じ浜松城で暮らしていたには違いないが、二人は生母も違い会うこともなく、互いの存在はまったく意識になかった。

秀忠にとって秀康は、兄弟というより競争相手だった。いや現実には、秀康は競争相手というより、はじめから勝負にならない恐るべき存在として秀忠の前に聳《そび》え立っていた。

秀康は秀忠に対しても常に恭謙な態度を崩さないが、それが他日を期して膝を屈しているのは秀忠にはいやでもよく分かっている。秀康は人の上に立つべき資質の人間で、秀忠の下で満足できるはずがない。

（だが私は、今や征夷大将軍だ。征夷大将軍の上に立つ人間など、あっていいわけがない）

秀康は十一歳の時に豊臣秀吉の猶子として豊臣家に入った。十七歳で結城家を相続して下総最北端の結城城に移ったが、領地にいたのはわずか数ヶ月で秀吉に呼び戻され、秀吉の死まで大坂城に留め置かれた。その後の関ヶ原に至る争乱期には、伏見の徳川邸で家康の身辺警備に当たったった。関ヶ原後の論功行賞では越前七十五万石の大領を得て、北ノ庄城へ移っている。

秀康が徳川家の本拠地の関東とは縁が薄いまま十数年を過ごしている間に、徳川家の中では秀忠を後継者とする堅固な幕府の体制ができ上がっているのだ。秀康がいかに将器であろうとも、いや将器であればあるほど、もはや秀康は徳川家にあっては居場所のない人間なのである。

秀康はいまや徳川家にとって、百害あって一利なしの存在ではないか。十日ほどの熟慮の末、秀忠の気持ちはようやく固まった。秀忠は服部半蔵を呼び、秀康の毒殺を命じた。

「毒を用いますか」

「毒殺ならば、人知れずに時間をかけて衰弱死させることもできよう。それならば、自然死に見せかけることもできる。しかし種子島を使うとなると、殺害は人知れずに行うことはできずに公然たるものとなってしまう。それではあとが面倒ではないか」

半蔵は頷いて去った。

（あとは吉報を待つだけだ。暗殺など、これほどに簡単なものか）

秀忠は、拍子抜けする思いであった。自分は実行者の顔も名前も知らず、直接命令したわけでもない。ただ半蔵を呼んで、「例の件、毒でいこう」とささやいただけだ。いわば独り言を言っただけで、あの兄がこの世から消えてしまうのである。これでは良心の呵責など、起きようはずもない。

だが一ヶ月ののちに半蔵が伝えたものは、毒殺の失敗であった。

「申し訳ござらぬ。体調の衰えを感じた宰相様は、食事の味に不審を覚えて毒見役を吟味したところ、一言も発しないままに舌を嚙んで自決したとのことでございます」

失敗するとは夢にも思っていなかった秀忠は、ひどく落胆した。失敗したとなれば、今後の結城家側の警戒は従来に数倍するものがあろう。次の手段はあるにはあるが、しばらくは冷却期間をおいてほとぼりが冷めるまで待つしかあるまい。

しかし今年の二月に秀康と黒田長政が大坂城に乗り込み、茶々をまつりごとの表舞台から身を退かせて秀頼の後見人になるという大事件が勃発した。

(兄は毒による暗殺の黒幕は、父上だと思い込んだのであろう。父がそう出るならば自分としても堪忍袋の緒が切れた、今立たなければ今度こそ自分の命はないと思い定めての決起に違いあるまい)

やがて黒田長政が江戸城にやってきて二重体制の話を持ち出し、今回の茶々の件は決して反徳川の動きではないとまことしやかに弁明したが、その言葉を信じる者はほとんど無かった。

(今度こそ、父上は半蔵に兄の暗殺を命じるであろう)

秀忠はそれを期待したが、いつになってもそうした動きはなかった。こらえきれなくなった秀忠は、服部半蔵を呼んで尋ねた。

「大御所様はなんで兄上の処分に踏みきらないのだろう」

半蔵は直接それには答えずに、一つ咳払いをして低い声で昔話を語り出した。

「天正七年（一五七九年）に、大御所様は嫡男の信康様に切腹を命じられたことがございます。もう三十年近くも前の話でありますから、私も父（二代半蔵正成）から聞いただけですが、その原因には諸説あっていまだに判然といたしませぬ。はっきりしているのは、信康様ならびに母親の築山殿の行状が織田信長様の逆鱗に触れてしまい、大御所様に厳罰の指示が下ったということでございます。

むろん根も葉もない噂話に類することがきっかけであったようで、大御所様も何度も使者を立てて弁明にこれ努めたそうでございます。しかし信長様は、一切聞き入れてはくださいませぬ。そのために当時徳川家中では、

『織田様は自分の息子達の資質が揃って凡庸なのに、信康様の器量が段違いに優れているのに恐れをなし、将来に禍根を残さぬために信康様に切腹させるようと命じたのだ』

との評判がもっぱらであったそうでございます。

そのような憶測を誰もが信じたほど、信康様は武将としての天賦の才に恵まれ、二

十歳の頃には大御所の片腕として戦場で度々武勲をあげるまでになっておりました。その信康様を切腹させることなど、大御所様としても夢にも考えられないことであるのは言うまでもありますまい。

しかし、信長様は重ねて切腹を申し付けてまいります。当時の徳川家は信長様と同盟を結んで西の背後を固め、自分は東の今川領を蚕食《さんしょく》して着々と領土を拡大している最中でありましたが、日の出の勢いの織田家と比較すれば、武力には格段の差があります。戦えば万に一つも勝つ見込みがないのは、誰の目にも明らかでありました。

ついに大御所様は、泣く泣く信康様に切腹を申し付ける羽目に追い込まれました。その時、遠州二俣城に謹慎している信康様のところに使者として出向いたのは、拙者の父の服部半蔵正成と天方《あまかた》山城の守通経《みちつね》様でありました。

信康様はとうに覚悟を決めておられて、二人の使者の面前で見事にお腹をお召しになりました。短刀を横一文字に引きまわした後、信康様は父を見やって、

『半蔵、そちとは長い馴染みだ。介錯を頼む』

と申されました。父は頷いて立ち上がろうとしましたが、相手が主筋であり普段から敬愛している信康様とあって、どうしても斬る覚悟が固まらず、肩を震わせて咽《むせ》び泣くばかりであったそうでございます。その間にも激しい出血が続くのを見かねた天方様が立ち上がり、

『これ以上はお苦しみが増すばかりでございます。手前が御免こうむりましょう』

と言って、涙ながらに介錯を済ませました。

二人の使者はすぐに浜松城に戻って、信康様の切腹の模様を大御所に報告されましたが、その時大御所様は、

『鬼の半蔵と呼ばれるそちでも、三代の主君の首を討つことはできなかったか。さもあろう』

と言って、はらはらと落涙されたということでございます。その言葉を聞いた天方様は、大御所の悲しみがそれほどまでに深かったのかと思い知らされ、このまま徳川家に留まっていては自分の顔を見る度に殿に辛い思いをさせるばかりだと、お家を出奔して高野山にこもったと伝わっております。

むろん天方様には何の落ち度もございませんが、武家奉公とはまことに辛いものでありますな」

半蔵はそれだけを言うと、一つ頭を下げて秀忠の前を去った。秀忠は一人黙然として考え込んだ。

半蔵のものの言い方には、独特の語り口があった。つまりその場に必要な事実だけを述べて、その解釈は相手の理解に任せるというものであった。相手に深い洞察力があれば真意は通じるはずだし、通じないようならそれだけの器量で説明するのも無駄

だということに違いなかった。

(父上にとって、実の嫡子である信康様に切腹を命じることがいかに辛い決断であったかはよく分かった。しかしそれがどうして、秀康様を暗殺する決断をためらわせることに繋がるのか)

秀忠は、深く考えを巡らせた。その時、はっと閃くものがあった。

(父上は器量優れた実子の信康様を、涙ながらに切腹させた。それは信長様からの抗《あらが》い難い絶対の命令があったからで、ほかの選択肢はなかった。徳川家が滅ぶか、信康を見捨てるかという身を裂かれるような辛い決断であったことだろう。あの事件は、今に至るまでも父上の心に深い傷跡を残しているのではあるまいか)

そして今、再び器量抜群の優れた実子の越前宰相を暗殺するかどうかの決断を迫られているのだ。信康の自決は、どうにも避けようのない信長からの命令だった。そう自分に言い聞かせることで、幾分なりとも気持ちが安まることもあったろう。

だが、今度は違う。秀康を殺害するのは、家康自身の意志で行わなければならないのだ。今まで様々ないきさつがあったとはいえ、いや、だからこそ現在の威風堂々たる秀康は、今では誇らしい存在となっているのではないか。

秀康が立って豊臣家を事実上掌握したのは、誰の目にも秀康の徳川家に対する造反に決まっている。だが家康は今になっても、秀康が主張する二重体制の確立が本心からのものであってほしいという一縷《いちる》の願いに、縋りついているのではないか。

服部半蔵も、そうした家康の気持ちに気が付いているのだ。それだからこそ半蔵は、家康の心中には何とかして秀康の抹殺を避けたい思いが潜んでいることを、遠回しに秀忠に伝えたかったのに違いない。

秀忠は、事態が切迫していることを知った。父が決断することをためらっている以上、自分が動かなければ今後の成り行きは日を追って深刻化するのではあるまいか。

（これは徳川家にとって、重大な局面であるぞ。お家の大事とあっては、私情など挟んでいる暇はない。徳川家の安泰こそ、最優先でなければならぬ）

兄を葬り去るのは私怨ではなく徳川家のためだと自分に言い聞かせることで、秀忠はともすれば尻込みしたくなる気持ちを無理にも納得させた。

秀忠は、再度半蔵を呼んで対面した。すぐに姿を見せたところを見ると、先ほどは一旦秀忠の前は去ったものの、遅かれ早かれお召しがあるものと確信して、控室に留まっていたものと思われた。

「こうなれば、我々の決断だけで最後の手段をとらねばならぬ」

「それがお家のためでござる」

半蔵は秀忠を励ますようにそれだけを言い、一礼して去った。

閏四月の半ばに、結城家からの急使が江戸城へ駆け込んできた。秀康はこのところ体調がすぐれずに北ノ庄城に戻っていたが、この閏四月八日に持病の唐瘡が急に悪化して息を引き取ったというのである。

本丸の表御殿で家康と一緒にその報告を受けた秀忠は、一瞬息を呑んだ。

今度こそ、暗殺は成功したのだ。実際には種子島による銃撃なのだが、結城家としては反徳川の旗揚げ計画がどこからか洩れてしまい、徳川方が先手を打って暗殺の挙に出たと考えたのに違いない。しかし暗殺という事実を公表すれば、誰が実行したのか、その理由は何かまで世間から詮索されるだろう。その追及の結果、越前宰相による徳川家打倒の企てまでが表沙汰になってしまえば、結城家の取り潰しは必至となろう。

それで結城家としては、苦肉の策として病死と公表することにしたのだ。病死ならば、徳川家による暗殺も表に出ない。結城家の取り潰しも当然なくなる。また徳川家としても秀康を亡きものにさえできれば、すべてを闇から闇へと葬り去ってしまう方が、ずっと余計な波風を立てずに済むのだ。

これはうまい落としどころではないか。それに家康は自分が半蔵に暗殺を命じていない以上、秀康の死は持病の悪化による自然死として何の疑いもなく受け取っているに違いない。出来の良い息子を自らの手で処分する前に、病没してくれるとはなんという幸運かと内心では胸を撫で下ろしているのではあるまいか。

家康は秀康の病状から臨終までの様子を、使者の口から詳しく聞き出して涙を流してみせた。

(使者から見れば、自分で暗殺を命じておきながらよくもそんな空々しい演技ができるものだと、はらわたが煮えくり返っておろうな)

秀忠は持ち前の慎み深い態度は崩さなかったが、今となってしみじみと思うのは、秀康という兄は自分の頭上に細い綱で吊るされた巨岩のような存在であった。いつ綱が切れてその巨岩が自分の上に落ちてくるかもしれないという恐怖は、夢寐《むび》にも忘れられない重荷となって心の底に巣食っていたのだ。

だがそれが今やきれいに消えて、秀忠の頭上には雲一つない青空が広がっているではないか。

(こんなにうまくいくとは思わなかった。私が兄の暗殺の黒幕ということは、半蔵以外には誰も知らない。兄自身も死の間際まで、父上の差し金と信じきっていたろう。黒田長政にしても、結城家の家中にしてもまったく同じ受け取り方のはずだ)

結局家康がすべての憎悪の対象になってしまっているが、皮肉なことにその家康自身はそんなことは夢にも思っていない。何しろ毒殺の失敗は大御所の耳には入っておらず、今回の秀康の死は持病の悪化による自然死として何の疑いも持っていないのだ。

当然その死について、何の責任も感じているはずがない。

(私は父上から見ても、徳川家、豊臣家、結城家、黒田家の誰から見ても、まったくの部外者なのだ。誰からも当事者とは思われていない以上、私に疑いを持つ人間はいない。こんな気楽な立場がほかにあろうか)

もちろん、本来ならば暗殺は家康と半蔵だけの間の密命なのだ。半蔵が秀忠に暗殺者の存在を伝えたことも、秀忠が家康に内密で半蔵に暗殺を命じたことも、徳川家の中では断じて許されない重大な越権行為だ。だから半蔵も秀忠も、この秘密を誰にも洩らすことなく墓場まで持っていくしかない。

(ただ、今回のことで父上にすっかり悪役を押し付けてしまったのは、子として申し訳ない限りだ。だが結果としては徳川家の最大の災厄のもとを断ち切ったのだから、徳川家の将来を考えて、老い先短い父上に私なりの親孝行をしたのだと思えば気が楽というものよ)

秀忠は自分でも驚くほどに、腹が据わっていた。この件を通じて、俺も一皮剝けて一人前の武将になったのかもしれぬと秀忠は感じていた。

五日ほどして、秀忠は半蔵を呼んで訊いた。

「兄の件で、大御所様はそちに何か尋ねたか」

「三日前に、半蔵が何かいたしたということはあるまいなと、念を押されました」

半蔵はまったくの無表情のまま、抑揚のない声で続けた。

「私は大御所様から直接ご指示をいただかない限り、何もいたしませぬと答えただけでございます。大御所様は安堵した表情で、あとは何も申されませんでした。どうやら、一件落着のようでござりますな」

秀忠は最後の一抹の不安も消えて、半蔵の肩幅の広い逞しい体軀をゆったりと眺めやった。

「この度は、お役目ご苦労であった。すぐにとはいかぬが、半蔵には機会を見て城の一つも与えてやらずばなるまいな」

四

閏四月二十日の午後、長政は栗山善助、母里太兵衛を引き連れて徳川家康と対面していた。前回は江戸城本丸の大広間で、徳川家の重臣五十名ほどが両側に居並び、いかにも威圧的な雰囲気であった。だが今日は場所が白書院であり、在室しているのも、家康、秀忠と謀臣の本多正信だけで、事を荒立てる雰囲気ではないことが、長政の緊張を解くのに充分なものがあった。

「いかに宿痾《しゅくあ》（持病）とは申せ、徳川・豊臣の二重体制を一層堅固なものにすべく立ち上がりながら、志を果たせぬうちに倒れた宰相様のご無念はいかばかりでありましょうか。

けれど宰相様が着手していた秀頼様への武将教育は軌道に乗りつつあり、今の秀頼様の身辺にはひ弱な公家の匂いは消え、逞しい武家の若者として闊達な個性を磨きつつあります。

茶々様の表御殿からの退場もこの三ヶ月でどうやら形がつき、徳川家、豊臣家の間にも新しい秩序ができたようでございます。宰相の病没を機会に私もここで身を引き、今後は徳川家から派遣される武官、文官の手で、徳川、豊臣の二重体制を盤石のものに仕上げていただきとうございます」

長政はあくまでも茶々の件は家康が提案した徳川家、豊臣家の二重体制の障害を取り除いたまでのことで、まったく他意はないという当初からの立場を貫き通す覚悟であった。秀康を暗殺したことからしても、これからは家康がじっくりと時間を掛けて豊臣家を滅亡に追い込む腹だということは間違いない。だが、関ヶ原からまだ七年しかたっていない今はまだ時勢がそこまで動いておらず、それを世間に広言することはできまい。

（家康も俺も、互いに相手の手の内は読みきっていながら、公式の場では徳川・豊臣両家の融和並立という同じ建前に立つしかない。そうであれば、家康が今度の件で公

式の場で俺を処罰できる理由は何もないではないか）

「結城家からは早馬で宰相の急死を伝えてきたが、わしは宰相には一月の伏見城での年賀の時以降は対面しておらぬ。筑前の守殿から見て、このところの宰相の体調に何か懸念を覚えるような兆しはあったのか」

「いや大坂城に入られた頃から、宰相様は精気に満ちた立ち居振る舞いでありました。しかし今にして思えば、気力に体力がついていけずに、その無理が一気に体調の不調として現れたのやもしれませぬな」

「唐瘡とはいえ、宰相はわしの半分ほどしか生きておらぬ。まことに早過ぎる死であったわ」

家康はそこで言葉を切って、涙をこらえられないように瞼《まぶた》を押さえてみせた。自分で暗殺しておきながら、空々しく何という見え透いた芝居をしているのか、長政はあきれ返る思いでそれでも丁重に言葉を返した。

「大御所様のご胸中は、察するにあまりあります。さぞご無念でございましょう」

長政の読み通り、家康は長政に腹を切らせるどころか、儀礼の挨拶だけに終始して対面を終えた。それればかりか、最後に家康はこう言ったのだ。

「筑前の守、今回の働きはまことにご苦労であった。ついてはこの功績に対してどこぞに一国を与えよう。希望があれば申してみよ」

「滅相もない」

長政は、ためらうことなく即答した。

「両家のためには、茶々様に表舞台から身を退いていただくのは、誰かがやらなければならないことでありました。たまたま宰相様と拙者の意見が合いましたので、僭越ながら実行に及んだだけのことでございます。拙者はすでに筑前という大国を拝領しております。この上の褒賞などは、ご無用に存じます」

そう言って退席する長政を見送って、家康は長い溜息をついた。そして秀忠と本多正信の三人だけで向かい合った。

「わしは如水、長政の親子に、二回も同じ手を食わされたわ。関ヶ原の時、豊前に隠居していた如水は、自分が天下に志を伸ばす好機がやっと巡ってきたわと兵を挙げた。しかしむろん天下を狙うなどとはおくびにも出さずに、わしには協力を旨とする書状をよこした。

そうしてわずかな間に、九州のうちの七ヶ国までを平らげてしまった。ところがそこに、関ヶ原での東軍の勝利の報が届いたではないか。

『やんぬるかな』

如水は天を仰いだろうが、未練を残さずにすぱっと見切りをつけるのが、あの男の凄いところだ。

すぐにわしに戦勝を祝した手紙を寄せ、九州で平定した土地の治安を維持して守り抜き、やがて帰国してきた諸将に無償で引き渡したのさ」

「如水が大坂に上がって大御所様と対面したのは、その年の暮れでありましたか」

「わしは機嫌よく如水を引見して、こう言うてやったわ。

『如水殿は引退して何年もたつのに、いざ嵐の襲来とみれば見事な働きで感服つかまつった。ついては近畿のどこぞに一国を与えたいが』

『滅相もない』

如水は、即座に首を振ったぞ。

『すでに倅の長政に筑前の大領を戴いております。拙者は暇つぶしの隠居仕事をしただけでございますから、褒賞などはご無用に願います』

如水はあの時間違いなく天下に望みを掛けて動きながら、最初から最後まで内府殿のために働いたという建前を崩さなかった。わしの最後の問いは、如水の本心を探ってみたのよ。もし大坂の近くに国を欲しがるようなら、まだ如水には脂ぎった野心がある。しかし敵もさるもの、さらりとかわしてみせたわ。鮮やかな手並みよ」

「黒田筑前の守も、まったく同じでございますか」

「そうさ。秀康と共謀して大坂城を乗っ取ったのは、徳川家を倒して豊臣の天下を目指すのが目的なのは、誰の目にも明らかではないか。だが長政はぬけぬけと、茶々を表舞台から身を退かせて徳川・豊臣の二重体制をより強固な安定したものにするためだと言いくるめおったわ。

しかし確証は摑めないながらも、秀康と長政は三月頃から水面下で動き出した気配がし始めた。だがそこで思いもかけないことに、秀康は持病の唐瘡の悪化で急死してしまったではないか」

「予想外の事態に、筑前の守は二階に上がって梯子《はしご》を外された思いでありましたろう」

「呆然としたであろうな。だが今、わしの前に現れた長政はまったく悪びれた様子もなく、一切を否定してみせた。反徳川など、おくびにも出さないではないか。茶々様の件はあれが徳川、豊臣両家にとって最良の策だ、二重体制はこれで万全になったと、うそぶいている始末だ」

「あんなばかげた主張で大御所様に自分の無実を納得させられると、筑前の守は本気で信じているのでしょうか」

「秀忠、お前はまだ分かっておらぬのか。どちらもこれっぽっちも信じていない建前をぶつけ合ったのは、長政の一世一代の大芝居であったのさ。宰相の病没を機会に私もここで身を退くと、長政は先ほどはっきりと申したではないか。あやつはあの空々しいやり取りを通じて、この辺が幕引きの潮時でございましょうと言外に伝えてきたのだ。

あれでお前が相手なら、そんな腹芸が通じないのはあやつにも初めから分かっている。だが長政はわしが相手ならばと、同じく天下に思いをはせる者同士として事を荒立てない決着を提案してきたのだ。わしは苦笑しつつも、渡りに船と受け入れるほかはないではないか。

わしの最後の問いに対しても、長政は如水とまったく同じ答えをした。そうすることで、やつは『実は私も父と同じく天下を狙っておりましたぞ』と暗に匂わせてみせたのさ」

「それでも、長政には何のお咎《とが》めも無しですか」

本多正信はなおも承服しかねるという剣幕で家康に迫ったが、世故にたけた老将は落ち着き払った表情で静かに言った。

「そうだ。長政は、馬鹿ではない。秀康という格好の旗頭がいたから、こうして一働きしてみる気になっただけだ。長政一人ではどう動いてみたところで、誰もついてこないに決まっているではないか。秀康が急死したと知った時のやつの心境は、関ヶ原の東軍勝利を知った時の如水と同じであろうさ。

『わがこと終われり』だ。長政は、加藤清正や福島正則とは二段も三段も役者が違うぞ。放っておいても、すべてを見切った長政はもう二度と動くまいよ。下手に処分に踏み切ってやつを追い詰めたりすれば、窮鼠かえって猫を嚙む挙に出るやもしれぬ。それでは余計な面倒を背負い込むだけではないか」

（この二ヶ月ばかり長政には夜も眠れぬほどの心労をさせられたが、不思議とやつを憎む気持ちにはなれぬ。徳川、豊臣の両家を見渡しても、天下に志を伸ばすという大構想が練れるのは、長政とわしの二人だけしかおらぬわい。

それにしても長政、老い先短い年寄りをあまりいじめるものではないぞ）

ここまで考えて、家康は再び長嘆息を繰り返した。

（如水は幸せ者だ、わしにもあんな出来のいい息子がおれば、何の苦労もなかったのだが）

ちらりと秀忠を流し見た家康は、それも一瞬で普段の表情に戻ると本多正信に視線を移した。

「長政はすぐに大坂城を退去するであろう。それが判明したら、一日も早く茶々様を本丸表御殿に移して、政務を見るように手配しておけ」

長政の推測通り、秀康の死は公式には持病の唐瘡の悪化として処理され、結城家の家督は嫡男の忠直が継いだ。徳川家から黒田家へは何の御沙汰もなく、長政はようやく胸を撫で下ろした。

茶々は自分の身に処分が及ぶのを恐れて、秀康や長政とのいきさつには触れたがらず、何事もなかったようにまた元に戻って表御殿で政務を見るようになった。

また加藤清正家や黒田家などでは中止の指示が間に合わずに荷駄や兵員の動きが始まっていたが、これも大坂城に向かう途中で急遽引き返して本国へ戻っていた。こうした事態も当然徳川家の耳には入っていたろうに、すべてが不問に付された。

下手に徳川家が強圧的に出れば、豊臣方は破れかぶれになって無謀な猪突の挙に出るやもしれない。加藤清正、加藤嘉明、黒田長政、福島正則だけでも動員能力は合計五万一千、しかも四人揃って歴戦の強者《つわもの》である。この四人が難攻不落の大坂城にこもり味方を募っての武力衝突となれば、天下を揺るがす大騒乱が起きるのは必至であろう。

家康とすれば旗揚げが見送られたのが明らかな以上、あえてことを荒立てずに無用の衝突が起こるのを避けたのに違いない。真綿で首を絞めるように、時間をかけてゆっくりと豊臣家の息の根を止めることこそ、何事につけても慎重な家康の大方針なのである。

立花宗茂の進退は、さらに難しかった。この男が結城家の鉄砲指南となっていたと徳川方に知られれば、重い処分は免れまい。だが、宗茂は平然として言った。

「私は江戸に戻ります。そして、将軍様の御相伴衆に復帰して、旧領に戻っての実親、義理親の供養、旧知の者達との再会で思いのほかに時間を取られて、帰参が遅くなりましたと弁明するだけでございます。宰相様の最後が病死として片付けられた以上、宰相様が徳川方の間者によって暗殺されたことも、私がその暗殺者を射殺したことも、すべては闇の中の出来事となりましょう。何も知らない将軍様が、私を処分することはありますまい」

(すべてはこれで終わりか。俺達の首は辛くも繋がったが、それと同時に豊臣家再興の千載一遇の機会は、ついに永久に去ってしまったな)

長政は一人で深く息を吐いた。

五

福岡城に戻った長政は、初音のもとでくつろいでいた。

「大御所様は、茶々様を大坂城の本丸表御殿に戻されたそうにございますね」

初音の悪戯っぽい微笑に、長政はもう何の興味もないといった無表情で答えた。

「さもあろう。豊臣家の中に反徳川の火種を撒く人間がいなければ、大御所の野望は実らないのだからな。しかし、これで天下のことは夢と消えたわ」

「長政様らしくもない。もうお手上げでございますか」

「大御所は、強運の持ち主だ。越前宰相と俺が練り上げた徳川家打倒の秘策を、間一髪のところでかわして見せたわ」

長政は初音にその秘策を話して聞かせた。あらましはすでに伝えてあるが、細部については初音も初めて聞く話がいくつもあって、初音はその度に感嘆しきりであった。

「まことに、よく練られた筋書きでございますね」

「一旦この策が動き出せば、間違いなく徳川家は滅亡していたろう」

「でも、初音には分からないことがございます。長政様の最終の目的は、自身が天下を取ることでございましょう。徳川家を滅ぼして豊臣家の天下を安泰にするだけでは、長政様の野望はかないますまい。長政様は以前、後段の策があると申されておりましたね」

「越前宰相様から、もう私の寿命は二、三年しかあるまい、私に天下を授けてくれと頼まれた時に、ぱっと閃いたのだ。俺の秘策を実行すれば、天下は遅くても二年のうちには豊臣家のものと定まる。そこで宰相様の死期が迫れば、宰相には諸将にこう言い残してもらうのだ。

筑前の守は、豊臣家の天下を築いた大功臣だ。私のあとは、筑前の守に秀頼の後見を頼みたいとな。この間の俺の実績を見れば、宰相様の言葉に逆らえる者はおるまい。

俺はその遺言を守って、忠実に秀頼の後見役を務める。そして頃合いを見て、我らの娘の珠を秀頼様に輿入れさせるのだ。珠が男児を産めば、それが豊臣家の跡継ぎとなるではないか。いつの日にか初音と俺の孫を天下人にする、それが俺の夢の果てだったのさ」

初音は長政の顔を正面から見詰めて、花のような笑顔になった。

「長政様は持てる智謀のすべてを尽くして、秀頼様を天下人にしようとなされました。しかも長政様はあくまでも秀頼様の後見人の立場を貫き通し、豊臣家を倒してまで黒田家の天下を作ろうとは露ほども思われない。どこにも無理をしないで穏やかな時が過ぎるうちに、自然と黒田家の血をひく天下人が誕生する、それこそがいかにも黒田家の家風にふさわしい天下取りでありますよ。

人にできるのは、そのような素晴らしい絵を描いて、その実現に向けて精一杯の努力をすることだけしかありませぬ。夢がかなうか否かは、神様、仏様がお決めになることでありましょう。

この半年間の長政様は、漢としての生き方を見事に貫いてこられました。しかも宰相様の突然の死から最後の幕引きまで、大御所様との息詰まる程のつばぜり合いの駆け引きを重ねて、ついにお味方から誰一人として犠牲者を出すことなく、無事に事態を収束されました。天下広しといえども、そんな鮮やかな芸当ができるお方は長政様以外に一人もございませんよ」

「珠の輿入れの時には、初音にも大坂城に入ってもらうつもりだった。今度のことでも、初音にはどれだけの心配と気苦労をさせたか。大坂城に押し掛ける祝賀の人々に、花嫁の生母としての美しい初音の晴れ姿を見せることができなかったことだけは、今でも残念でならぬぞ」

「けれど側室の私が、そんな晴れ舞台に上がっては問題となるでしょうに」

「馬鹿を申せ。正室も側室もあるものか、天下人の正室の母にふさわしいのは、初音のほかには誰もおらぬわ。

さて、散々話をしてきていささか疲れた。久しぶりに膝を貸してくれ」

長政は大柄な体軀を傾けて初音の膝に頭を預けると、軽く目を閉じた。濃い髭の剃り跡が目立つ横顔を見下ろしていると、耳の上あたりの髪に数本の白髪が混じっているのに初音は初めて気が付いた。長政ももう四十歳を超えているが、この白髪は年齢からくるものというよりは、このところの心労がそれだけ激しいためなのに違いあるまい。

この時、長政の唇がわずかに動いた。

「浪華《なにわ》のことは夢のまた夢……」

初音は耳を澄ませて長政の顔を凝視していたが、長政は軽い寝息を漏らすだけで、さらに深い眠りに落ちていくばかりであった。

（それにしても、『浪華のことは夢のまた夢』とはどこぞで聞いた言葉ですね。そうだ、太閤殿下の辞世の歌ではありませぬか。たしか『露と置き露と消えぬるわが身かな　浪華のことは夢のまた夢』でした）

この場合、浪華とは、大坂城のことであろう。長政は、大坂城で挙行する予定だった秀頼と珠の婚儀の夢にでも、身を任せているのに違いない。

珠を豊臣家に輿入れさせるという構想はさっき打ち明けられたばかりだが、一時の興奮から醒めてみれば、それももう通り過ぎた夢でしかない。

（宰相様がみまかられた今となっては、豊臣家と徳川家の争いが無くなったほうがむしろ喜ばしいことではありませんか。

志を果たさずに幕を引くことは、長政様にはさぞ無念でありましょう。しかし両家が天下を二分して激突するとなれば、関ヶ原以上に多くの方が命を落とさなければなりませぬ。これで戦国の世が終息するのであれば、私はこの結末でも満足ですよ。

ただ私は、珠を大坂城に輿入れさせるという話を聞いた時、体の震えが止まらないほど、うれしゅうございました）

黒田の家の家督は、五年前に正室の栄姫が産んだ万徳丸が継ぐことがすでに決まっている。珠は側室の娘であり、数年のうちにはどこかの大名にでも縁付いてくれればよいと初音は思っていた。

しかし長政が考えていたのは、なんと豊臣秀頼の正室だというではないか。しかも婚儀の場所は天下の大坂城であり、その時はすでに秀頼は秀康と長政の力で天下人になっているはずなのだ。

全国の諸大名はこの婚儀を祝して、こぞって大坂城に参集してくるに違いない。秀吉が残した金銀は大坂城の金蔵にまだまだいくらでも残っており、祝典は前代未聞の贅《ぜい》を凝らした盛大なものになるであろう。

初音は秀康と長政の策謀には初めから参加しており、折に触れては相談に乗ったり、意見を述べたりはしてきた。しかしそれはあくまでも舞台裏の地味な役回りで、表舞台で脚光を浴びることがあろうとは夢にも思っていなかった。それがなんと舞台は天下の大坂城、主役は天下人の秀頼、その正室の珠であり、初音までが珠の生母として主役の座に連なるというのである。そうした配慮こそは、長い間の初音の貢献に対する長政の深い感謝の表れでなくて何であろう。

「有り難うございます。長政様に初めて出会ってから十六年、そんな長政様を、私はこの上なく好ましくまた誇らしく思っておりますよ。十五の小娘の時に胸をときめかせてから、今も少しも変わらずに」

開け放したふすまの間から、初夏の爽やかな風が座敷に入ってきた。庭に咲き誇るくちなしの花の濃厚な甘い香りが、狭い部屋に満ちた。

謝　辞

この小説のなかで重要な役割を果たす「二重公儀体制」については、笠谷和比古氏の『戦争の日本史17　関ヶ原合戦と大坂の陣』から大きな教示を受けました。この場を借りて、厚く御礼を申し上げます。

参考文献

『戦争の日本史17　関ヶ原合戦と大坂の陣』笠谷和比古　吉川弘文館
『戦争の日本史16　文禄・慶長の役』中野等　吉川弘文館
『国友鉄砲の歴史』湯次行孝　サンライズ出版
『天下統一の城　大坂城』中村博司　新泉社
『関ヶ原前夜　西軍大名たちの戦い』光成準治　NHKブックス
『黒田官兵衛・長政の野望』渡邊大門　角川選書
『黒田家三代』池田平太郎　幻冬舎ルネッサンス
『黒田軍団　如水・長政と二十四騎の牛角武者たち』本山一城　宮帯出版社
『歴史群像シリーズ④　関ヶ原の戦い』工藤章興他　学研

本書は二〇一六年一一月、小社より単行本として刊行された『ふたり天下』を、大幅に加筆・修正のうえ改題し、文庫化したものです。

天下《てんか》奪回《だつかい》
黒田《くろだ》長政《ながまさ》と結城《ゆうき》秀康《ひでやす》の策謀《さくぼう》

二〇一九年一一月一〇日　初版印刷
二〇一九年一一月二〇日　初版発行

著　者　北沢秋《きたざわしゅう》
編集協力　㈱アップルシード・エージェンシー
発行者　小野寺優
発行所　株式会社河出書房新社
〒一五一-〇〇五一
東京都渋谷区千駄ヶ谷二-三二-二
電話〇三-三四〇四-八六一一（編集）
〇三-三四〇四-一二〇一（営業）
http://www.kawade.co.jp/

ロゴ・表紙デザイン　粟津潔
本文フォーマット　佐々木暁
本文組版　KAWADE DTP WORKS
印刷・製本　凸版印刷株式会社

Printed in Japan　ISBN978-4-309-41716-5

ツクヨミ　秘された神

戸矢学　41317-4

アマテラス、スサノヲと並ぶ三貴神のひとり月読尊。だが記紀の記述は極端に少ない。その理由は何か。古代史上の謎の神の秘密に、三種の神器、天武、桓武、陰陽道の観点から初めて迫る。

三種の神器

戸矢学　41499-7

天皇とは何か、神器はなぜ天皇に祟ったのか。天皇を天皇たらしめる祭祀の基本・三種の神器の歴史と実際を掘り下げ、日本の国と民族の根源を解き明かす。

遊古疑考

松本清張　40870-5

飽くことなき情熱と鋭い推理で日本古代史に挑み続けた著者が、前方後円墳、三角縁神獣鏡、神籠石、高松塚壁画などの、日本古代史の重要な謎に厳密かつ独創的に迫る。清張考古学の金字塔、待望の初文庫化。

完本　聖徳太子はいなかった　古代日本史の謎を解く

石渡信一郎　40980-1

『上宮記』、釈迦三尊像光背銘、天寿国繡帳銘は後世の創作、遣隋使派遣もアメノタリシヒコ（蘇我馬子）と『隋書』は言う。『日本書紀』で聖徳太子を捏造したのは誰か。聖徳太子不在説の決定版。

大化の改新

海音寺潮五郎　40901-6

五世紀末、雄略天皇没後の星川皇子の反乱から、壬申の乱に至る、古代史黄金の二百年を、聖徳太子、蘇我氏の隆盛、大化の改新を中心に描く歴史読み物。『日本書紀』を、徹底的にかつわかりやすく読み解く。

天平の三皇女

遠山美都男　41491-1

孝謙・称徳天皇として権勢を誇った阿倍内親王、夫天皇を呪詛して大逆罪に処された井上内親王、謀反に連座、流罪となりその後の行方が知れない不破内親王、それぞれの命運。

応神天皇の正体

関裕二　41507-9

古代史の謎を解き明かすには、応神天皇の秘密を解かねばならない。日本各地で八幡神として祀られる応神が、どういう存在であったかを解き明かす、渾身の本格論考。

蒙古の襲来

海音寺潮五郎　40890-3

氏の傑作歴史長篇『蒙古来たる』と対をなす、鎌倉時代中期の諸問題・面白さを浮き彫りにする歴史読物の、初めての文庫化。国難を予言する日蓮、内政外政をリードする時頼・時宗父子の活躍を軸に展開する。

陰陽師とはなにか

沖浦和光　41512-3

陰陽師は平安貴族の安倍晴明のような存在ばかりではなかった。各地に、差別され、占いや呪術、放浪芸に従事した賤民がいた。彼らの実態を明らかにする。

信玄軍記

松本清張　40862-0

海ノ口城攻めで初陣を飾った信玄は、父信虎を追放し、諏訪頼重を滅ぼし、甲斐を平定する。村上義清との抗争、宿命の敵上杉謙信との川中島の決戦……。「風林火山」の旗の下、中原を目指した英雄を活写する。

大坂の陣　豊臣氏を滅ぼしたのは誰か

相川司　41050-0

関ヶ原の戦いから十五年後、大坂の陣での真田幸村らの活躍も虚しく、大坂城で豊臣秀頼・淀殿母子は自害を遂げる。豊臣氏を滅ぼしたのは誰か？戦国の総決算「豊臣 VS 徳川決戦」の真実！

真田幸村　英雄の実像

山村竜也　41365-5

徳川家康を苦しめ「日本一の兵（つわもの）」と称えられた真田幸村。恩顧ある豊臣家のために立ち上がり、知略を駆使して戦い、義を貫き散った英雄の実像を、多くの史料から丹念に検証しその魅力に迫る。

真田忍者、参上!

嵐山光三郎/池波正太郎/柴田錬三郎/田辺聖子/宮崎惇/山田風太郎 41417-1

ときは戦国、真田幸村旗下で暗躍したるは闇に生きる忍者たち! 猿飛佐助・霧隠才蔵ら十勇士から、名もなき忍びまで……池波正太郎・山田風太郎ら名手による傑作を集成した決定版真田忍者アンソロジー!

戦国の尼城主 井伊直虎

楠木誠一郎 41476-8

桶狭間の戦いで、今川義元軍として戦死した井伊直盛のひとり娘で、幼くして出家し、養子直親の死後、女城主として徳川譜代を代表する井伊家発展の礎を築いた直虎の生涯を描く小説。大河ドラマ主人公。

江戸の音

田中優子 47338-3

伽羅の香と毛氈の緋色、遊女の踊りと淫なる声、そこに響き渡った三味線の音色が切り拓いたものはなんだったのか? 江戸に越境したモダニズムの源を、アジアからヨーロッパに広がる規模で探る。

江戸の都市伝説 怪談奇談集

志村有弘〔編〕 41015-9

あ、あのこわい話はこれだったのか、という発見に満ちた、江戸の不思議な都市伝説を収集した決定版。ハーンの題材になった「茶碗の中の顔」、各地に分布する飴買い女の幽霊、「池袋の女」など。

江戸の性愛学

福田和彦 47135-8

性愛の知識普及にかけては、日本は先進国。とりわけ江戸時代には、この種の書籍の出版が盛んに行われ、もてはやされた。『女大学』のパロディ版を始め、初夜の心得、性の生理学を教える数々の性愛書を紹介。

赤穂義士 忠臣蔵の真相

三田村鳶魚 41053-1

美談が多いが、赤穂事件の実態はほんとのところどういうものだったのか、伝承、資料を綿密に調査分析し、義士たちの実像や、事件の顚末、庶民感情の事際を鮮やかに解き明かす。鳶魚翁の傑作。

徳川秀忠の妻

吉屋信子　41043-2

お市の方と浅井長政の末娘であり、三度目の結婚で二代将軍・秀忠の正妻となった達子（通称・江）。淀殿を姉に持ち、千姫や家光の母である達子の、波瀾万丈な生涯を描いた傑作！

家光は、なぜ「鎖国」をしたのか

山本博文　41539-0

東アジア情勢、貿易摩擦、宗教問題、特異な為政者――徳川家光政権時に「鎖国」に至った道筋は、現在の状況によく似ている。世界的にも「内向き」傾向の今、その歴史の流れをつかむ。

井伊の赤備え

細谷正充〔編〕　41510-9

柴田錬三郎、山本周五郎、山田風太郎、滝口康彦、徳永真一郎、浅田次郎、東郷隆の七氏による、井伊家にまつわる傑作歴史・時代小説アンソロジー。

完全版　名君　保科正之

中村彰彦　41443-0

未曾有の災害で焦土と化した江戸を復興させた保科正之。彼が発揮した有事のリーダーシップ、膝元会津藩に遺した無私の精神、知足を旨とした暮し、武士の信念を、東日本大震災から五年の節目に振り返る。

吉田松陰

古川薫　41320-4

2015年NHK大河ドラマは「花燃ゆ」。その主人公・文の兄が、維新の革命家吉田松陰。彼女が慕った実践の人、「至誠の詩人」の魂を描き尽くす傑作小説。

幕末の動乱

松本清張　40983-2

徳川吉宗の幕政改革の失敗に始まる、幕末へ向かって激動する時代の構造変動の流れを深く探る書き下ろし、初めての文庫。清張生誕百年記念企画、坂本龍馬登場前夜を活写。

維新風雲回顧録　最後の志士が語る

田中光顕　41031-9

吉田東洋暗殺犯のひとり那須信吾の甥。土佐勤皇党に加盟の後脱藩、長州に依り、中岡慎太郎の陸援隊を引き継ぐ。国事に奔走し、高野山義挙に参加、維新の舞台裏をつぶさに語った一級史料。

新選組全隊士徹底ガイド　424人のプロフィール

前田政紀　40708-1

新選組にはどんな人がいたのか。大幹部、十人の組長、監察、勘定方、伍長、そして判明するすべての平隊士まで、動乱の時代、王城の都の治安維持につとめた彼らの素顔を追う。隊士たちの生き方・死に方。

龍馬を殺したのは誰か　幕末最大の謎を解く

相川司　40985-6

幕末最大のミステリというべき龍馬殺害事件に焦点を絞り、フィクションを排して、土佐藩関係者、京都見廻組、新選組隊士の証言などを徹底検証し、さまざまな角度から事件の真相に迫る歴史推理ドキュメント。

熊本城を救った男　谷干城

嶋岡晨　41486-7

幕末土佐藩の志士・谷干城は、西南戦争で熊本鎮台司令長官として熊本城に籠城、薩軍の侵攻を見事に食い止めた。反骨・憂国のリベラリスト国士の今日性を描く。

藩と日本人　現代に生きる〈お国柄〉

武光誠　41348-8

加賀、薩摩、津軽や岡山、庄内などの例から、大小さまざまな藩による支配がどのようにして〈お国柄〉を生むことになったのか、藩単位の多様な文化のルーツを歴史の流れの中で考察する。

完全版　本能寺の変　431年目の真実

明智憲三郎　41629-8

意図的に曲げられてきた本能寺の変の真実を、明智光秀の末裔が科学的手法で解き明かすベストセラー決定版。信長自らの計画が千載一遇のチャンスとなる⁉　隠されてきた壮絶な駆け引きのすべてに迫る！